《昆仑圣殿格尔木文学丛书（第二辑）》
编委会

在广袤的土地上放歌

——写在“昆仑圣殿格尔木文学丛书（第二辑）”出版之际

在我们这个星球，自有人类以来，精神和智慧的火花就一直与生命的长河相伴相生。文学、艺术的发展也莫不如是。

近年来，格尔木这座耸立在戈壁荒原上的城市，依托独特的地理优势和丰富的昆仑文化资源，各项社会事业发展迅猛，文学艺术的发展也一日千里，呈现出勃勃生机。尤其是国家西部大开发战略的实施，使柴达木盆地各项事业的发展面临千载难逢的历史机遇。柴达木盆地已成为一片激荡着大开发热潮的西部热土，成为我国西部经济快速发展的一个亮点。

格尔木这个20世纪50年代因路而生、因路而兴的新兴工业城市，因其特殊的发展历程，城市文化中蕴含着昆仑文化的丰富内涵，体现在军旅文化、农垦文化、知青文化、移民文化诸多方面，反映到文学中，就出现了各种文化相互交融，既有区别又相伴而生的特点，辨识度较高。格尔木市前前后后涌现出了一批知名作家，如军旅作家王宗仁，知青作家卞奎、魏忠勇，诗人曹有云、陈劲松等，作家唐明、梅尔更是当下青海省儿童文学创作和现代长篇小说创作领域的中坚力量。他们都是格尔木发展的亲历者，正是他们的这种经历，使他们在创作中体察百姓的所思所想，与百姓心有灵犀，作品更贴近百姓的心。他们在日常的创作中勤于思考，敏于领悟，在平淡无奇的生活中发现人生的真谛，于人们不经意的细枝末节挖掘出微言大义，让更多的人认识和了解了这片土地的人文

历史和自然风貌，也让这片土地上建设者的身影出现在了大家的视野之内。

都说文化是一个地方最深远的语境，文化环境也不能单纯理解成物理意义上的环境，对它的理解更不能局限于当下的一时一地。格尔木市文联为不断给广大人民群众提供更优质的文化环境，这几年一直在不断拓宽各个艺术领域，文学、美术、书法、摄影、音乐、舞蹈、影视等各协会都硕果累累，成绩斐然。

2017 年格尔木市文联出版了“昆仑圣殿文学丛书（第一辑）”，这是文联成立以来第一次出版系列文学丛书。今年我们又迎来了“昆仑圣殿格尔木文学丛书（第二辑）”的出版，在第一辑的基础上，我们欣喜地看到，这次作者所在的行业更广、涉及的地域更广。在戈壁新城这片广袤的土地上，文学新人不断涌现，文学作品层出不穷，文学队伍不断壮大。他们在这片充满梦幻、蕴含着无限可能的土地上，汲取着丰富的营养，迸发着无穷的灵感，跟随着新时代的脚步放歌，创作出了一大批富有时代精神的可圈可点的文学作品。

使命召唤担当，事业需要人才。新时代的社会主义文艺繁荣发展，需要我们坚持思想精深、艺术精湛相统一的创作理念，需要一大批德艺双馨的艺术工作者付诸实践。要做到德艺双馨，每一位文艺工作者都要时刻保持高度的责任感、紧迫感和使命感，运用我们熟悉和擅长的艺术形式，以胸中有大义、心里有人民、肩头有责任、笔下有乾坤的精神，践行繁荣发展社会主义文艺的历史责任。

习近平总书记指出，当代中国共产党人和中国人民应该而且一定能够担负起新的文化使命，在实践创造中进行文化创造，在历史进步中实现文化进步。这是一种期待，更是一个目标。新的时代已经到来，新的机遇也在等待着我们。

“昆仑圣殿格尔木文学丛书（第二辑）”的出版，是我们培育、壮大本地文学队伍的具体举措，也是对近年来我市文学工作者创作成果的一次较为集中的展示，更是对今后文学事业发展的期盼和祝愿。

此套丛书的出版得到了市委、市政府及相关部门的大力支持和帮助，在此，我们向各位领导和所有相关部门表示诚挚的谢意，也向为此丛书的出版奋

力笔耕的各位作者表示深深的敬意和诚挚的感谢！

青山元不动，浮云任去来。愿这片充满希望的广袤土地，今后诞生更多更优秀的作者和作品，愿格尔木这方热土在昆仑文化的滋养下，呈现出更广阔的文化气象和多元化格局！

是为序！

格尔木市文联主席　王　韬

2019 年 7 月

序

当我还住在 “地窝子”的时候，就爱上了文学。那个年代，物质和精神都极度匮乏，思想和目光都是封闭的。小小的我，张望和感受这个世界，只能透过一个特殊的窗口，那就是书籍。

在许多阳光明媚的午后，躲在一粒粒汉字撑起的绿荫里，我就像一只孤独的鸟儿，终于在阅读中找到了栖息的森林，觉得生命格外地与众不同。

阅读开启了心智，写作，便是随其自然的事了。最早是写日记、写信，或者信手涂鸦。20 世纪 90 年代，创作欲望空前强烈，那段时间，恰好远离故乡，在“抬头望明月，低头思故乡”的同时，夜夜伏案写作。

就在那段时间，我写了一个个豆腐块《书伴童年》《男人 女人 家》《白发亲娘》等投到山东《大众日报》、四川《厂长经理报》、山东广播电台等（可惜的是因频繁搬家，很多报纸杂志找不见了）。没过几天，居然陆续刊登或播放了，还寄来 40 元、60 元、100 元不等的稿费。我心中的狂喜无法言说。

从此，就开始了我的写作生涯。

也因为写作，2003 年，我成了格尔木报社一名记者，写作从业余爱好成为日常工作。但是，很快我就发现，新闻稿件和文学写作是两回事。于是，我努力寻找工作与文学的契合点。

渐渐地，我找到了新闻稿件和文学的契合点，那就是百姓故事。人们常说，一花一世界。每个人都有自己不同于他人的故事，每个人都有闪光之处，一个新闻工作者挖掘新闻素材的同时，也是挖掘文学素材的过程。人物通讯是文学的另一个模样。尽管这本书并未收录我的人物通讯。

我常常暗自庆幸自己遇到了文字，有了这样一个爱好，即使在那些被生活和情感双重折磨的时光里，可以让灵魂在白纸上自由释放，文字更像一位长情的爱人，与他长相厮守，是件幸福的事。

这本书共收录了我近十年来的心情文字，有“幸福邂逅（读书系列）”“感恩有你（亲情系列）”“金风玉露（情感系列）”“格尔木，我的天堂”“新城旧事”“五彩生活”“美食系列”七个部分。大部分是散文随笔，也就是我对平凡生活的感悟心得。

为自己的第一本散文集命名为《格尔木，我的天堂》，并非临时起意。我是格尔木人，书里的所有文字，都是缘自这片土地，缘自对这片土地的热爱。这座小小的城市，记录着我的前半生，我把那些经历和记忆，变成文字，是对自己生活的感恩，也是对这个城市的感恩。

文字粗陋浅薄，不敢请人美言，自作序，图心安。

最后，真诚地感谢格尔木市文联及“昆仑圣殿格尔木文学丛书”编辑部，感谢编辑曾春桃老师，也感谢让本辑丛书顺利出版的每一个人，圆了我的又一个文学梦想！

王启瑛

2019 年 8 月

目 录

一 幸福邂逅（读书系列）

二 感恩有你（亲情系列）

三　金风玉露（情感系列）

四　格尔木，我的天堂

五　新城旧事

六　五彩生活

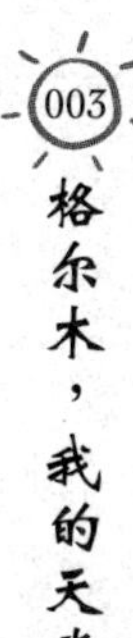

七　美食系列

一　幸福邂逅（读书系列）

幸福邂逅

我本不是一个安静的人，从什么时候开始，我喜欢了安静？喜欢了独处？喜欢了让热烈的思想只在内心深处狂飙突进？

细细想来，安静不是我的本性，而是从小在无奈中养成的习惯。

从八九岁开始，父亲就不允许我随便出去玩了，因为我是女孩。我们家有五个女孩，父亲非常担心他的五个女儿会被坏人勾引，做出什么丢脸的事情，让他颜面尽失，也让他的女儿们受苦，所以，每天看管得特别紧。

父亲要求我们姐妹放学要马上回家，不允许长时间待在学校；不允许我们到邻居家串门；不允许我们和男孩子说话；不允许到任何热闹场所去；不允许看电影（只有在妈妈反复保证反复求他时才勉强让我们看一场电影，还必须是三个人以上才行）。

在如此严厉的父亲的看管下长大，我内心深处的热情，我与生俱来的对大自然的热爱，我成长岁月里那些强烈的感受如何才能释放和表达？只能是被迫地压抑或者想办法转移。

不能出门玩耍，不能到邻居家串门，不能到热闹场所，不能和异性说话，我除了学校就只能待在家里。于是天性活泼的我看到了文字的魅力，体会到方块字无与伦比的丰富有趣。从某一天起，我开始喜欢一切有文字的东西，糊墙的报纸、哥哥拿回来的小说、邻居的小人书都成为我的宝贝。

当哥哥借来的小说、邻居家的杂志都被我翻完看过之后，我开始想办法获取书籍。用钱买是不可能的，那个年代，写字用的铅笔都是我从部队垃圾场捡来的铅片磨成的，哪有闲钱买闲书啊！于是部队垃圾场就成了我的宝地，每个星期六我和姐姐要走十几里路到部队垃圾场捡废铁卖钱，我准备了一个大书包，只要看见被扔掉的杂志和书，不管懂与不懂统统装进大书包。回到家里，小心地拿出这些宝贝，精心地整理干净铺平整了，仔细地放在一个没人注意的犄角旮旯，从中再找出一本藏在被单底下，等到晚上全家人吹灯睡觉了，我就点上煤油灯趴在炕上看书。

就是从那个时候起，我在无意识中狂热地爱上了文学，那时大约十岁吧，我成了地地道道的书迷。这个阶段我读了大量优秀的长篇小说，而且阅读速度超快（比老师都快）：《青春之歌》《第二次握手》《新儿女英雄传》《春秋五霸》《战国七雄》《简爱》……

为此，烧火拉风箱时，我的腿上放着书，火小了，锅里不翻跟头了，揪面片的妈妈用擀面杖敲我的头；吃饭了，桌子上放着书，我三口两口吃完一碗滚烫的面片，眼睛就转移到书上（从小养成的习惯，到现在依旧吃饭很快，一顿饭十分钟足够）；一有时间就跑到草圈里看书，一看就是几个小时，害得父亲时不时来看看（他怕我出去玩）；晚上看书睡着，头发被煤油灯烧煳了，鼻子被煤烟熏黑了，第二天没办法上学，就戴上哥哥的大棉帽……

幸亏啊，幸亏世间还有文字还有书，让我孤独的灵魂有了依靠，让我单调的童年有了色彩，让我狂热的内心有了寄托。

如今，当我独享安宁岁月，独处一隅，一段音乐，一杯清茶，一本书，心灵就如被清澈的水清洗过一般，干净、清凉、喜悦。

感谢父亲的严格要求，让我养成了读书的习惯；感谢文字的丰富，让我感受到人世间那么多的喜怒哀乐！

与书结缘是我生命中最幸福的邂逅，读书让我思想丰富，同时，读书也让我性情单纯。读书影响了我的一生。

图书馆遐想

每次到图书馆，站在那一排排装满了书的书架前，我心里就会涌起无限思绪，说不清是喜是悲，是快乐是遗憾。总之，常常会浮想联翩，想起很多很多往事，也会涌上一种莫名其妙的难过。

想起10岁那年，我刚上三年级，第一次接触到课外书还是因为我的同桌冬梅，比我大2岁，像个男孩子，她不知从哪里弄来的课外书，上课的时候总是低头看。有一天下课后，冬梅上厕所了，我拿起她看的小说，是一本描述小八路如何机警地和日本鬼子作斗争的故事书（书名叫什么忘记了），我一看就迷上了。从此，一下课，我就和冬梅抢课外书看，冬梅也愿意让我看，然后两个人讨论哪个日本鬼子坏，哪个小八路更勇敢。

这本很薄的故事书应该是我看的第一本课外书。从此，无论看见什么书我都要翻翻，哪怕是墙上糊的报纸，糊顶棚的报纸，也会逐个看完。那时候，除了课本，除了《毛主席语录》，找一本课外书真的是太难了。

后来，我发现哥哥爱看小说，不知道是借的还是他自己买的，我时常会在他睡觉的枕头底下发现几本大书，《李自成》《杨家将》《三国志》《武则天》之类，我会偷偷拿过来迅速地囫囵吞枣地看完后再悄悄地放回去。到邻居家，一双眼睛四处搜寻书。有的婶子、姐姐常会拿一本书夹鞋样，我就格外注意她们的针线筐。如果有我喜欢的书（主要是小说、杂志），就想尽办法拿过来看，看完后再还回去。再后来，我和三姐、弟弟一起到飞机场（我家附近的驻军部队）或者垃圾场去捡废铁、铅片等金属的时候，发现垃圾堆里有一些没烧完的杂志《解放军文艺》和小人书，运气好的时候还能看见长篇小说。我将这些杂志、画书，还有一些没有封面和开头也没有结尾的厚书带回家，整理干净后小心翼翼地藏在被单底下，然后像守财奴一样地珍藏着，唯恐被人拿走当烧火的废纸，或者被妈妈姐姐拿去剪成鞋样。

那个时候，每天晚上，当全家人睡着了，我的世界就开始了。点着煤油灯，趴在炕上看小说。那种幸福的感觉，精神上的愉快和满足简直是任何事情都替代不了的。一颗心随着书中人物起起伏伏，时而笑，时而哭，时而伤心欲绝，时而快乐如飞。每一天，心里装着的全是书中人物的命运。有时候瞌睡极了，打起盹来，头发就给煤油灯燎了；有时候看书太晚了，第二天鼻孔全是黑的……

记得有一次去飞机场捡废铁，我捡到了一本书，没头没尾，而且比较脏，我拿起来只翻看了两页就被深深吸引。我迅速装进我的大书包，唯恐被人抢走。拿回家后两天就读完了。这本书中主人翁的命运深深打动了我，很多天，不，很多年，或者说我这一生都被这本书影响着。可以说，这本书是我生命中至关重要的一本书，给我的精神世界、感情世界以非常深刻甚至是致命的影响，这就是张扬的《第二次握手》。后来，上初二那年，我在数学老师那里看到了这本书，如获至宝一般从老师那儿借来，仔仔细细又读了两遍，里面的内容到现在我都可以完整地复述下来。

这本书中丁洁琼和苏冠兰从十八岁第一次相遇，经过了风风雨雨几十年才得以第二次相见，才有第二次握手，这期间他们经历了那么多艰难曲折和漫长岁月，但是，他们的感情却始终没变。这让当时只有 12 岁的我认为，爱情就是这样的，必须忠贞不渝，至死不变。这种观点一直影响着我，直到真正步入社会，我的观点才渐渐改变了。

《解放军文艺》是我看到的第一本杂志。通过这本杂志，我走进了一个全新的军人世界。也正因为这本杂志，年轻时候的我对军人格外青睐，选择的爱人也是一名军人。尽管这是一段失败的感情，但是，我对军人的了解和敬佩最初就是来自《解放军文艺》。

因为喜爱图书到了痴迷的地步，小时候的我甚至盼望生病住院。因为弟弟生病住院，父亲给他买了很多图画书，当我看见那些图画书的时候，眼馋得不得了，羡慕生病的弟弟可以拥有那么多图书，为此，居然渴望自己也生病。

从垃圾堆捡来的这些“宝贝”，我一本都没舍得丢掉，全部珍藏在一个纸箱子里，后来还将妈妈的一个实木扁箱据为己有，专门珍藏我的“垃圾宝贝”。妈妈知道我爱书如命，所以也从不轻易动我的书。

如今，偌大的一个图书馆，上百万册图书随便供人借阅，想想小时候我的读书经历，怎不令人思绪万千、感慨万千呢？

每每来到图书馆，我的内心还会涌起一阵阵失落。小时候的我有一个梦想，有一天，我也要写出让人爱不释手的长篇小说，可是时至今日，大半生已经过去了，我的长篇小说还是个未知数。看着眼前这么多书，我似乎看到了书背后那一个个才华横溢的作家。他们写了这么多书，而我这个半瓶子醋哪敢写什么长篇小说呀。这么一想，心里就感觉十分沮丧。痛恨自己愚蠢，痛恨自己懒惰，痛恨自己没有写书的天分。

罢罢罢，不写也罢！只要有书读！

只要有书读，我的世界就不会寂寞；只要有书读，我的精神就不会干瘪；只要有书读，世间万物就在我心里！这么一想，心里平静下来，小心翼翼地从那些装订简朴的（这是我的经验，凡装订华丽的大多是华而不实的书）书中淘了两本货真价实的好书带回家细细翻阅，心里无比惬意！

如果不读书，我会是谁？

如果不读书，我会是谁？我常常会问自己这个问题。因为我之所以有今天，完全仰赖从小养成的读书习惯。

从小学三年级开始，也就是从十岁开始，我就成了一个地地道道的书迷。也许是因为小时候文化生活实在是太单调了，没有电视，没有动画片，没有收音机，露天电影也是一年中仅有的几场。最好的“调味品”就是漫长冬日里，早早上床睡觉的时候，母亲翻来覆去所讲的那几个已经听了无数遍，甚至都能背下来的童话故事。

单调生活中，我寻找一切了解外面天地的缝隙。后来渐渐发现，读书是一个最好的瞭望世界的窗口。然而，20 世纪 70 年代的格尔木，物质生活极端匮乏，尤其是在农村，想要读书谈何容易。除了课本，根本就看不到其他的书籍。

但是，当一个人痴迷一件事情的时候，任何困难都是阻挡不了的。我的目光时时关注着一切有文字的东西——报纸、杂志、书本。无论走到哪里，我的目光都在搜索一切印刷品。只要看见印有文字的东西，甚至是文件都会拿起来读一读。为此，我家糊顶棚的报纸，每一张我都会仰着头从头看到尾（那时候视力真好，站在炕上，眼睛离顶棚一米多远，我能将报纸上的字看得清清楚楚）。

随着年龄的增长，报纸也不能满足我的求知欲望，我就开始向外界寻求。后来，我发现我们班来自部队的同学家有许多杂志和文学作品。为了能借到同学的书，我主动向这位同学示好，邀请她到我家来玩，自然我也会到她家去。这时候，只要我看见她家有杂志和厚厚的长篇小说，就会借来阅读。因为我说话算数，说几天还就一定会在说好的时间内还给她，并且非常珍惜借来的图书，绝不会弄脏弄皱，所以那个同学非常信任我，她家的藏书我基本上借来阅读一遍。这个时候我正在上初中。

也是从那个时候起，我养成了快速阅读的习惯。一本十几万字的小说，一个星期就能读完，一本《解放军文艺》两三天就能读完。

因为大量的阅读，我的语文成绩一直都很好，写作文也不在话下。两节课的一篇命题作文我一节课就能完成。而且作文常常被老师当作范文在全班朗读。

因为喜爱阅读，工作后，在任何岗位我都干得得心应手。善于阅读的人自然善于总结。而且语言表达能力和写作能力都比一般人强。所以，无论我当老师还是当记者，较强的语言表达能力和写作能力让我很快进入角色。工作中，也没有遇到太大的阻力，这不能不说是阅读让我获益匪浅。

因为喜爱阅读，通过阅读这个窗口，我更了解人性的丰富多彩，了解世界的多样性。阅读让我的思想更丰富，胸怀更宽广，理解力更强，而且从不为生活琐事而纠结烦恼，总能保持一种积极向上的心态。

因为喜爱阅读，我始终淡泊名利，不计得失，从未想过要成名，总是怀着一颗散逸的心，以读书自娱，以读书自乐。无论何时何地，当忙完一天的公务后，稍有空闲，我就会打开书本，细细品味朱自清、林语堂、余秋雨、梁实秋、毕淑敏、三毛、周国平等的名作。

而最幸福的事情莫过于夜阑人静之时，一书在手，背靠床头，就着床头灯温暖的橘色，翻阅一部文学名著或人物传记，细细阅读，慢慢品味，内心深处就会涌上一种无法言说的喜悦和满足。此时，整日为生活奔波的疲惫就会悄然而退，生活中的琐碎烦恼烟消云散。内心像被阳光照耀、被清水洗涤、被花香熏陶、被月光沐浴一样舒畅愉悦，顿觉生活无限美好。

阅读不是一朝一夕的事情，也不是看了一两本书就觉得自己是个爱读书的人。阅读是日复一日、年复一年的与书相伴，从书中获得知识、获得力量、获得启迪、获得快乐的一种生活方式。读书和吃饭睡觉一样，是天长地久的积累。

北宋诗人黄庭坚曾说过这样的话："三日不读书，便觉语言无味，面目可憎。”此话确有道理，不读书的人因为目光短浅，知识匮乏，思维狭隘，说话自然缺少趣味。加上考虑问题比较简单，除了柴米油盐等个人的日常生活之外，从不考虑其他事情，面部表情单一僵化，所以面目可憎。

一个人来到世上，不过短短几十年，如何让自己身心愉悦？我说，唯有读书！读书，是最简单的高贵。只要一书在手，就能使你从劳累中获得解放，从烦闷中得到安逸，从浮躁中得到恬静。

小时候，我的梦想是当一名老师、记者或者编辑。长大后，我如愿实现了当老师、当记者、做编辑的梦想。实现理想没有其他的原因，皆因我热爱阅读。

女同胞们，读书吧！读书让我们内心丰富，生活充实，心胸宽广。读书会让一个平凡的人充满不平凡的魅力，这就是所谓的“腹有诗书气自华”。

如果不读书，我会是谁呢？我常常想。

（此文为格尔木第四届“智慧女性·书香家庭”读书征文）

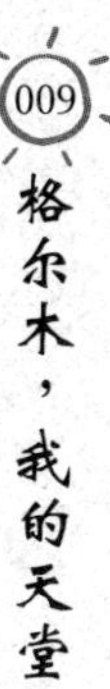

你

悠扬的音乐流泻一室，灿烂的阳光透过窗棂轻盈地跳跃着，旋转着，亲吻着窗帘、床单、脚丫、小腿、书本、脸庞……

背靠床头，手捧一本书，袅袅茶香悠悠地绕鼻而来，此刻，熟悉的场景、熟悉的心情、熟悉的愉悦感受，顿时，许许多多个这样的场景从脑海深处跃然而出，无论环境如何改变，对于你而言，关于幸福的记忆似乎都是同样的场景。

在"瑛巢"的日日夜夜，无数个宁静的夜晚，在收音机和唐诗宋词的陪伴下度过了一年又一年。

在齐鲁大地，那些个屈指可数的乡村夜晚，夜夜怀抱着孩子，枕边收音机里飘出的音乐沉醉了天上的星星月亮。一卷在握，一颗心沉醉在书里梦里，忘记了寒冷，忘记了孤单，忘记了身在异乡。

在那个美丽的春天，在那个开满了木槿花的院子里，细碎的阳光透过枝叶散落一地，如碎金般闪闪发光。一阵风起，枝叶摇晃，一地碎金晃呀晃。一个穿白衣的身影静静地坐在一张杌子上，膝头的书已经翻出了毛边。抬头看看树上盛开的花，低头看看凋落地上的花，再看看树荫中露出的那一小片蓝天，感受着不一样的他乡，感受着不一样的春天，你心里顿时也充满勃勃生机。

在那些个燠热的夏天的夜晚，坐在院子里高瓦数的灯光下看书，无数只飞蛾兴奋地旋转在灯泡周围，收音机里伴随着音乐正在播出的是自己的处女作《白发亲娘》。一阵微风过处，一片向日葵幸福地在墙上跳舞，像极了你内心深处和着音乐跳舞的美丽心情！

在那些快乐的日子里，在那些伤痛的岁月里，在那些逝去的美好年华里，靠着书籍的力量，靠着音乐的抚慰，靠着阳光的温暖，靠着手中的笔一路走来，成就了今天的你，一个时而平静、时而激动、时而兴奋、时而忧伤的个体，一个阳光般热烈却又月亮般宁静的你。一个多么容易满足的你。

其实，你的幸福很简单，一段音乐，一本书，一缕阳光，一份爱！

墙上跳舞的向日葵

盛夏。齐鲁大地。

夜晚，一轮明月高悬，和大功率的灯泡相映生辉，将整个家属院照得亮如白昼。

一棵高大的杨树下，一个素衣的女子每天一边喝茶，一边读书，一边用手中的铅笔修改着书上的错别字。

一阵风起，她抬起头，墙上跳舞的向日葵便映入眼帘。那飘逸的舞姿，那清爽的凉风，令她神清气爽，逸兴遄飞。墙上跳舞的向日葵接受了谁的指令，如此翩翩、如此美妙、如此销魂？

曾经有一段时间，她看的名家作品都是盗版书。《梁实秋文集》《张爱玲文集》《毕淑敏文集》《余秋雨文集》等，每本书不管标价多少，一律都卖十元钱。她每次拿着省吃俭用攒下的二三十元钱，在书摊上精挑细选两三本，就够她幸福一阵子了。

这些盗版书往往是厚厚的一大本，装订极其简陋，书中纸张也很低劣，薄薄的，很脆，稍不留心就会撕烂。书上密密麻麻排满了小字，一般比正规出版社出版的书的字号小一点，大约是小 6 号字，看得很费劲。当年，一本《平凡的世界》（上、中、下）看完，她 300° 的近视眼镜一下就升到了 600°。

那是她生命中最艰难的一段时光。

远离家乡，远离亲人，远嫁他乡。随之而来的是，她和他双双下岗，为了生存，她不得不白天到花圃打工挣钱。到了夜晚，吃过晚饭到睡觉前的两三个小时是她每天最幸福最享受的时光，而这幸福的时刻就是盗版书带来的。

春天，她翻松房前一片空地，然后撒上葵花籽。到了夏天，这些葵花托着金黄的花盘不断地向她点头致意。

傍晚时分，她洗去一身臭汗，坐在门前大树下，泡一杯廉价的茉莉花茶，拿一本盗版书，就着不远处在建楼房的灯光读起来，所有的劳累都消失了。

读盗版书，她习惯一手拿书一手拿笔，边看边修改书中错别字。凡盗版书，总是错字连篇，并不是作家水平不够，而是盗版书商在扫描正版书时，扫描仪识别错了，又没经过编辑和校对，所以错别字特别多。而她十几年的教师生涯养成的职业病，就是看见错别字就想纠正。

她一边读一边修改，一本书读完了，错别字也修改完了。心想，这本书即使孩子读也是可以的，心里感觉很舒服。读书让她精神愉悦，为盗版书修改错字让她很有成就感。

一阵风起，树上的叶子哗哗作响，清凉的风儿吹散了夏日的溽热，也吹散了她心头的忧伤。轻轻抬头，她愣住了，灯光下，对面墙上迎风跳舞的向日葵那么婀娜那么妩媚，那么快乐那么幸福，令人怀疑是天仙下凡，在这美妙的夜晚，无声无息地为她舞之蹈之。

这一刻，天地寂静，唯有风儿亲吻着她的面颊，唯有月儿抚慰着她的忧伤，唯有向日葵为她翩翩起舞，唯有盗版书了解她的思乡之情。

盗版书，虽然错字连篇，但是，她却始终舍不得丢掉，皆因它们陪伴她度过了无数个美丽的夜晚。

2018 年

李清照，我最喜爱的词人

喜欢李清照，缘于她的诗词。

第一首词便是《如梦令·昨夜雨疏风骤》：

昨夜雨疏风骤。
浓睡不消残酒。
试问卷帘人，
却道海棠依旧。
知否，知否？
应是绿肥红瘦。

这首小令有人物、有对白、有场景，仿佛电影中一个经典画面展现在眼前，挥之不去。一读再读，顿觉一阵清风拂面，令人难忘。从此，常常寻找李清照的诗词反复吟咏，细细咀嚼，更觉女词人确实非同一般，不但感情细腻、知识渊博，而且驾驭文字的能力十分高超。

关于李清照的故事和她的诗词，我是百读不厌。她十八岁嫁给赵明诚，两个相爱的人儿百般恩爱，不仅是生活伴侣，更是世间少有的灵魂伴侣。李清照许多情意缠绵的诗词均为赵明诚而作，比如“此情无计可消除，才下眉头，却上心头”“莫道不销魂，帘卷西风，人比黄花瘦……”。

据史料记载，李清照和赵明诚常常会一起找一个景色优美的花园或亭子，一起品茶或饮酒。此时两人往往会打赌，谁先说出某个典故在某本书的某一页，就可以饮第二道茶或者第一杯酒（古人将茶比作女人：第一道茶叫少女茶，虽然美妙但苦涩；第二道茶为少妇茶，不但美妙且口味极佳；第三道茶谓之老妇茶，滋味已有些寡淡）。在这种情况下，往往是李清照记忆超群，率先一口说出，而且准确率在 90% 以上。对此，赵明诚总是乐呵呵地笑着甘拜下风。拥有如此博学多识、冰雪聪明的妻子，赵明诚心中自然是十分幸福和自豪的。纵观古今中外，有几对夫妻能在精神领域成为知音、相互倾慕？

赵明诚外出做官，李清照时常把对夫君的思念诉诸笔端，如“花自飘零水自流，一种相思，两处闲愁”“独抱浓稠无好梦，夜阑犹翦灯花弄”“惟有楼前流水，应念我，终日凝眸，凝眸处，从此又添一段新愁……”。话说有一年重阳节，李清照独自在家赏花饮酒，看着眼前一片金黄、秋菊怒放的美景，倍加思念在外做官的丈夫。略一思忖，她挥笔写下《醉花阴·薄雾浓云愁永昼》，寄给赵明诚。赵明诚收到妻子新作，自觉十分了得。便将自己关在屋里三天三夜作了 50 多首词。并在其中一首词中将妻子的“莫道不消魂，帘卷西风，人比黄花瘦”嵌进去，然后拿给自己的好友欣赏。好友默默欣赏，沉吟半天后，说道：“这 50 首词中，唯有‘莫道不消魂，帘卷西风，人比黄花瘦’是神来之笔，绝佳！”赵明诚闻听此言，心下感叹：无论自己如何努力，在文学上他是无法超越爱妻的！

赵明诚去世后，清照的天就塌了。“寻寻觅觅，冷冷清清，凄凄惨惨戚戚，乍暖还寒时候，最难将息，三杯两盏淡酒，怎敌他晚来风急……梧桐更兼细雨，到黄昏，点点滴滴，这次第，怎一个愁字了得？”“只恐双溪舴艋舟，载不动许多愁。”赵明诚走了，还有谁能懂得她的心，还有谁能令她欢喜令她骄傲，令她幸福令她甜蜜？唯有愁肠百结、郁郁不乐罢了。

“藤床纸帐朝眠起，说不尽，无佳思。”“吹箫人去玉楼空，肠断与谁同倚？一枝折得，人间天上，没个人堪寄。”这些词读来令人柔肠百转，潸然泪下。没了赵明诚，李清照的生活只剩下了无奈、落寞和惆怅。

可是转念一想，李清照的幸福也是少有人能获得的，虽然没和心爱的人白头到老，但是，世间哪个女子能像她一样得到一个才气非凡的男人满怀欣赏的爱恋之情？谁又能在茫茫人海觅得一个懂她爱她尊她恋她的知音？人生短暂，知音难觅，而一代才女李清照，却在茫茫人海觅得知音，且琴瑟和鸣几十年，岂不幸哉？

有人说李清照晚年孤独悲凉，结局不好。是的，李清照晚年遇人不淑，结局凄凉。然而，谁的一生又是一帆风顺的？谁又能保证自己一辈子顺风顺水不摔跤呢？李清照的遇人不淑恰恰反衬出她内心世界的纯良，一双纯洁的眼睛很难看透一个污浊的深潭，一颗干净的心灵很难洞察一个狡诈的灵魂。而她一旦认清了那人卑鄙的嘴脸便毅然决然地离开他，即使坐牢也要坚决离婚的勇气，即使是800年后的现代人恐怕也不得不佩服吧？！

李清照，是我永远的偶像！

2019年

三毛，撒哈拉沙漠的一道彩虹

“不要问我从哪里来，我的故乡在远方，为什么流浪，流浪远方，流浪，为了天空飞翔的小鸟，为了山涧轻流的小溪，为了宽阔的草原，流浪远方，流浪……”

每当听到齐豫的这首《橄榄树》，心中总有一种莫名的伤感和悠远的惆怅，同时，脑海中会浮现出这样一幅画面：在一望无际的沙漠中，一个远离喧嚣的长发女子穿着风格独特的衣裙，在一个叫荷西的大胡子男人的陪伴下，用一双清澈的眼眸欣赏观察着沙漠中的骆驼、仙人掌、烈日、夕阳以及生活在这片沙漠中的人与事，然后铺开稿纸，将自己看到的想到的记录下来。她，就是三毛。

第一次接触台湾作家三毛的作品，是在20世纪90年代初。那时，我在乡村学校教书，因为离家远所以住校。一天晚上到隔壁老师宿舍串门，无意中看到书桌上有一本三毛的作品《雨季不再来》，随手翻阅了几页，就被三毛行云流水般的文字深深吸引。彼时正值青春年华的我思想感情自是十分充沛，而周围环境却单调沉闷得可怕，能找到一本与心灵相通的文学作品，就像一个饥饿的人看到了一桌丰盛的大餐一样，令人兴奋不已。

我很快就看完了这本书。从此记住了三毛的名字，并且开始有意识地搜索寻找她的书。此后的两三年时间，我几乎购买阅读了三毛所有的作品。《撒哈拉的故事》《万水千山走遍》《哭泣的骆驼》《梦里花落知多少》《温柔的夜》《闹学记》《送你一匹马》《稻草人手记》……一颗心跟随着三毛走遍了撒哈拉，走遍了加纳利岛，走遍了世界各地。一遍又一遍的阅读，让我走进并熟悉了三毛的生活。那份好奇，那份欣喜，那份沉迷，那份热爱无法用语言表达。

阅读对人的改变是不着痕迹的。受三毛作品的影响，此前只看小说的我转而喜欢上了散文这种文体。以后的日子，我的阅读习惯发生了巨大变化，开始大量阅读传记文学和纪实性散文。我的藏书也由小说为主转为散文和传记文学居多。《梁实秋散文》《余秋雨散文》《周国平散文》《林清玄散文》《毕淑敏散文》《席慕蓉散文》《贾平凹散文》《史铁生散文》以及《梁启超传》《路遥传》《苏东坡传》《沈从文传》《昌耀评传》，等等，这些书籍成为我生活中不可或缺的伴侣。闲暇之余，随手翻阅某个作家的散文，犹如走进了他（她）的生活。跟随他（她）的目光和头脑审视另一种我所不熟悉的生活。纪实散文和传记文学拓展了我的思维和眼界，让我的目光看得很远很远……

言归正传，在那个单调贫乏的岁月，因为有了三毛的书相伴，日子过得愉快而充实。三毛的书，虽然充满着流浪情怀，但是从来都给人以勇气，教人好好生活，珍惜身边的亲朋好友。虽然，三毛自杀了，大家都觉惋惜。然而，我却特别理解她一心求死的伤痛和无奈。那不仅仅是高处不胜寒的孤寂，还有遍寻不着的绝望。三毛虽然走了，她的书却永远陪伴在我身边，她的真善美，已深植于我的内心。在我心里，她和荷西还在撒哈拉沙漠中牵手看日出，携手赏月亮，他们彼此信任，互相关爱，神仙眷侣般逍遥。

我想喜欢三毛作品的人，肯定忘不了三毛笔下的美人沙伊达，这个沙哈拉威女人撼人心魄的美：“灯光下，沙伊达的脸孔不知怎的散发着那么吓人的吸引力，她近乎象牙色的双颊上，衬着两个漆黑得深不见底的大眼睛，挺直的鼻子下面，是淡水色的一抹嘴唇，削瘦的线条，像一件无懈可击的塑像那么的优美，目光无意识的转了一个角度，沉静的微笑，像一轮初升的明月，突然笼罩了一室的光华，众人不知不觉地失了神，连我，也在那一瞬间，被她的光芒震得呆住了……”（出自《哭泣的骆驼》）看了那么多书，读了那么多文章，唯有三毛笔下的美人让我久久难忘。

忘不了林妹妹的裙子：“……想着想着，我把这条裙子往身上一紧，那份古雅衬着一双凉鞋，竟然很配——这是林妹妹成全我，并不小器。她要我买下来，于是，我把它穿回家去了。当我把这条桃红色的古裙当成衣服穿的时候，那个夏天过得特别新鲜。穿在欧洲的大街上时，总有女人把我拦下来，要细看这裙子的手工。每当有人要看我的裙子，我就得意，如果有人问我哪里可以买到，我就说：‘这是中国一位姓林的小姐送的，不好买哦！’”这让我想起了“好看的皮囊千篇一律，有趣的灵魂万里挑一”这句经典名言，三毛般有趣的灵魂真可谓万里挑一啊！

忘不了三毛小时候写的作文：“我的理想是长大了要做一个拾荒人……”，当老师将三毛的作文本扔给她，不屑地说：“如果你长大了做拾荒人，就不必来上学了……”那位老师哪里知道，即便做一个拾荒人，读书和不读书的拾荒人完全是两个概念。

有时候觉得三毛的写作其实是倾诉，是她走遍万水千山、看遍世界各国不同皮肤的人们的悲欢离合后，坐在我们对面，将她眼睛看到的、心中感悟的娓娓道来。她的作品没有说教，没有灌输，没有虐心，没有高高在上，有的只是像朋友聊天一样的轻松有趣。她云淡风轻地聊着荷西，聊着沙漠中的家，聊着沙伊达，聊着哑奴，聊着沙仑，聊着万水千山之路。总是在不经意间流露出她的真善美，她的不拘一格。她的书写随意极了，是一种任何人都模仿不了的文体，自由坦诚，以情动人，天然率真。她任性，敏感，她总是透过生命的表层看到本质，也许很多人不喜欢，但唯其如此，才成就了三毛。

三毛，撒哈拉沙漠的一道彩虹，走遍万水千山也没有找到一片安放灵魂的净土。三毛，我最敬爱的女作家，我要感谢你，感谢你用心血创造的精神食粮，绚烂了我的青春岁月，温暖了我的心！

2019 年

石评梅，梅花一样坚贞的女人

石评梅，我喜爱欣赏的第三位女性。她是中国现代女作家中生命最短促的一位，只活了 26 岁 (1902–1928)。因爱慕梅花之俏丽坚贞，自取笔名石评梅。

20 世纪 80 年代末，我在格尔木河西新华书店淘得一本书《风流才女——石评梅传》，翻了几页就被书的内容深深吸引，买下来拿回家反复阅读。这本书装订有错，后半部分页码整个装订反了。我看完前半部分又翻转过来看后半部分。那时，没有盗版书一说，每本书都是正规出版社出版的，书中几乎看不到错别字，更别说错句了。所以，虽然是装订错了，我依然很珍惜这本书。

石评梅，山西省平定县人，因为其父老来得女，万般怜爱，便为女儿起乳名“心珠”——心上明珠。石评梅在五四运动期间，在山西平定读完师范后到北京求学。在女高师读书期间，她结识了苏雪林、庐隐等志同道合的朋友，她们常常一起开会、演讲、畅饮、赋诗，所谓“狂笑高歌，长啸低泣，酒杯伴着诗集”，甚是浪漫。

北京女高师毕业后，石评梅留校任该校附中女子部主任兼国文、体育教员。在此期间她与一同乡男子坠入爱河。这是评梅的初恋，她投入自己全部的感情。然而，评梅的这位同乡吴某看她长相清丽，气质不凡且文采飞扬，心里十分喜爱，便将自己已经在老家结婚生子这件事隐瞒，与评梅恋爱。

纸包不住火。某日，吴某妻携子到北京看望丈夫。一天，当评梅到吴某处看望心上人时，发现门口有一小男孩在玩耍，上前一问，这才知道和自己山盟海誓的男人居然是有妻有子有家室的人。顿时，评梅感觉万箭穿心，痛苦万分。

从此对男人失去信心，发誓不再恋爱结婚。

正当她在感情的痛苦中煎熬时，评梅又与老乡高君宇在北京邂逅。评梅的美丽和才华让高君宇一见钟情。但是，高君宇来得太晚了，石评梅不再相信男人，不愿再次受伤，只答应与高君宇保持冰雪恋情，却无论如何不肯答应高君宇的求婚。

高君宇是中国共产党早期的革命活动家。他始终站在斗争的最前沿，曾是周恩来和邓颖超的“红娘”。高君宇在给评梅的信中写道：“我是有两个世界的，一个世界一切都是属于你的，我是连灵魂都永禁的俘虏；在另一个世界里，我是不属于你的，更不属于我自己，我只是历史使命的走卒！”

一个炽热的追求，一个冰冷的回绝。石评梅和高君宇双双沉浸在自己的痛苦中。对于评梅来说，初恋的伤害已经将她的心灵打入万劫不复的境地，她无力也不敢再次开始一段新的感情；而对于高君宇来说，评梅是他此生最爱的女神，见了评梅，他的一颗心就牢牢系在评梅身上，让他忘记评梅，除非他死！

因评梅只愿意与高君宇保持冰雪恋情，高君宇在无奈中买了一对象牙戒指，自己佩戴一个，给评梅一个。石评梅戴上了那枚象牙戒指，她明白高君宇的良苦用心，这对白色戒指，象征二人会永远保持“纯洁如冰雪的友谊”。

一个非她不娶，一个坚持不嫁。终于，高君宇因革命工作的过度劳累加上个人情感的伤心绝望一病不起，很快病逝于北京协和医院。

石评梅将高君宇安葬在北京陶然亭中，并且在墓中为自己留下了位置，她决心要“生未能同床共寝，死后当并葬荒丘”。同时在墓地周围她亲手种植松柏十余株，并在墓上题了如下碑记：

我是宝剑，我是火花，
我愿生如闪电之耀亮，
我愿死如彗星之迅忽。

这是高君宇生前自题像片的几句话，死后我替他刻在碑上。君宇，我无力挽住你迅忽如彗星之生命，我只有把剩下的泪流到你的坟头，直到我不能

来看你的时候。评梅

高君宇的死是石评梅万万没有料到的。当她明白高君宇对她是发自内心的热爱，并且她无情的拒绝，加剧了高君宇病情的恶化时，她痛悔交加，深深自责。

高君宇去世后，石评梅的心碎了，撕心裂肺的悔恨让她日日流泪，每个周末都要来到陶然亭高君宇墓畔，抱着墓碑悲悼泣诉，直到她去世。三年多时间，一千多个日日夜夜，评梅没有一天忘记君宇。她知道，她有愧于君宇的深情，决心将自己的全部泪水洒在君宇坟头，然后随他而去。

君宇去世三年半，评梅猝患脑膜炎，医治无效，死于当年高君宇病逝的协和医院。我想，这是上苍看到了评梅那颗追随君宇的心是多么坚定而诚挚，于是成全了她，成全了这对深深相爱的人儿在泉下相聚！

石评梅去世后，她的朋友们根据她生前曾表示的与高君宇“生未能同床共寝，死后当并葬荒丘”的愿望，将其尸骨葬在君宇墓畔。石评梅和高君宇双双戴着象牙戒指同葬于陶然亭中。如今北京陶然亭依旧能看到石评梅与高君宇的墓。

《风流才女——石评梅传》我反复看了很多遍，其中很多诗句都能背诵下来。我模仿评梅的“梅巢”将自己的宿舍起名“瑛巢”。在“瑛巢”度过的日日夜夜是我此生最为怀念、最幸福快乐也是我成长最快的一个阶段。想起“瑛巢”自然就会想起“梅巢”，想起一代才女石评梅。

一直喜欢石评梅，但究竟喜欢她什么，内心很模糊。写这篇文章时，我又反复思考，喜欢石评梅什么？是她的才华？是她的美丽？还是她的坚贞？想来想去，我的思路渐渐清晰，之所以喜欢石评梅，是因为我喜欢石评梅和高君宇两人对感情的忠贞不渝。这是我内心深处渴望的一份纯粹而坚贞的感情。

读《风流才女——石评梅传》已经是几十年前的事了，至今忘不了这本书，忘不了石评梅和高君宇的故事，并不是因为故事内容多么离奇，而是在喧嚣的当下，再也看不到高君宇和石评梅那样的人了，再也看不到纯粹专一不含任何杂质、不带任何附加条件的感情了。

在我心里，石评梅、高君宇的冰雪恋情可与白居易笔下的《长恨歌》相媲美，天长地久有时尽，此恨绵绵无绝期……

2019 年

欲罢不能《荆棘鸟》

·

自从在一个网友的空间看到《荆棘鸟》这部美国电视剧的片段，便被这部八集电视连续剧牢牢吸引，不眠不休地看完了它。一颗心被剧中人物的情感命运强烈撞击着、牵引着，难以平静，难以摆脱。为此，欲罢不能又看了第二遍。

荆棘鸟，一种把荆棘扎入自己胸膛，在鲜血淋漓的枝头唱起世上最美的歌的一种鸟。

故事梗概是这样的。

拉尔夫，一个将自己的身体和灵魂都献给上帝的人，一个以成为红衣主教为自己人生最高追求的人，他从献身上帝那一刻起，就已失去一个普通人追求爱情的权利。他自己也认为可以做到一辈子没有女人，没有爱情。在遇到梅吉前的二十八个春秋中，他确实做到了没有女人，没有爱情。

但是，在遇到梅吉的那一刻，他的内心发生了变化，尽管那时的梅吉只是一个 9 岁的小女孩，却一下子就进入拉尔夫的眼眸。柔弱无助的梅吉、善良单纯的梅吉、孤独无依的梅吉成了拉尔夫内心放不下的牵挂。

在梅吉长大成人之前，两人有过一段非常单纯友好的交往，这是一段无比温馨美好的时光，梅吉像信任父亲兄长一样毫无保留地信任拉尔夫，有任何疑问都会向拉尔夫倾诉。而拉尔夫也以一个成年人的智慧帮助梅吉答疑解惑，帮助梅吉学习各种知识技能。因为年龄相差悬殊，加上梅吉尚未成年，两个人的交往非常单纯快乐，完全不必避嫌。

随着梅吉的渐渐长大，情窦初开，双方感觉到了痛苦和矛盾。拉尔夫热爱梅吉，但是，他知道他没有这个权利，他的信仰不允许他爱这个像玫瑰花一样新鲜可爱的姑娘；梅吉热爱拉尔夫，但是，她知道，拉尔夫的信仰不允许她靠近他。

拉尔夫对她感情的回避，让梅吉备感焦虑。彼此深爱着的两个人却由于拉尔夫献身上帝而不能在一起，这种痛苦是一种深深的绝望，是无法放弃却又无力挣脱的绝望。最终，拉尔夫选择了他的事业、他的上帝、他的教会，远离了梅吉，希望梅吉可以有自己的未来和幸福。

但是，可怜的梅吉从幼小时代，内心深处就只信任拉尔夫一个男人，她怎么可能爱上别的异性？然而深爱的人是得不到的，梅吉在无可奈何中报复性地选择了外表酷似拉尔夫的另一个男人，并生了一个女儿。没有爱情的婚姻自然不幸，梅吉选择的男人，虽然外表像拉尔夫，然而，两人的内心却完全不同。

梅吉受到严重打击，在她内心伤痛绝望之际，有心灵感应的拉尔夫来看望梅吉，两人重逢，情感终于战胜了理智，拉尔夫和梅吉的爱情如火焰般熊熊燃烧，他们终于越界偷吃了禁果，梅吉也如愿地从上帝那儿偷来了戴恩——一个属于拉尔夫和梅吉的儿子。这是上帝送给梅吉和拉尔夫的爱情礼物。

梅吉知道拉尔夫永远不会属于她，那么得到与他的儿子，看着这个一天天长大的人儿，身上闪现出拉尔夫的优良基因，梅吉内心充满了满足和喜悦。从此，梅吉离开她的丈夫，回到了家乡，守着一双儿女，一个人平静地带大两个孩子。

然而偷来的东西自然是要还回去的，当他们爱情的结晶——戴恩因为下海救人从而永远离开他们的时候，拉尔夫和梅吉的心碎了。

拉尔夫在临终的刹那，抚摸着梅吉的头发，满脸的酸楚和凄凉。他在后悔将今生献给了上帝而辜负了他心爱的姑娘吗？还是在向上帝忏悔，他违背了上帝的旨意有了女人，有了爱情，甚至还有了自己的孩子？

我的内心被《荆棘鸟》这部电视剧强烈地震撼着，撞击着，走在大街上心思依旧沉溺在剧中。

“为什么如此牵引我的心？为什么占据上帝都不能占据的地方？”这是拉尔夫思念梅吉时的自言自语，却让我泪流满面。爱恋一个人、思念一个人怎么能由得了自己啊！

我又想，电视剧肯定不如原作细腻，尤其很多心理描写在电视剧中是无法表现出来的，于是我从图书馆借来《荆棘鸟》原作，边看小说边看电视剧，却意外发现这部电视剧的编剧和导演真是太棒了，电视剧改编得比原著好。

原作是澳大利亚著名作家考琳·麦卡洛的长篇小说，这本家世小说，以女主人公梅吉和神父拉尔夫的爱情纠葛为主线，讲述了克利里一家三代人的故事，时间跨度达半个多世纪。故事冗长，结构也不够紧凑。前因后果交代得过于细致烦琐。而电视剧《荆棘鸟》结构更紧凑，人物个性刻画细致鲜明，主题突出，而且开头结尾处理得也恰到好处，总之，在我看来，电视剧比原作更出彩。

荆棘鸟，把荆棘扎入自己胸膛，在鲜血淋漓的枝头唱起世上最美的歌，这是一曲无比美好的歌，曲终而命竭。然而，整个世界都在静静地聆听着，上帝也在苍穹中微笑。

它告诉我们，世间最美好的东西，只能用深痛巨创来换取……

2015 年

二　感恩有你（亲情系列）

我的父亲母亲

一直以来，内心深处有一个地方不能触碰，不敢触碰，那就是我的父亲母亲。因为一想起他们，泪水就会喷涌而出。

今天，写这篇文章，再次想起我的父亲母亲，我那老实本分的爹娘啊，我那憨厚木讷的双亲。他们都是普普通通的农民，是千千万万个平凡人之中最平凡的两个人。然而，于我而言，他们是此生唯一不可忘怀的人。

父亲

我的父亲性格耿直急躁，本性老实木讷，思想简单古板，平时不苟言笑。年少时想起父亲，我对他除了怨恨还是怨恨。随着年龄增长，我渐渐明白了父亲的良苦用心：他在用自己的方式爱着他的儿女，尽管这种爱简单粗暴得甚至有点极端。

我在家排行老五，是个典型的夹心饼干，上有哥哥姐姐下有弟弟妹妹，所以注定不被喜欢不被重视。像大多数重男轻女的父亲一样我父亲更喜欢儿子——我的哥哥和比我小三岁的弟弟。

母亲生我时，父亲已经50岁了，所以在我的记忆中，没有父亲为了一家人的生计苦拼苦挣的画面。从我记事起，父亲就一直是生产队的饲养员，每天和牲口打交道。家里干活挣工分的还有母亲、哥哥和姐姐。哥哥结婚有了孩子后，父亲就不参加生产队的劳动，而是在家带孙子了。

父亲给我最深的印象就是管教我们很严，尤其是女孩子，每天都要干活。上完学回家就要马上做饭、拔猪草、喂猪、打扫卫生、看孩子……干活就不说了，哪个农家女孩不干活？关键是，即使大冬天闲得无聊，父亲也不允许他的女儿们出门玩耍。

最让我痛苦的是，当村里人家娶媳妇嫁姑娘时，全村人会去看热闹，而我们家却不行。父亲绝不允许女孩子去婚丧嫁娶的场所，尤其是晚上闹洞房时，家家户户的孩子都会去看热闹，让新娘子点烟或者要一块喜糖。而我们姐妹假如偷偷去看一眼，妈妈就要被责骂一通。因为父亲认为女孩子没教养是母亲的责任。

有一次，二姐没忍住，偷偷跑出去看了一眼人家刚娶来的新娘子，被父亲知道了，他拿着一根手臂粗的木头棍子追打二姐。二姐吓得围着生产队的场院直转圈，父亲也围着场院转圈，最后，追不上二姐，只好作罢。

你可以想象在那个年代，没有电视，没有收音机，没有任何娱乐的时代，村里娶媳妇嫁姑娘是何等的大事，然而，我们家的女孩子是绝对不可以去凑热闹的。

因为父亲的封建专制古板，从小被圈养在家的我们姐妹情商都比较差，不擅长与人交往，不善言辞，永远学不会拐弯抹角，更不会谄媚奉承，说话做事总是直来直去，为此，在后来的人生路上处处碰壁。

是父亲不爱我们吗？不！只是父亲的爱与众不同。因为爱，他勤俭持家，让我们兄弟姐妹不愁吃穿；因为爱，他苦拼苦挣，家里光景总是不错；因为爱，他参加别人喜宴时，总会装回来几块糖果，用牙齿咬开均匀地分给我们；因为爱，性格急躁，很容易被激怒的他却从不曾动手着实打我们一下；也是因为爱吧，他怕女儿们出去串门玩耍会有危险，就以限制自由的方式保护他的5个女儿不受外界一丝一毫的伤害。

我至今记得，小时候，父亲不允许我们口出脏话，如果我们兄弟姐妹之间闹矛盾，不小心骂一句难听的话，父亲听见了就会举起他的巴掌。但是，每次他的巴掌都是高高举起轻轻放下。一巴掌打在身上一点也不疼，长大了才知道这也是一种爱。

除了限制人身自由，我最不喜欢的就是父亲的抠门。其实，从小我就知道，因为父母亲特别能干，特别会过日子，而且家里劳动力多的缘故，我们家的境况总是比周围人家要好。但是，父亲的抠门有点不可思议，我们买书买铅笔，问父亲要一块钱，他只给你 5 角，问他要 10 元，他只给 5 元，久而久之，我们自然掌握了他的规律，本来是 5 元钱的东西，我们开口就要 10 元，软磨硬泡好半天他就给 5 元。

还有一点就是，父亲绝不允许我们浪费食物。剩饭要喂鸡喂猪，绝不能倒掉；擀面条的时候，如果把面板上的一点点面渣扫到地上，父亲一定会非常生气地教训我们："败家子，如果是 60 年代，早饿死你了。"我小声嘀咕："这点面，有啥呀。"父亲就说："点点成海。"那一点点面粉渣要扫起来放到猪食盆里才行。

父亲一辈子没上过一天学，但是他认识很多字。他把这叫"识白字"，意思是他自学来的。平时闲来无事，父亲总爱拿起一本书一个字一个字地读，遇到不认识的字逢人就问。你看他读书，好半天才掀过一页，我常常怀疑他能读懂书的内容吗？

父亲不仅爱读书，还时常和左邻右舍的老人坐在院墙上兴致勃勃地聊着历史。最近，我读一首元曲《双调·沉醉东风》：渔得鱼心满意足，樵得樵眼笑眉舒。一个罢了钓竿，一个收了斤斧，林泉下偶然相遇，是两个不识字的渔樵士大夫。两人笑加加地谈今论古。由此我又想起父亲和邻居老人谈古论今的情形，不禁笑出声来。

父亲算盘打得非常好。加减乘除他都会，也是年轻时父亲跟着村里会计偷学来的。而我是沾了弟弟的光学来的，父亲在教弟弟打算盘的时候，我在旁边无意中学会了打算盘。

父亲最享受的就是每天午后，抽着旱烟半躺在炕沿上，眯着眼想心事。想他的儿女们有没有面粉吃。

成家后，每次去看望父亲，父亲总会问："现在城里买一袋面粉多少钱？你一个月工资是多少？能买几袋面？"在父亲心目中，只要买得起面粉就不会饿肚子，只要不饿肚子就是好日子。

父亲是2003年冬天去世的，享年87岁。当父亲穿着妈妈做的老衣，闭上眼睛的时候，我发现父亲非常好看，脸上满溢着安详慈爱。我久久地看着父亲，忍不住伸出手去摸了摸他的脸，这是我一辈子向往的事情——能够像别人家的孩子一样，摸摸父亲的胡子、父亲的脸，这个愿望直到父亲闭上眼睛才得以实现。

今天再想起父亲，我已经完全理解了父亲的一切行为，每次看到网上曝出那么多花季少女被人诱拐蹂躏，小小年纪却身心备受摧残，我自然明白了父亲的良苦用心。父亲没文化，他只能用简单粗暴的方式让他的女儿们少走弯路。

我的父亲一辈子没骂过一句脏话，没说过一句谎言，没欠过别人一分钱。做人做事干干净净，清清白白。一辈子最厌恶的就是撒谎骗人、好吃懒做、满嘴跑火车的人。

父亲，无论你对与错，今天，我依旧要感谢你生下我，养大我，没有因为我是丫头而抛弃，没有因为我不优秀而嫌弃。父亲，让我说一声从来没有对你说过的话吧：我爱你！

母亲

也许因为有一个过于专制封建的父亲吧，上帝就给了我们一个特别温柔贤惠而能干的母亲。

我的母亲比父亲小14岁，因为年龄的差距，父母亲一直不和。父亲急躁专横，不善言谈，做人做事原则性强，不擅用语言好好沟通。而母亲心灵手巧，善于操持家务，针线茶饭，家里家外什么事都难不住她，并且性格温和忍耐，处处与人为善，宁愿自己吃亏，也不会惹是生非。

我的母亲相当能干，什么事经过她的手无不服服帖帖。比如做饭，母亲有本事将晒干的萝卜丝炒出佳肴的味道，一盘酸菜炒粉条能让我们记到现在。记得小时候，大家并不知道大盘鸡的做法，但是母亲无师自通地将一只鸡切块和土豆炖在一起，让整个黄昏弥漫着令人垂涎欲滴的香味。

那时，有个下乡干部偶尔在我家吃了一顿母亲做的鸡块炖土豆，几十年后，那位干部还在啧啧赞叹母亲的手艺。因为母亲很会做饭，在生产队劳动时，只要大家去野外开荒，需要集体吃饭时，一定会带着母亲去给大家做饭。

母亲干活细致认真，为此，生产队的细活都有母亲的份，比如磨面粉前要将粮食用簸箕收拾干净，打理蔬菜园等这些细致活，一般队长会派母亲去干。

母亲的针线活做得特别好，生产队谁家娶媳妇嫁姑娘，做针线的一定是母亲。母亲自己裁剪，自己缝制，没有缝纫机，母亲用手也能做出当时最时髦的款式。因为母亲的心灵手巧，从小我们姐妹的衣服总是花样翻新，受人瞩目。

因为母亲的种种优点，父亲的沉默寡言、不善交际总能被母亲的温柔能干悄然化解。加上母亲的人缘极好，我们姊妹总能感受到来自左邻右舍的关照和温暖。

因为我们家孩子多，母亲就特别忙，走路干活总是一阵风，比如她可以在劳动间隙，一天纳一只鞋底，三天做一双鞋。每天早上天不亮就起来做针线活，晚上我们睡下了，她还在做针线活，以至于小时候，我以为我的母亲是从来不睡觉的。

孩子多，又没太多的钱，要让孩子们穿暖吃饱就需要大人费点心思。母亲不是一般的能干，而是相当能干。没有布，她会用鸡蛋到城里裁缝铺换来一堆花布头，再将花布头剪成各种形状对接着细密地缝起来，缝成一大块布，然后裁剪成花棉衣、花棉裤，甚至做成花棉被。没有羊毛，母亲背着竹筐到羊群走过的荆棘地，将挂在荆棘上的羊毛小心地摘下来拿回家，细心地摘掉羊毛里的小刺，烫洗干净，撕成均匀的绒毛填到被子里、棉衣裤中，就成了我们御寒的冬衣。

因为母亲勤劳能干，我们兄弟姐妹从未受过饥寒；也因为母亲温柔耐心，父亲的暴躁脾气收敛了很多。可以毫不夸张地说，母亲为我们兄弟姐妹撑起了一把不可或缺的生命之伞。

说起母亲的好来，我就感觉自己嘴笨笔拙，不知道先说哪些，后说哪些，想来想去，母亲的好我是说不完的，只能拣几件印象深刻的事说一说。

弟弟九岁那年，不慎摔断了腿，这可把母亲急坏了，如果说我们兄弟姐妹是母亲心头肉的话，那么弟弟就是母亲心尖尖上那块肉。

我们赶紧把弟弟送到二十二医院进行治疗。二十二医院男病室不让女人晚上陪护，没办法，晚上就只有父亲看护弟弟。妈妈开始早来晚走。

40 年前的格尔木，老百姓的交通工具就只有两条腿。从我们家到二十二医院有 20 多里路，母亲每天早上馍馍就着开水一吃就上路，一步步走到医院，照顾弟弟一天，黄昏时分，又开始一步步走回家。弟弟在医院接受治疗的日子里，年近 50 岁的母亲每天要走 40 多里路照看弟弟，一天也没落下。

其实父亲在医院里照顾弟弟，母亲可以不必天天都去，可是，她不放心。再说弟弟每天睁开眼就翘首期待着母亲的到来，因为没有谁能像母亲一样照顾孩子细致入微、任劳任怨，母亲不忍弟弟失望，宁愿自己每天早来晚走。

第二年，弟弟腿刚刚长好，去滑冰，在冰面上和小伙伴玩摔跤绊倒，受伤的那条腿再一次断了。顿时，父亲母亲心急如焚，又到二十二医院开始了给弟弟的二次治疗。母亲又一次开始了每天 40 里路的竞走。因为母亲细致入微的照顾，尽管弟弟的腿断了两次，但是没留下太多的后遗症。长大后依旧可以打篮球踢足球。

我们姊妹七个成家立业后，按说母亲应该享福了。可是忙碌了一辈子的母亲哪里能闲得住，一有时间就打袼褙做鞋子纳鞋垫，一双又一双。自己的孩子做了又给孙辈做，孙辈做了还有重孙……所以，我们姊妹七个，每家都有一大包花花绿绿的鞋垫。看见鞋垫，就看见了母亲穿针引线的背影，看见鞋垫，就深切感受到母亲大海般无尽的爱。

母亲是 2014 年春天去世的，享年 85 岁。下葬那天，天降大雪，整个昆仑山白雪皑皑；三周年忌日，昆仑山又一次降下瑞雪。看着漫天飞雪，我默默地想：母亲，你的伟大感天动地，昆仑山为你穿起了孝衣。母亲，此时此刻，天地万物都在向你表达深切的哀思！

2017 年夏

天使的翅膀

我的箱子里珍藏着六双色彩艳丽的花鞋垫。花鞋垫上，五彩的绒线变成了怒放的牡丹、含羞的睡莲、烂漫的菊花，蝴蝶和蜻蜓也栩栩如生，翩翩起舞在花丛中。这就是我年逾古稀的慈祥的母亲眯缝着她的老花眼，用鲜艳的也是她最容易看清楚的绒线一针一线缝制的，我们兄弟姐妹七人及配偶儿女共三十多口人，人皆有之。母亲说："我已经七十多岁了，活不长了，给你们每人做两双鞋垫留作纪念吧！"

十年前，母亲刚过六十岁，农闲后，她忙碌着洗羊毛、撕羊毛，然后给我们兄妹缝起了棉衣裤。我们问她，这是为什么？我们有过冬的衣服，何况这年头，谁还穿厚厚的棉衣裤？妈妈安详地解释："我已经六十多岁了，活不长了，我给你们缝好棉衣裤，死后就不担心你们受冻了。"闻此言，我们鼻酸不已。

年迈的母亲不仅给我们做好了花鞋垫、棉衣裤，还常常做许多千层底布鞋。她说："布鞋养脚、透气、舒服，皮鞋会把脚穿坏的。"每次我们去看母亲，她一看到我们穿着皮鞋，马上会问："穿皮鞋累不累？是不是没有布鞋了？"下次等你再去，她准会塞给你一双布鞋。

母亲一生勤劳能干又善良。那一双手啊，从不见它停止。缝缝补补，洗洗涮涮，给我们做吃做穿，从小到大，因为母亲这份勤劳和能干，我们兄妹虽未锦衣玉食，但也衣暖食香。如今，满头银发的母亲依旧为儿女、孙儿女忙碌着、操心着，她的嘴里叨念的总是："这个孙子没棉鞋、那个女儿要一床新棉被，儿子棉袄已旧了……"

母亲啊，我最亲爱的妈妈，愿您健康长寿，愿您天使般的翅膀永罩在我们头顶。

父亲节断想

如今社会新潮得很，除了各种传统节日，还有什么情人节、光棍节、母亲节，今天又是父亲节，我心中感慨颇多。

我的父亲去世已经 8 年了，因为父亲在世时，我们也很少交流，所以父亲走了，似乎也没太多悲伤。

父亲的感情十分内敛，轻易不会表达他对子女的爱护。每次回家试图和父亲聊天，他只问你几句话：你一个月工资是多少？现在面粉是多少钱一袋？你一个月可以吃几袋面粉？当我告诉他我的收入、一袋面的价格，告诉他我一年也吃不了一袋面时，他就十分高兴，认为不饿肚子就是小康生活了。在父亲看来，只要有面粉吃，其他一切都不重要。可见饿肚子这件事对父亲的影响有多大。

因为 20 世纪 60 年代饿肚子的经历，父亲对我们要求很严格，不允许我们浪费食物，浪费水，浪费一切。比如，我们洗衣服时要求父亲换下身上的脏衣服给他洗洗，父亲常常不肯，父亲有一句经典的语言，我想起来想笑又想哭，那就是："我的衣服我穿上将（刚、只、才）一个月，洗啥？一件衣服没穿烂叫你们洗烂了……"

父亲的不善言谈、不善表达、封建死板，让我对他没有太多依恋，除了怕他、躲他甚至恨他，想不起太多温馨的画面。所以，一直以来，我看见母亲对孩子好的画面，不会很在意，而一位父亲对子女的温柔疼爱就会让我十分心动羡慕。

儿子也没有享受太多父爱，从小到大，都是我在操心他的衣食住行，他父亲留给他的印象很少。他上幼儿园、上小学的时候，无论刮风下雨都是我在天天接送他。大冬天的，骑着自行车带着孩子艰难行走在西北风中，如果看见前面是一位父亲在送孩子上学，我和儿子都会行注目礼。我心里敬佩加羡慕地想：这么早，我家孩子的父亲永远在被窝里睡觉，而别人的爸爸却骑自行车送孩子上学……

因为我和孩子都没有享受到父亲的慈爱和呵护，所以我们都非常喜欢或者非常敬佩那些深爱孩子的男人，男人的温柔、男人对孩子的呵护关照很令我心动。我想，对孩子好的男人不会坏到哪儿去吧，深爱孩子的男人也必将被女人深爱。

父亲节，愿天下深爱孩子的父亲们节日快乐！

2011 年 6 月 19 日

来自头发的烦恼

每天起床整理床铺，总会发现很多头发缠绕在枕巾、被子、床单上，拖地的时候更是一缕缕的头发跟着拖把旋转，你气不得、急不得，只能一点点地扯下头发丝，重新拖地。

每每看到拖把上的头发丝，就想起以前，孩子他爸一拖地就生气地嘟囔：“怎么这么多头发，烦死人了。”我听了也生气：“你咋不找个光头当媳妇啊？！”话虽这么说，其实我对头发也很无奈，满地头发，拖布上全是头发，可我有什么办法？我总不能剃成光头吧？于是就想，如果谁发明一个收集头发的利器，一定会挣大钱。

有一天，打开阳台窗户，看到对面楼上一个女人站在窗前，将头伸出窗外梳头，心想：一定是怕头发掉到地上不好拖，所以才这样梳头的。这样一想，居然“扑哧”笑了，原来不是我一个人为地板上的头发烦恼啊！

想想关于头发的烦恼还真不少，因为头发直接影响一个人的形象，头发少了烦恼，头发白了烦恼，头发掉了也烦恼。

我想，男人应该不会为头发烦恼吧，没头发光光头很时尚啊，就像葛优、孟飞、乐嘉一样，舒服凉快又好看。但其实，男人也会为没有头发而烦恼，有个朋友就因为没头发，天天戴假发套。到了夏天，看到他头上冒出的一滴滴汗珠，就很同情他。

现代社会，科技发达，不但白发可染成任何颜色，而且短发可接长，稀疏头发可种植变密实，粗糙头发可打蜡变光滑亮丽。每次到理发馆理发，看到理发师像变戏法一样将女孩子们的短发变长发，直发变卷发，长波浪卷发又瞬间变成直发，干草一样毛糙焦黄的头发变成乌黑灵动飘飞的发丝，我的眼睛就直了，心里暗暗叹息，难怪现在的女孩子一心只想成为有钱人，只要有钱，真的是什么事情都能办到呀！

因为很少看见顶着一头白发出门的人，所以，当我第一次从中央电视台看到老演员田华顶着一头白发出镜时，感觉惊讶极了，原来白发也可以这么美呀，原来白发也有白发的味道呀，原来收拾干净了，白发也一样美呀！后来，看到演员吴秀波也是花白头发、花白胡须出镜，竟觉得十分有味道。从此，我对自己的白发就不以为意了，不再频繁染发，而是保持干净就好。有一天，在某校看见一个化学老师，40 多岁，花白头发，感觉很自然，很亲切，很舒服。心想，这人也是真性情，不怕别人的眼光。

说起头发，想起苏武的诗："结发为夫妻，恩爱两不疑。"我母亲的一生就与头发紧紧相连。她一辈子梳两条大辫子。做姑娘时两条大辫子在后背甩来甩去。18 岁结婚，就将头发盘在后脑勺，一直不肯剪掉。在生产队时，很多女人剪着短发，英姿飒爽，也有人劝妈妈剪短发，可是我父亲喜欢妈妈的长头发，不允许妈妈剪发，妈妈自然"夫为妻纲"。

父亲去世了，我们姐妹力劝妈妈剪发，可是我老妈依旧不肯。如今，每次给母亲洗头发，看到长长的银白色头发，心想，古人说结发夫妻，将头发与婚姻联系起来，还真有些道理呢。母亲一辈子跟着父亲，她从来没有过不尊重父亲、离开父亲的想法。父母亲结发为夫妻，虽然不是恩爱两不疑，但是母亲心里很踏实，她从来也没怀疑过自己的归宿。

想想人的烦恼可真不少，从头到脚没一样省心的。千丝万缕的头发就像生活中千丝万缕的烦恼，丝丝缕缕，无处不在，难怪李白有"白发三千丈，缘愁似个长"的感慨啊！

2011 年 11 月

哥哥最后的日子

从西安看完病，哥哥坐飞机回到格尔木。这是他第一次坐飞机，也是最后一次。哥哥生命的最后一年，经历了很多第一次：第一次坐飞机，第一次过生日，第一次出远门，第一次戒烟戒酒戒鱼戒肉，第一次放下家里喂猪拔草浇水收割磨面榨油等事情，安心养病……

哥哥一直不知道他得的是什么病，家里人只告诉他有血栓，一个肾不太好，回家慢慢调养就会渐渐康复。他并不知道因为医生说他的病没法动手术，治不好，弟弟和医生大吵一架；他不知道我们为了隐瞒他的病情煞费苦心地编谎，甚至都不敢和他多说话，怕说漏了嘴；他不知道为什么每天来看望他的乡亲走了一拨又来一拨。

尽管没人告诉他得了不治之症，聪明的哥哥应该从每天来看望他的那一拨又一拨的乡亲那里隐约想到了什么，但是他不说破，即使做好了寿材，即使贺材时他虚弱得抬不起头，但是不管大家找到什么偏方，他都积极配合治疗。

哥哥平时不言不语，话不多，几年前从村支书的位置下来后除了到地里干活也很少出门（我们一家人受父亲影响，都不爱热闹，不喜串门），然而哥哥的威望毋庸置疑，他生病的消息一传开，整个乡镇认识他的人都来看望他，而且不止一次，家里堆放的礼品盒让嫂子直发愁。

哥哥去世后，祭奠的人更是络绎不绝，花圈里三层外三层的从院子里一直摆到了院子外。

哥哥生前，我们也没告诉母亲哥哥得了什么病。但是，母亲也从一拨又一拨众多的看望者中看出了端倪。她默默地守护着哥哥，从她知道哥哥生病那天起，就守在家里，不论我们姐妹怎么叫她，她都不肯离开哥哥半步。哥哥到西宁看病，因为家里实在没人照顾她，我就又一次叫她到我家小住，她依旧不肯，理由是“你哥哥看病不在家，我要替他守着这个家，哪里也不去！”

哥哥看病回来，大约意识到自己将不久于人世，对母亲格外亲切有耐心，每次吃饭母亲不坐在饭桌上，他是坚决不肯动筷子。嫂子伺候哥哥和妈妈有点累，让我接走妈妈，我也想趁着休假好好伺候伺候她，调养一下她的身体，于是就又一次动员妈妈到我家。

刚开始，妈妈依旧不肯，怕她到了市区没人告诉她哥哥病情的变化，可是看到嫂子不耐烦地让她走的样子，就赌气来我家。

临走前，哥哥问：“阿妈下哩吗？”

我说：“嗯，下去住几天。”（不知道这是哥哥随便一问还是舍不得妈妈）

7 月 28 号妈妈到我家，不到一个星期，8 月 2 日，哥哥就走了。妈妈听到噩耗痛不欲生，后悔在最后一刻没见到哥哥，痛恨自己没有陪伴哥哥到生命终点。

哥哥走了，走得急促，走得突然，人人都担心癌症晚期的疼痛会让哥哥无法承受，却没想到他就这样急匆匆地离开了人世。我们兄弟姐妹七人中的一人就这样先走了一步。

哥哥，希望你在另一个世界没有病痛和烦忧。

2012 年 8 月

大姐走了

2016 年 7 月 21 日凌晨四点，大姐因脑溢血辞世，永远地离开了人世间。享年 62 岁。

我的大姐，认识她的人没有一个不认为她是一个十分能干要强的人，无论哪一方面（除了没文化），大姐都不允许自己落在别人后面。实际上，大姐完全继承了父母亲的性格特征，并且有过之而无不及。急性子，特别能干，干活从不偷懒、不怕出力，事事不甘人后，样样不肯服输。

大姐属马，整整大我一轮。最早对大姐的记忆是看电影。那时候我们刚到格尔木，我四五岁，大姐十六七岁，偶尔生产队演电影的时候，我只要听说放电影，到了晚上就紧跟大姐，寸步不离，哭着喊着要跟大姐去看电影。母亲被我吵得不耐烦，就让大姐带我一起去看电影。大姐嫌我走得慢，每次都让我趴在她背上，用双手搂住她的脖子，她两只手反过来从背后托着我的两只脚，大步流星地走到看电影的地方，然后放下我，坐在邻居姐姐帮忙拿的小凳子上，怀里抱着我看电影，我看不了几分钟就睡着了。

看完电影，大姐就又反身托着我的两只脚，背着我走回家，再把我放在炕上。小时候跟着大姐去看电影，我的两只脚从来不沾地，从来没走过一步路。

大姐的能干不是一般人能比的。家务活、生产队的活没有什么活能难住大姐。洗衣做饭，针线女红，割麦子碾场，不仅样样精通，而且做起来相当麻利。出外干活，大姐总是比一般人快，一个人一上午就割一亩地的麦子（一般的劳动力一天割一亩地的麦子就很不错了），一个人半个小时就能做一大家子的饭。因为大姐太能干，很多人和她在一起都有一种无形的压力。我就曾听到不少人说，只要大姐在旁边，就会不由自主很紧张。

记得作为生产队唯一的拖拉机手，英俊能干的大姐夫找对象时，媒人拉着大姐夫到我们居住的村子挑选。

每天清晨，天刚蒙蒙亮，生产队一二十个大姑娘挑着水桶到几里外的小河里挑水。每次大姐都是走在最前面的那个人。连着三天，大姐夫看到大姐单薄的身体挑着满满两桶水，大步流星走在挑水姑娘的最前面。别的姑娘一路上要休息好几回，而我的大姐居然可以一口气挑着两桶水走到家里。

在那个靠工分靠力气吃饭的年代，娶一个身体健康、干活麻利、特别能干的妻子就意味着将来的日子绝不会差。连着三天的观察，大姐夫心里打定主意：他要娶的妻子就是走在一群姑娘头梢子的大姐。

第三天，大姐夫和媒人跟随大姐进了我家门。媒人到上房找父母提亲去了，大姐夫跟着大姐进了我家厨房，大姐将水桶里的水倒入大缸，放好扁担，反身出门。此时跟着大姐到厨房的大姐夫堵在厨房门口问："你愿不愿意嫁给我？"大姐哪里见过这种阵势，羞红着脸夺门而逃。

大姐婚后，我第一次到大姐家是我家杀了年猪后，母亲让我给大姐送猪肉去。那一次，我坐在一个人的马车上走啊走啊，感觉走了很久很久才到大姐家。其实，大姐家就在小岛上，现在有汽车，几分钟就到了，可是，那时候交通工具只有马车，所以，感觉大姐家特别遥远。

因为大姐名字叫桂英，又加上特别能干，年轻的时候，大姐的外号就叫穆桂英。大姐的家永远纤尘不染，就连厨房、猪圈、鸡舍、车库、厕所也都是干净整洁，有条不紊。她种的菜园庄稼地也总是干干净净，从不见杂草丛生的情况。我感觉大姐手底下简直像安了马达一样，做事情迅速又利索；无论是出外干活，还是做家务，她总是干得又快又好。以至于不能干的我在大姐面前也常常会有无所适从的感觉，从而逃之夭夭，不敢走近大姐。

也许，在大姐成长的阶段，正是"铁姑娘"备受赞赏的阶段，也许，大姐继承了父亲的急躁和母亲的能干，她生来就是这样能干的人，总之，大姐的能干无人能比。

大姐怀孕即将临盆时还在地里干活；生了孩子还未满月，就挖土放水和泥巴打土坯盖新房；将孩子绑在背上，骑自行车到地里干活，孩子睡了就将孩子放在地上睡觉，孩子醒了就背着孩子继续干活，从来没有因为怀孕，因为要带孩子，因为自己是个女人而耽误干活挣工分。每年年终结算，大姐的工分永远是最高的。能干的大姐生了三女一男。在她的教育下，孩子们个个能干，做事麻利，从不偷懒。

也许是大姐年轻时太能干，尤其是月子里闲不住，常常干重活，导致大姐双腿膝关节落下毛病，在后来的日子里，大姐为她的双腿受了很多苦。急性子的大姐不得不放慢脚步走路，不得不承受双腿带来的不便和疼痛，不得不在许多事情（比如跳健身操、上楼等需要双腿强健的地方）上认输。这对好强的大姐来说简直是酷刑。

近几年，大姐的心脏血压也出现了不良症状。儿女们尽力给她治疗，大姐的精神状态一直还不错。尤其今年，大姐重新修建了房屋，新房经过半年的重建，刚刚装修好，搬进去才一个月，大姐就毫无征兆地突发脑溢血过世了。

平时，我们姐妹聚会时也常常讨论什么样的死法最舒服，大家一致认为，“一晕儿过去”是最佳死法（脑溢血）。我们最担心的，就是老了瘫在床上让人伺候。结果，要强了一辈子的大姐果然就“一晕儿过去”了。大姐啊，你真的是要强到底了！！！

7 月 19 日早晨，大姐和姐夫起床后，和以前一样到村里健身器材上健身。突然，大姐感到一阵晕眩，姐夫慌忙扶住。大姐依偎在大姐夫怀里，喃喃自语：“我的腿不听使唤了？我的胳膊也不听使唤了……”大姐夫给附近上班的大女儿打电话，然后叫“120”送到医院。医生说：“脑干出血，无法手术。”

7 月 20 日下午，儿女们将大姐接回家，我看到躺在炕上的大姐闭着眼睛，就像睡着了一样面容平静安详，黄白的皮肤很好看，脸上的皱纹似乎也平展了许多。我看到大姐起伏的胸腔，摸摸她的手，大姐的手柔软温暖，皮肤光滑细嫩。我想也许为了能看一眼远在北京治病旅游的二女儿，大姐还能撑下去。然而，7 月 21 日凌晨四点，大姐还是走了。

呜呼，我的大姐，要强了一生的大姐就这样悄悄地走了，仿佛天边的一片白云，悠悠然潇洒地走了，是老天听到了她的心声，成全了她“一晕儿过去”的梦想吗？是大姐太劳累，想要好好儿休息吗？大姐，我要强的、事事不甘落后的大姐啊，愿你在另一个世界不要再那么能干了，不要再那么劳累了，愿你慢慢地享受安静、愉悦、缓慢的幸福时光。

2016 年 7 月

写给儿子十八岁生日

儿子，今天是你十八岁的生日，妈妈祝贺你成为一个真正的男子汉。

从今天开始，你就是一个成年人了。十八年前的今天，妈妈十月怀胎，又经过一天一夜的疼痛生下了你。当刚刚降生的你将胖胖的小脸向妈妈依偎过来的那一瞬间，妈妈对你的爱便油然而生。从此，你就成了妈妈的心肝宝贝；从此，妈妈期盼着时间过得快一点，再快一点，好让你快快长大，成为一个顶天立地的男子汉。

今天，儿子，你十八岁了。十八岁是一个人一生中最美的年华，也是一个人成为大人的标志。从今天开始，你就是一个成年人了，你不再是一个不懂事的、做错任何事情都可以被原谅的小孩子了，从此，你要为你所做的事情负起责任来，不管是好事还是坏事。

今天，儿子，你十八岁了。十八岁也意味着你人生中最繁忙最辛苦的时刻到来，因为这几年的辛苦忙碌将为你今后几十年的生活奠定坚实的基础。你是一个男人，将来有很多建功立业的机会，如果没有足够的知识储备，你会失去很多机会，所以现在你必须努力，尽可能多地掌握一些知识。

今天，儿子，你十八岁了。十八岁意味着你的人生翻开了新的一页。人生从来就不是一帆风顺的，充满了各种不确定性。但是，无论如何，妈妈希望你做一个坚强、善良、正直、有所作为的人，做一个对人民大众有益的人。你一定要记住这一点，哪怕你一生默默无闻，是一个平凡得不能再平凡的人，我也绝不希望你成为不走正道的人。此后的岁月，你要脚踏实地走好每一步路，把握好每一个机会，因为人生没有回头路，你走错一步，千步万步也难追回。

今天，儿子，你十八岁了。从你在妈妈身体孕育的那一刻起，妈妈的爱就系在你身上，纵然妈妈爱你疼你胜过自己的生命，希望为你承担所有的不幸和灾难。但是，你的人生之路妈妈不能代替你走。因为，你是一个独立的个体，你必须承担自己所作所为所产生的一切结果；因为，随着你一天天长大，妈妈渐渐老去。总有一天，妈妈肩不能扛，手不能提，反而要依靠你的肩膀。

所以，我的宝贝，在妈妈尚能帮助你的时刻，你一定要发奋努力，用自己的智慧和力量开创自己灿烂的前程，妈妈知道你一定会成为一个有担当有勇气有智慧有能力的男子汉。

今天，儿子，你十八岁了。在你过去的十七年里，有过蹉跎岁月，有过彷徨犹豫，有过得过且过，但是，一切都过去了。从今天起，我们可以一切从头开始，你目前最大的任务就是学习，考个理想的大学，为你将来几十年人生之路打下坚实的基础。我相信，你是最棒的，我们的目标一定会实现。

今天，儿子，你十八岁了。今后的人生之路，你会遇到许许多多开心、不开心的事情。你会恋爱，你会工作，你会成家，你会成为父亲。这一路上，有鲜花有喝彩有成功，也会有伤痛有打击有失败，但是不管遇到什么，你都要坚强，笑着面对。

儿子，将来的日子，无论是失败还是成功，无论是发达还是落魄，妈妈的爱将陪伴你一生，妈妈是你最坚强的后盾。

我相信你是最优秀的，我相信理想一定会实现。

2009 年 11 月 5 日（农历九月十九）

弟 弟

与生俱来的姐弟缘分

我和弟弟的缘分是与生俱来的。为什么这样说呢？听我细细道来。我的父母在生了大哥和我们四个女儿之后就开始强烈盼望再生一个儿子，于是给我起名“引兄”。所以，从我还不懂事的时候就知道，我要引来一个弟弟。

可能从妈妈怀孕那一刻起，每当奶奶妈妈或者婶子问我：“妈妈肚子里是弟弟还是妹妹？”我毫不犹豫地回答：“弟弟！”所以全家人认为弟弟就是我引来的。妈妈果然就生了弟弟，小时候我毫无疑问地认为弟弟就是我引来的。

由于这个原因，从小我就很疼弟弟，从弟弟会走路起，我就走到哪儿都带着他。村里和妈妈一起劳动的婶子们老爱拿这事开玩笑，一看见我就问：“引兄，你领的谁呀？”

我自豪地回答：“我兄弟（我弟弟）。”

“为啥是你的兄弟啊？”

“因为我叫引兄，弟弟是我引来的。”听了我的话，大人们哈哈大笑，我也很自豪地笑了。

因为弟弟比我小三岁，加上小时候因为腿伤休学两年，我高中快毕业的时候，弟弟才上初中，当时我们都在格尔木市第二中学上学，因为离家太远，我俩都住校。

住校的日子是十分艰难的，我们每周回家一趟，回家拿馍馍，馍馍要计划着吃，因为要吃一周。学校经常停水停电。记得有一次，是一个夏天，学校又停水了，没水喝，吃了几口从家里带来的干锅盔，口干得要命，我在校园里转啊转，无数次拧开一个建筑工地的水管子，可就是不见一滴水。转了一会儿，找不见水，我就又一次拧开建筑工地的水龙头，顿时，水哗哗地流了出来，我迅速拧上水龙头，生怕别人知道了把水喝完。转身就跑去找弟弟，领着弟弟到水龙头跟前，让弟弟先喝，弟弟喝饱了，我才开始喝，我们姐弟都喝好了，才跑去告诉我们一起来上学的住校生。

读到这儿，读者诸君肯定会笑，我现在想想也想笑，水龙头既然来水了，怎么可能会喝完呢？可我当时就是那样的心理。

弟弟是我们全家人的心肝宝贝，从小在家里衣来伸手饭来张口，人们都说，从小溺爱的孩子不懂事，长大了让人操不完心。这话我不认可，因为弟弟就是一个鲜活的例子。

全家人的骄傲

当时，我们一个乡在市二中住校上学的农村孩子总共有十七个，八个女生九个男生，这九个男生除了弟弟，其余的都跟着其中一个年长的男生整天在街上游逛，寻衅滋事，爱打群架。唯有弟弟从来不跟他们出去游逛。毫无疑问，这是要付出代价的。但是，弟弟是那种你要么打死我，要么我依旧独来独往的、特别有主意的人，从来不肯屈从暴力。

上高中那些年，我们的生活环境真是糟糕透了，很多农村孩子因为受不了没吃没喝和严冬的寒冷纷纷退学了。可是我那在父母家人的百般宠爱中长大的弟弟却硬是坚持了下来，最后成为我们乡第一个考到西北重点大学的学生。

弟弟，是我们全家的骄傲，是我们每一个人深爱的人，也是我眼里完美的男人。

弟弟上高中时，我已经高中毕业。说起我的毕业，又是一腔眼泪。20 世纪 80 年代初，格尔木农业生产开始包产到户了。因为我家人口多分到了 30 多亩地，此时，父亲已老，退出了农业生产劳动，在家看孙子。以前掌管家庭的权威自然交给了哥哥。大姐、二姐早已出嫁。家里干农活的就只有哥哥、嫂子、妈妈和三姐。我和弟弟妹妹上学。

一方面因为家里干活的人少，哥哥嫂子对我上学十分不满；一方面因为我是女孩，早晚要嫁人，认为让我上高中划不来。为此，哥哥嫂子对我上学百般阻挠，本来想着初中毕业就不让我上学的，无奈我从小学习好，中考的时候，全校只有 4 个人考上高中，我就是其中之一。

报名的前一天，嫂子气呼呼地骂了我一整天，说我坐在板凳头上花钱，是个赔钱货……

我蒙着被子哭了一天一夜，大家以为我哭一场也就算了，断了上学的念头。可是我要读书上大学的欲望是多么强烈，怎会轻易打消？第二天早上，我收拾书包连早饭也没吃就早早坐到去城里的拖拉机上。嫂子跑过来围着拖拉机破口大骂，只差没把我从拖拉机上拖下去。可是任她骂得多难听，我就是不出声，也不下车。嫂子骂累了，走了。三姐夫（当时三姐和三姐夫订婚还没结婚）看我倔犟的样子，从兜里掏出 10 元钱给我报名（报名费 7 元）。

感谢我忠厚善良的三姐夫，在我上高中的日子里，他无数次给我零花钱，给我带馍馍，没有他的帮助，我只怕饿死在课桌上了。

好不容易到了高二，还有一年就要高考了，三姐出嫁了。三姐的出嫁使家里又少了一个壮劳力，哥哥嫂子就更不开心了，恨不能一把拉我回家去种地。每个周末回家，对我来说都是痛苦的煎熬，无论我怎样小心翼翼，多干活，少说话，嫂子还是不高兴，想方设法挑衅打架。可以这样说吧，为了让我回家种地，嫂子将所有能用的招数都用了，可是我还是想上大学，我放不下我的大学梦啊！

有一天，弟弟忧虑地对妈妈说，你怎么给四姐起名“引兄”啊，如果给三姐起名“引兄”，我就是老四，那我可以先上大学，然后出来再供她上大学。我好笑地看着弟弟，比我高出半个头的他依然相信，是因为我的名字他才来到这个世界的。

哥哥嫂子很清楚，如果我考上大学，他们就没理由不让我上学，所以他们开始加紧了逼迫的步伐。

妈妈当然是第一个受攻击的人，成天被嫂子骂，被哥哥挤兑，妈妈一方面可怜我，不愿让我太委屈；另一方面被哥哥嫂子欺负得整日以泪洗面。一个周末回家，妈妈说：你如果继续上学，我恐怕是活不下去了……

可怜我的大学梦啊，就此中断……

金榜题名

弟弟上高中时，我已经到乡小学当老师了。哥嫂费尽心思让我回家种地，可是我干农活还不到三个月，就接到学校通知，让我到乡小学当民办老师。我当时每月工资73元，雷打不动要给弟弟20元，妈妈20元。

有了我的资助，弟弟的日子稍微好过点，可以到食堂买饭吃。加上管我们住宿的老师看见弟弟学习特别刻苦，就给他单独找了一间小房子住。后来三姐一家也搬到市区，弟弟吃饭就更方便了。

虽然如此，弟弟刻苦学习的精神也令人敬佩。最难的就是冬天，弟弟单独住一间宿舍，到了冬天没有任何取暖设备，房子里和冰窖一样冷，弟弟常常在教室里晚自习到很晚，然后回宿舍睡觉，早上冻醒了就爬起来到操场跑步，跑到天亮。一边慢跑一边背英语单词。

三姐心疼弟弟，给他买了一个电褥子，可是没过一星期，弟弟又将电褥子还给姐姐。三姐不解，弟弟说："电褥子太舒服了，早上不想起床，这样下去，我拿什么考大学？"

因为弟弟的刻苦努力，他的班主任老师非常欣赏他。可能因为老师喜欢弟弟吧，所以有一次上课时鼓励他，说他将来当个海西州的州长没问题。就这一句话，让弟弟信心倍增，并且立下志向，一定要考上清华大学。他说："不上清华大学，将来如果真成了海西州州长，谁服我啊？"

结果参加高考，弟弟没有考上清华大学，而是西北一所重点大学，弟弟很沮丧，他不想去，他的目标是清华。可我已经羡慕得眼珠子红了又红，我说："你去吧，我们家这种情况，早点离开，早点独立，早点解放！"

如今，弟弟也过了不惑之年，多年来，弟弟做人做事认真负责，从他身上，人们根本看不见一丝一毫曾经或者说现在依旧被全家人宠爱的痕迹。妻子不舒服了，他回家脱下西装就做饭。妈妈到他家了，喜欢吃什么就给妈妈买什么。妈妈穿的衣服要买质量好的，吃的食物都是妈妈最爱吃的。每年过春节，我们做女儿的还没想起来给妈妈买新衣，弟媳妇就已经里里外外全买好了。

弟弟上对父母竭尽全力地孝顺，父母亲打针吃药住院，弟弟跑在最前面，掏钱的总是他；中对姊妹们也是关怀备至，谁家有事第一个跑来的就是他，不管谁有事能帮忙的他绝不袖手旁观；下对儿子处处以身作则，从没有一般男人吃喝嫖赌的恶习。所以在我眼里，弟弟是一个完美的男人。

2011 年 1 月

妹 妹

曾读过这样一篇文章：在很久很久以前，小鸟并没有翅膀，跟其他走兽一样，只能在地上行走。一天，上帝把一些负担分成一小捆一小捆，绑在小鸟的背上，要它们把这些负担运到遥远的地方去。

起初，小鸟感到背上的负担很沉重，走着，走着，背上的负担慢慢变得轻松起来。等它们到达目的地的时候，发现背上的负担已变成了一对美丽的翅膀。上帝给小鸟负担，其实是在赐给小鸟一双飞翔的翅膀。因为有了负担，小鸟才会努力地去承受；因为努力承受，负担反而变成了带着小鸟飞翔的翅膀。生活从来不是一帆风顺的，有时候生活会赐予我们很大的负担，若能把负担变成动力，那它将如同一双美丽的翅膀带着我们飞向更高更远的地方。

初读这篇文章，我想起了我的妹妹。生活给了妹妹一个沉重的负担，但妹妹没有推卸责任，而是拼尽全力扛起这个负担，无怨无悔。今天提笔写我的妹妹，内心五味杂陈，心情十分沉重。我写了很多人物故事，但始终不敢写我的妹妹。因为每次还未提笔心情就先沉重，还未思考泪水就已盈满眼眶。实在是不敢多想妹妹的不幸、妹妹的辛劳。

我的妹妹实在是太不容易了，若非有一颗天使般的心灵，这么多年她是无法坚持下来的。今天就让我讲一讲我妹妹的故事吧。

还未出生就遭嫌弃

我可怜的妹妹还没来到这个世界就被妈妈嫌弃了。一方面，妈妈生了我们四个女儿和哥哥弟弟两个男孩后就很知足了，已经有六个儿女的妈妈不想再要孩子；另一方面，大哥大姐都已经结婚，面临着怀孕生子，妈妈一想到要和自己的儿女一起生孩子，备觉羞愧难堪。她是真的不想再要孩子了。可是，在那个年代，女人怀了孕除了生下来别无选择。

怀孕之初，妈妈到生产队劳动时向一帮妇女讨要打掉孩子的偏方：从高墙上跳下、早晨空腹吃生萝卜、早晨空腹吃草木灰、空腹喝凉水、乱吃很多药，等等，可是无论妈妈怎么想办法，妹妹就是稳坐妈妈肚子里。

后来，看妈妈折腾得难受，父亲斥责母亲道："你又不是寡妇，有啥丢人的？我不嫌孩子多，不管儿子丫头都生下来！"就这样，妹妹留下了。生产队登记人口报户口时，大姐说："我小妹子金贵，就叫贵梅吧（小名）！"

妹妹的出生给我增加了一项任务，看孩子！从小到大我烦透了看孩子，因为从妹妹开始，侄女、侄子、外甥女、外甥，接二连三看孩子，以至于我的童年和青少年从来没有痛痛快快地玩过一天，什么时候都要照看小孩。

妈妈要出工劳动让我在家看妹妹，6 岁的我烦死妹妹了，本来我 6 岁就可以上学的，可是因为看妹妹，被迫推后了两年。

记得我 7 岁那年，一心渴望上学的我，开学那天，没和妈妈说就跟着三姐一起去报名，父亲给了三姐 1 元钱，三姐报名用了 5 角。还剩下 5 角正好够我报名。我到一年级报名处，报名的陈老师让我数数，我一口气数到 100，陈老师很满意，又让我用小棍子在地上写出 1 到 10 的阿拉伯数字，我一笔一画写着，写到 7 了，却不知道往右拐还是往左拐，老师教给我怎么写，然后就说："好，这丫头聪明，明天来领书，上课！"

我欢天喜地跑回家，想着让妈妈给我缝书包。妈妈正坐在炕上做针线活。她说："去把那个铲子给我拿过来。"我一溜烟跑过去拿着铲子递给妈妈，妈妈反手抓住我，铲子就一下一下打在我的屁股上。妈妈一边打一边骂："你报名了，你上学了，娃娃谁看？我不挣工分吗？一家人不吃饭吗？"一顿暴揍，我乖乖在家看孩子。等我上学时，妹妹已经 2 岁，而我 8 岁才上一年级。

妹妹的确可怜，在我看她的时候，可没有像心疼弟弟那么心疼妹妹，她哭了，我会打她，吓唬她（弟弟我是从来不会打骂也不会吓唬的）。尽管我对她很凶，可她还是依恋我，我走到哪儿她就跟到哪儿。

妹妹 4 岁那年，父亲让已经十岁的我学着做饭。我站在一个小板凳上切风干羊肉的时候不小心切着手指了，血呼呼地冒出来，其实也不是很疼，但是看见那么多血，心里害怕就哭起来。妹妹看见了，也吓得大哭不止，妈妈在附近打麦场上干活，听到我俩撕心裂肺的哭喊，赶紧跑过来问“怎么了”，看我手指切破了，就让邻居姐姐带我到卫生室包扎。

邻居姐姐抓着我受伤的手指，拉着我疾步往卫生室走，妹妹跌跌撞撞地跟在后边，一边跑一边哭，伤心得好像我就要死了一样。从那以后，我才对妹妹好一点。

住在姐姐家读书

因为我们所在的村子没有学校，上学的时候，我们总是要跑到很远的地方读书，妹妹太小跑不动，就住到姐姐家。

妹妹上小学时住在大姐家，上初中时住在二姐家，上高中时住在三姐家。虽然都是亲姐姐，啥都亏不了，可是毕竟不是在妈妈身边，精神上还是欠缺一份安全感和满足感。每次学校搞活动，看到同学的家长那么年轻，妹妹羡慕得眼睛都直了；学校开家长会也总是由姐姐代替家长。虽然妹妹是我们家的老小，可是却没有享受到任何老小的宠爱和特权。

不知道是因为妹妹从小不在父母身边长大的缘故呢，还是与生俱来的性格，她很有主见很倔犟，说白了，就是只要她认准的目标，九头牛也拉不回来。

妹妹上初中时，我已经在学校教书，每年暑假，我和妹妹都是放假了才能团聚在妈妈身边。每天跟着妈妈到地里去拔草，妹妹就总是挨着我絮絮叨叨说着学校里有趣的事情。那时，我才诧异地发现妹妹已经长大了，有自己的思想了，不再是那个听话的孩子了。

晚上躺在炕上，我们仨（我、妹妹、侄女）就比谁的身材厚、谁的身材薄（就是谁胖谁瘦）。或者让妈妈说谁更好看一点，妈妈常常一会儿说这个好看，一会儿又说那个也好看。

上高中时，妹妹开始爱打扮，可能也到了青春期叛逆阶段。她特别挑剔，每次陪她上街买衣服，往往转悠一天她也未必看上一件衣服，每次都是乘兴而去败兴而归。可是只要她买了一件喜欢的衣服，居然可以连着穿一个月，不带换衣服的（当然不是脏着穿，而是每天晚上洗了，第二天早上再穿）。曾经一件粉白色的夹克衫，妹妹居然连着穿了好几个月。

脑瘫孩子，妹妹一生的伤痛

妹妹高中上了五年。两年高一，两年高二，最后终于考上了大学。中间一切还比较顺利。妹妹大学毕业，分配到州府德令哈，在那儿结婚生子。

生孩子时妹妹早产，8 个月就生了。那天她们单位大扫除，虽然妹妹身怀六甲，但是，工作面前妹妹从未将自己特殊化。她想，母亲和姐姐们都是即将临盆还在干活，人不可以太娇气。于是，她拿起铁锨跟着大家一起打扫卫生。突然，她感觉不舒服。到了医院，羊水破了，医生只顾着抢救大人，却忽略了孩子。妹妹的女儿生下来不久就患新生儿黄疸，因为没有得到及时治疗，导致孩子脑瘫。

妹妹是父母老来生的女儿，加上她在胎儿时妈妈的几番折腾，体质先天就不是很好。现在生了孩子又是脑瘫，妹妹的身心受到严重创伤。

所有人会想，妹妹会放弃她的女儿再生一个健康的孩子，正好也可以在月子里好好补补身体。可是，妹妹是一个认准了目标九头牛也拉不回来的人啊，她怎么可能放弃？她始终认为孩子没错，所有的过错是大人造成的。医院有错，没有及时诊断及时治疗，酿成大错；身边照顾的亲人有错，没有正确判断贻误了治疗时机；她有错，身体不争气没有照顾保护好孩子。作为母亲，她没有理由放弃孩子，她必须承担所有的责任。

从此，妹妹怀着歉疚的心情抚养着孩子，精心呵护着孩子，不让孩子受一点点委屈。哪怕她身体疾病缠身，哪怕要花很大的代价，哪怕让她受尽千般折磨、万般痛苦，哪怕她要失去很多人生乐趣。无论如何，她就是没办法放弃孩子，就是听不得别人劝她放弃孩子，就是要把孩子的快乐幸福放在自己的快乐幸福之上，就是要无怨无悔地照顾孩子，细心地呵护孩子。

走遍全国为女儿求医问药

过去的 18 年中，妹妹和妹夫带着孩子走遍了全国各大医院给孩子治病。我不知道，妹妹和妹夫一个背着孩子，一个背着行李，是怎么从一个城市到另一个城市辗转求医问药的；我不知道，他们是怎样一路颠簸，饥一顿饱一顿，站在各大医院门口排队等候住院治疗的。很多时候，甚至是妹妹一个人带着孩子去外地看病。为了省下每一分钱给孩子治病，她舍不得买卧铺票，每次都是硬座；舍不得住宾馆，每次都是在病房走廊打地铺将就，舍不得好好吃顿饭，买个饼子就着开水就是一顿饭……然而，这些都不算什么，最令人锥心刺骨的是医生的诊断结果，那是一次又一次比死亡更令人绝望的打击！！！

刚开始，每一个医生都告诉她，脑瘫孩子没有好的治疗办法，只能进行康复训练。妹妹便开始了对孩子的漫长的康复训练。那是怎样的一段岁月啊！每天早中晚，妹妹夫妇俩放弃一切业余生活，下班回到家简单吃点饭就开始给孩子做康复训练。为了让孩子精神放松，以减少康复训练的疼痛，给孩子做康复训练时，不擅长唱歌跳舞讲故事的妹妹，硬是学着唱歌、学习跳舞、学习讲故事、学习扮小丑，只为博得孩子开心一笑，只要孩子放松精神减少痛苦，让她做什么都行。每次做完一整套康复训练，一家三口大汗淋漓，疲惫至极。

功夫不负有心人。十几年日复一日年复一年的康复训练，妹妹和妹夫的汗水没有白流，孩子渐渐有了进步，有人扶着可以站起来走几步；没人扶着，双腿跪地也能走几步，双手虽不灵活但可以拿到自己想要的东西。

绝望的宣判

命运对我妹妹格外残忍。妹妹的女儿芊芊六年前的一场重感冒，让妹妹夫妇俩十几年的辛劳化为乌有。2012 年 4 月一场重感冒后，芊芊的疾病加重，后背脊椎总是紧拽，扯得孩子痛苦不堪，妹妹和妹夫再次筹措资金到成都医院给孩子看病。这次医生又一次做出了令人绝望的诊断：孩子患的是肌肉绞转痉挛，如果不切断颈椎后筋，最后的结果是头被后筋拽着和脚连在一起，孩子痛苦而死……妹妹和妹夫撕心裂肺地恸哭一场后，无可奈何中再次接受比死亡更残忍的现实，生生切断了女儿的后筋。从此，芊芊彻底瘫痪如泥，不能坐，不能站，不能动，除了眼耳鼻舌能用，芊芊浑身上下没有一个器官可以由她自由支配。

然而，令人心酸的是，芊芊脑子很清楚，她的智商毫无问题，这个孩子是怎样忍受这种痛苦的，无人能知。此刻，我更愿意她是智障儿……

努力为孩子营造快乐生活

在别人的想象中，妹妹这个患有严重脑瘫的孩子不知道有多可怜，猜测着孩子每天除了吃饱穿暖再无其他享受，因为生活中，很多有相同疾病的孩子都这样。而实际上，人们的猜测是错误的，妹妹和妹夫全力为女儿芊芊创造了一个丰富多彩的生活，无论是物质生活还是精神生活。

每个周末，妹妹将孩子固定在轮椅上，然后推着女儿去逛街。十几年来，妹妹练就了推着轮椅上下电梯（不是直上直下的电梯，而是楼梯一样的电梯）的本事。带孩子逛服装店、美食店、游乐场。以至于德令哈市民没有不认识妹妹一家人的。即使不认识妹妹，也都认识芊芊。为此，很多人只要看到娘俩就一路提供方便：买衣服会打折，吃饭会打折，游乐场所会打折，甚至很多不认识的人看见娘俩就掏钱给她们。尽管妹妹、妹夫从来不愿意接受他人怜悯和施舍，但是，好心人的举动总是让他们心生温暖。

妹夫对孩子的耐心照顾也令人动容。芊芊通过电视知道外面的世界很精彩，她动不了，参与不了外面的世界，但是，她可以通过吃，了解美食的味道。只要孩子说出她想吃什么，妹夫下班回家一定会买回来，他不舍得为自己置办一件像样的衣服，但只要女儿想吃的东西，他会毫不犹豫买回来做给女儿吃。

多年来，妹妹、妹夫不仅想尽办法带孩子北上南下、东去西来四处求医问药给芊芊治病，而且更为用心的是，在家里也为芊芊营造了一个十分温馨幸福的童话世界。

妹妹在她家宽大的客厅一角，放置了给女儿买的她喜欢的书架、玩具柜、电子琴和一床厚厚的海绵垫子，海绵垫子上有着长长的枕头，芊芊什么时候玩累了随便一躺就可以睡得很舒服；大大小小的布娃娃陪伴着她，各种各样的玩具也是随手可得。尽管现在芊芊的手不能动，腿不能走，但是，只要孩子喜欢什么，妹妹、妹夫依旧会想尽办法满足孩子的愿望。

因为妹妹十几年来给孩子阅读各种文学书籍，芊芊的精神世界很丰富，尽管她无法流畅地表达自己的思想。当芊芊没办法坐着看电视时，妹妹就用手机下载了听书软件，芊芊躺在床上或者沙发上依旧可以通过听书了解外面的世界。

我可敬可爱可怜的妹妹，自从有了孩子，没睡过一个囫囵觉，照顾孩子是她生活的重心；自从有了孩子，下班回到家，换下衣服的第一件事就是照顾孩子。给孩子接屎倒尿，洗澡擦脸，一天三顿抱着孩子喂饭；自从有了孩子，妹妹没有痛痛快快玩过一天，舒舒服服睡一晚上，她一颗心每时每刻牵挂着孩子；自从有了孩子，妹妹的时间除了上班全给了孩子；自从有了孩子，妹妹就没有了自己，孩子的快乐就是她的快乐，孩子的痛苦就是她的痛苦。她想尽一切办法让孩子感觉到生活的美好。

我们常常劝她再生一个孩子吧，女儿也好有个伴，可是妹妹不肯，她怕再生一个孩子就减少了对女儿的疼爱，就更对不起女儿，她对女儿的爱超过了她的生命！她所有的一切打算围绕着芊芊！让孩子品尝美食，带孩子到能够去的任何地方，让孩子看看外面的世界，尽可能让孩子开心一点（在这一点上，我和妹妹意见不同，我认为，孩子既然自己动不了，所有的一切行为需要别人帮助，那么就让孩子养成安静的习惯，从安静中获得快乐。比如，看电视，听故事，给孩子读书，让孩子精神世界不空虚就好。然后，给孩子吃好、穿好，偶尔，用轮椅推出来晒晒太阳吹吹风。这样，大人轻松，孩子也轻松）。

然而，我的妹妹（有时候我觉得她是超人）喜欢旅游，就希望自己的女儿也可以享受旅游的快乐，享受大自然的美丽清新。为此，她不惜出资雇人开车带着她和女儿到处旅游，敦煌、孟达天池、青海湖、门源油菜花都留下了妹妹推着轮椅里的孩子旅游的足迹。为了方便带女儿旅游，妹妹买了私家车，考驾照，她要让女儿尽可能享受到别人享受的一切。

每逢节假日，妹妹都会推着轮椅带着女儿去逛街，不在乎别人的眼光，不在乎别人的诧异，妹妹很坦然地接受了女儿是脑瘫患者的事实。尽管妹妹自己身体不好，孩子也有病，但是妹妹却热爱生活，热爱一切美好的东西，从不说悲观失望的话。

每次出门，妹妹都要把孩子和自己收拾得干干净净，漂漂亮亮。不愿别人怜悯她、同情她。只愿尽她所能，让她的宝贝女儿芊芊舒服一点、快乐一点、幸福一点。这就是我的妹妹，让我心疼，让我牵挂，让我又爱又疼又无可奈何的妹妹。

小鸟的负担变成了翅膀，我不知道什么时候妹妹的负担也能变成翅膀，带她飞越万水千山，抵达幸福的彼岸。

（写此文，想起妹妹很多往事，几次忍不住嚎啕大哭。如果世间有轮回，我祈祷佛祖可怜我的妹妹，让她来生拥有一个健康的孩子，让她享受到一个活蹦乱跳的孩子带给母亲的幸福！）

2018 年 8 月

记忆的选择性

人的记忆是很奇怪的，总是选择记住那些快乐的、愉悦的、舒适的体验。同样的场景，别人记住的你未必记得，而别人根本不会记得的你又会牢牢记住。而你所记住的，是经过你大脑选择的、是你愿意记住的东西，不愿意记得的事就会消失在岁月的云烟中，除非利用科学方法唤醒记忆，否则你不想记得的事情就会消失得无影无踪。

儿子有每天洗头的习惯，不洗头就说明他不打算出门；不打算出门，他可以一天不洗头不洗脸，不换睡衣。有一天他决定下午洗澡，于是就放弃了早上洗头洗脸，嫌麻烦。他让我帮忙拿水给他抿湿头发，别让头发诈尸般散开。

我拿着水给他抿湿头发、梳理头发的瞬间，电光石火般突然记起了我小时候奶奶给我梳头的情景。

那应该是我三四岁的时候，我的小脚奶奶每天都会坐在我家院子里阳光照耀的台子上，让我坐在她怀里，她嘴里含着一口水，一边往我头上喷水，将我的头发抿湿，一边一遍遍用梳子篦子给我刮着头皮，等所有头发梳理光滑服服帖帖了，就给我编上两个小辫子。然后让我跳进花园里摘几朵花，奶奶将花朵仔细别在我的两个辫子根部。我就一溜烟跑出去玩了。

这一玩不到下午太阳落山、肚子饿得咕咕叫的时候，我是不会回家的。每每回到家，我的头发已经乱了，小辫上的花也蔫了，回到家拿起杂合面馍馍就开始狼吞虎咽。

那时，我们家除了奶奶，所有人只能吃粗糙的杂合面，杂合面就是青稞磨成的面粉，用青稞面做的饭和馍馍口感粗糙，谁都不爱吃。我家的白面只有奶奶一个人吃，而奶奶心疼她的孙子，我一岁的弟弟，她每天泡一碗白面馍馍当早饭吃的时候，会给弟弟喂几口。弟弟太小，来不及咽下就会吐到胸口，我从小是个馋死鬼，静静地待在弟弟身边，看到他胸口上吐出来的白面馍馍，立刻抓过来放进自己嘴里。那时我最多四岁，可是这些事我居然记得清清楚楚。

儿子对记忆的选择性更让我吃惊，小时候凡是开心的、有趣的事情他都记得，凡是痛苦的伤心的记忆他基本忘记了。有时候，我以为他有意避重就轻，不想回忆痛苦的往事，可是很多次我有意无意引导他，发现他确实忘记了。

如果说我们只记住好的快乐的事情，好像也不对，我记得有一次父母打架的事。那时我七八岁，有一天早上，听到同睡在一条大炕上的父母和往常一样，早早醒来拉拉家常。父亲披着棉衣坐在炕上抽着旱烟，母亲手里纳着鞋底，两人聊着天。父亲说他老了，让母亲早点给他做老衣，免得他死了母亲来不及做。母亲骂父亲，孩子们这么小，你义务没尽完就想死？不知怎么的，一句话不合，两人打起来了。

我父亲从来不会骂人，一辈子没听见一个脏字从他嘴里蹦出来。听到不顺耳的话了动手就打，打也不会使劲打，打一巴掌踢一脚就完了。母亲打不过父亲，但会反抗，能打父亲一下就打一下，打不到也不会哭闹，拍拍身上的灰尘继续干活。

那次，大炕上还睡着三姐、弟弟、妹妹和我，我们四个人睡在热炕上，听到动静，一睁眼看到父母在地上打架，我们四个孩子赤条条跳下炕拉架。父亲一看我们四个孩子赤身裸体跳下炕，赶紧停止和母亲的打斗，推着我们姐弟四个赶紧上炕钻被窝，怕我们着凉了。母亲乘机拿着小凳子砸了父亲一下，父亲龇龇牙，没还击。

父母在一起一辈子打架无数，这是我记得的唯一一次。此刻我在想，是不是这也是我的选择记忆？因为父爱的温暖我记住了呢？不得而知！

2012 年 2 月

儿 子

寒假，儿子应了好朋友的邀请，临时到他们公司上班。因为要夜班白班倒来倒去，常常看不见他。看不见他就想他，有一天半躺在床上听着音乐看书，脑海中突然就闪现出一幕幕儿子成长的片段。

漫长冬夜

难忘那些寒冷而漫长的冬季，孩子的父亲在外地上班，我和儿子在异乡那个小院里度过的日日夜夜。每天晚上，为了让孩子睡觉暖和一些，我总是怀抱孩子坐在被窝里。怀里是孩子，手里是书，看着看着，孩子在我怀里睡着了，我把孩子放在屁股焐热的地方，自己紧挨着他躺下。孩子两只小手紧紧地搂着我的脖子，我用手搂着孩子的小屁股。孩子尿床了，我又把孩子换到干燥的地方，我睡在他尿湿的地方。如此反复，每个夜晚都要倒腾好几回，用身体将他尿湿的地方焐干。

有一天夜里，当我又一次和孩子调换了位置，我睡在床里孩子尿湿的地方。没想到孩子以为我还在原地，翻身找我，结果滚到床下，一张小脸直接着地。红砖地面顿时将儿子脸上的皮肤掀掉，细嫩的油脂裸露在外。我吓得手脚发软，勉强抱起孩子，不知道该怎么办。那个夜晚，我们娘俩哭到天亮。

第二天，我跑到村卫生室，医生说，让孩子自己慢慢长出皮肤吧，如果抹药，怕孩子脸上会留疤。整整一个月，孩子的皮肤才慢慢长好。十几年过去了，每每想起这事来，我的心依旧会疼得哆嗦。

那个小院，那个常常停电的小村庄的夜晚分外宁静，除了几声遥远的狗吠便是一窗明月。我常常拉开窗帘，看着沐浴在月光中的院子，月光的清辉透过院子里木槿树的枝丫，在地面上画出一幅美丽的水墨画。有风的夜晚，会听见树枝在风中飒飒作响，仿佛神仙踏月而来。

学会走路

可能是因为疼爱儿子的人少吧，儿子从小格外依恋我。记得他三个月大时，有一天晚饭后，我和他爸爸到一个朋友家办点事，儿子由姥姥看着。

从朋友家出来已经是两个小时过去了，我心里惦记着孩子，飞快往家走。还没到家，老远就听见儿子声嘶力竭的哭喊声，我冲进屋从妈妈怀里抱过他，儿子的哭声戛然而止。妈妈生气地说："这孩子，好像我在掐他一样，打你一走就开始哭，一直哭到现在。"我想孩子才三个月大，他熟悉了妈妈的心跳和怀抱，傍晚时分没有妈妈的怀抱，他是没有安全感的。

儿子8个月会站，13个月开始走路。我记得很清楚，那天早上，我起床先给儿子穿好衣服，像往常一样抱他到沙发茶几前站好，回头整理床铺。床铺还未整理好，突然感觉双腿被孩子抱住。以为孩子扶着墙走过来了，反抱起孩子又放到茶几前，回来继续整理床铺。可是，突然感觉身后有动静，我悄悄转过身，天呐，儿子正一步一步向我走来，我惊讶地看着他，蹲下身子屏住呼吸，伸出双臂欣喜地等待着他的到来。

儿子慢慢地、一步一步地向我挪动双脚走来，我很想拿着菜刀在他双腿间剁一刀（青海人习惯，孩子初学走路，在两腿间剁一刀，认为是剁断了牵绊孩子走路的钢索，孩子走路就很稳当了），可是又怕吓着他，就那样静静地等待着，快走到我跟前时，儿子突然跑起来，跌跌撞撞扑进我怀里，从此，他就开始自己走路了。

心疼妈妈

儿子很小就知道心疼妈妈。小时候他吃糖我会说："吃糖牙疼！"有一次我在吃糖时被儿子看见，他说："妈妈，吃糖牙疼。"我说："嗯，疼死了你就没妈妈了。”儿子就着急了，闹着要我吐掉嘴里的糖，坚决不允许我吃糖。

弟妹生孩子时，儿子 4 岁了，我带他到医院看望弟妹。弟妹是剖腹产，生完孩子，刀口疼得龇牙咧嘴。我看儿子很喜欢刚出生的小表弟，就说：“小弟弟好不好？”

“好！”“妈妈也给你生个小弟弟或者小妹妹吧？”

儿子歪着头想了想说：“妈妈不要生小弟弟，生小弟弟你肚子会疼的。”

小时候的儿子特别喜欢吃西瓜，因为西瓜是圆的，他就以为所有圆的东西都是西瓜。看见南瓜，他会让我切开给他吃，看见冬瓜也要我切开，总之，凡是看见圆圆的瓜类他就认为是西瓜，就一定要我切开尝过了，感觉不好吃才罢休。

儿子小时候一感冒就咳嗽，一咳嗽就咳个没完，我看儿子咳嗽得难受，就会心疼地抱着他流泪，儿子总是用小手抹去我的眼泪问：“妈妈，你怎么哭了？”

“妈妈心疼啊。”

“妈妈也感冒了吗？”

“妈妈没感冒，你难受，妈妈心里就会疼。”儿子似懂非懂地点点头，然后努力克制着自己尽量不咳嗽。

儿子三岁半时，我带他到学校。每天早上我是一起来就往教室跑，因为一直是班主任，往往上完早自习，有时候还要连着上一节语文课才能回宿舍。这时，儿子醒来就哇哇大哭，我不回去他就自己穿衣服，穿不上又开始哭。有时候，隔壁宿舍的老师听见了就进去给儿子穿上衣服，儿子就跑到我们教室门外大声哭却不敢进来。

有一次，我正在讲课，儿子又在门外哇哇大哭影响我上课，我出去让儿子先回宿舍，妈妈一会儿下课就回去。可是，他还是不停地哭，哄了一会儿他不听，我又气又急，就踢了他两脚。儿子看我愤怒的样子，吓得跑到教室后面窗户下哭。从此再也不敢在教室门口哭了。

后来这件事被我们班学生在作文竞赛时写到作文里，很多老师看见了，有的骂我心狠，有的说我敬业。后来每次想起这事，我心里就难过得不行。

住校期间，吃水都是从学校压水井里抽水，每天早上课间操30分钟，全体师生做完操就要用水泵抽水，每天就抽一次。我总是提着两个接满水的铁桶飞奔回房间。可是三岁半的儿子非要帮我提水，而他又走不快，反而影响我快速到房间。

有一次，他又哭着闹着要帮我提水，我气急了，就踢他一脚，自己提着水桶回到房间，儿子站在那儿哇哇大哭。那次，被学校领导看见了，说我不应该打孩子，孩子心疼妈妈怎么反而受到惩罚？我何尝不知道孩子是心疼妈妈，我自己更心疼孩子，可是那时的我又要带孩子又要上课，还是班主任，哪一样工作都不可以怠慢，只能是委屈孩子了。哪有时间耐心地对待孩子啊。

儿子小时候，因为家贫，买点好吃的我都是尝一口就都给他吃了。这个习惯延续下来，儿子不管吃什么东西，如果我不吃，他是坚决不吃的。

一直记得这么一件事，那是儿子5岁那年夏天，有一天，天气很热，儿子要钱买冰淇淋，我给他钱，他到家属院大门口去买。那个卖冰淇淋的人一看是个孩子，就给了他一个快融化的火炬。儿子拿着火炬和往常一样飞快地跑进来，按照惯例要让我先咬一口他才会吃。可是我刚一张嘴，火炬就掉到地下了，我和儿子都愣住了。看着儿子沮丧的小脸，我心里十分难受，拉着儿子到大门口和卖雪糕的人理论。卖雪糕的人纳闷地说："没见过你家孩子这样的，都是买了自己就吃了，谁家孩子还跑去先让妈妈吃啊。"

即使是现在，如果有个不经常吃的东西，我吃了他没看见，他也坚决不吃，非要我吃了，他才会吃。有一次，要好的同事到西宁出差，买回来一些酱鸭脖，分我一些。我因为在单位和同事已经吃了一根，其余的拿回家让儿子吃，可是儿子一定要我先吃，我不吃他也不吃。

每天和孩子一起吃饭时，因为我吃饭快，而且喜欢吃肉，孩子一直照顾我。我没吃完时他总是很少夹菜，等我吃饱了放下碗筷，他才一股脑儿全吃完。后来我发现了这个秘密，就有意识地给他多留一些肉，很快，孩子也发现了我的秘密，他故意将盘子中的蔬菜吃完，留下一些肉，说吃不下了。我也心领神会，孩子留下了，我就吃掉。

叛逆时光

儿子13岁学会上网，也开始学会骗我。我想尽办法给他戒除网瘾，可全失败了。没办法，我就让儿子给我当老师，教我上网。我要知道网络上究竟有什么吸引他。此后一年多的时间，每个周末我都会和儿子一起到网吧上网。儿子开始和我分享上网经验，教会我很多东西。我和儿子的关系也渐渐融洽。后来自己买了电脑，我也允许儿子上网，只是每天不能超过2个小时。

儿子14岁至17岁这段时间非常叛逆，让人有操不完的心，不爱学习，想挣大钱，寒暑假都要出去打工，为了逃避我的管教，初中未毕业就执意跑到四川绵阳上技校。

2008年，儿子上了三个月技校，汶川发生大地震被迫回家。绵阳那边一切恢复正常开学后，儿子又去上学，可是不到一个月，不知道哪根筋不对了，死活不在四川上技校了，一定要回来上高中考大学。我只好让他再上一年初三才考上高中。

至今，我也不知道那年儿子为什么要回来上高中考大学，因为一谈起这个话题，他就顾左右而言他，从来不肯正面告诉我原因。我也不勉强他，因为我们母子有约在先，他可以不说他不想说的话，但是一定不可以骗我。我们谨遵这条约定，谁也不勉强谁。

男子气概

如今，已经20岁的儿子身高将近1.80米，虽然已经是成年人了，可是思想行为依旧幼稚。因为有一个胆小怕事的妈妈，所以关键时候儿子总是表现出男子汉的气概。

有一天夜里，我家防盗门没反锁，不知道怎么被小偷弄开进来行窃，沉睡中的我看到手电光吓得大叫一声，儿子在他卧室听到我惊恐的喊声，立刻起来连声问："妈，怎么了？怎么了？"此时，小偷早已跑得无影无踪，而我家房门大敞着。我声音哆嗦着对他说进来小偷了，儿子穿上衣服拿着铁棒就追了出去。

以后每个夜晚，儿子总是记得睡觉前反锁防盗门。如果晚上和同学一起聚会也一定会打电话嘱咐我反锁房门。

2009 年那一年也不知道怎么了，我家卫生间下水道总是堵，最多的时候一个月堵了四次，基本是每个星期天会堵。吓得我不知道该怎么办，不敢用卫生间，每次都跑到外面上公共卫生间。

儿子看我对下水道堵了很是焦虑，就自己想办法疏通下水道。后来发展到只要下水道堵了，只要他在家就把我赶出家门，让我出去玩，他自己叫来疏通下水道的师傅解决问题，然后把家里打扫得干干净净才给我打电话让我回家。

因为儿子的体谅担当，我减少了很多烦恼。

助人为乐

不知道是由于儿子长时间当班干部的原因呢还是天性如此，他特别爱帮助人，说难听点就是爱管闲事。

儿子上高一那年，他们班一个女生因为和妈妈吵架离家出走了，小女生的妈妈找不到人就给儿子打电话，希望他们班同学帮忙找找。

儿子立刻叫了一帮男生开始找那女生，整整找了一天才在长途汽车站的一个角落找到那个女生。儿子和几个男同学左劝右劝，好不容易送那个女生回家。此时，可能是小女生的妈妈气急了，当着男同学的面开始又哭又骂自己的女儿。

儿子和他同学出来各自回家了。回到家，饿疯了的儿子边吃饭边给我说起找女生的事来。最后说一句：“她妈妈真差劲。”

我问：“怎么差劲？长得不好看吗？”

儿子说：“她妈妈个子比你高，身材比你瘦。”

“你的意思是比我好看？”

“没你好看，她妈妈没教养，当着那么多男同学的面又哭又骂那个女生，那个女生多没面子啊。如果是你，我相信你不会那样。你肯定会给我留面子。”

“你管那么多闲事，累不累啊？”

儿子说：“那怎么是闲事呢，我们班的人，出事了谁负责？”

“老师不急，家长不急，你急什么？”

儿子：“你怎么那么自私啊，谁都不管，那个女生跑到外地怎么生活？不是当小姐就是被人拐卖到穷乡僻壤给老光棍当媳妇！”

高二时，儿子班里一个女同学的妈妈心脏病发作被她女儿送到医院，然后这个女生打电话给儿子，求他帮忙照顾她妈妈，说因为她爸爸和妈妈离婚，爸爸不允许她和妈妈见面，现在妈妈生命垂危，让同学帮忙照顾。

于是，儿子和他最要好的两个男同学开始轮流照顾那个女同学的妈妈，照顾到第三天，我开始愤怒了，回家吃饭就去医院，你是学生，还是护工啊？怎么一天到晚被这些事情纠缠？再说了，那个女同学的妈妈住院，就算女儿不能来照顾，她也总该有兄弟姐妹吧？有亲戚朋友吧？怎么能让几个正在上高中的男孩子照顾呢？如果连她的兄弟姐妹亲戚朋友都不愿意帮助她，可见这人的为人也好不到哪里去。

当我坚决反对儿子继续到医院时，儿子又开始和我理论：“你太自私了，妈妈，她身边一个人也没有，她多可怜啊，你们大人怎么都这么自私啊？”

看着儿子满脸焦灼，于是我说：“好，我不自私，我去照顾她，你们都回去好好上学，可以了吧？”儿子这才释然。

后来，那个女同学的妈妈没等我去照顾就出院了，但是，通过这两件事，我发现儿子特别爱帮助人。对男同学的帮助更是不计其数，这让我欣慰也心烦。

善良天性

儿子很善良，从不欺负弱小，这不是我教育他的结果，而是天性。小时候儿子就十分热爱大自然一切美好的事物，看见别的孩子抓一些蚂蚁放到瓶子里，他会偷偷把蚂蚁放生；有的孩子揪掉蜻蜓的尾巴插上小棍子，看着疼得团团转的蜻蜓开心大笑时，他总是为蜻蜓不惜和小伙伴打架；他小姨从德令哈拿来的可鲁克湖的大螃蟹他可以拿到河边放生；对小姨家的脑瘫小表妹疼爱得就像自己的亲妹妹一样，不肯让小表妹受一点点委屈。我发现这也是儿子的软肋，只要小表妹在我家，只要我和他小表妹做游戏，给她唱歌，让她开心，他可以干完所有我让他干的家务，而且毫无怨言。

儿子是一名志愿者，有一次参加志愿者活动，到一个敬老院给老人们做饭洗衣服，陪老人说话解闷。晚上回到家就给我说：“妈妈，你老了以后我坚决不让你去敬老院，敬老院的老人太可怜了。”

我问：“怎么可怜了？”

儿子说：“吃的、住的、精神的、物质的，啥都可怜。反正你以后要和我在一起，我不要你去什么敬老院。”

如今，儿子正上高三，正是最后冲刺阶段，每天早上天不亮就起床，中午回来吃了饭就睡觉，晚上回来时已是万家灯火，一进门就吃饭，然后写作业，睡觉，周而复始。因为他学习很紧张，我们交流沟通的时间就很有限，只有吃饭的那一点点时间。看着孩子每天那么累，我很心疼，但是，我知道不经历磨难，人是长不大的。每个经历过高考的人都有这样的辛苦，只希望儿子明年能考个理想的大学。实现我们共同的愿望。

加油！儿子！

2011 年 10 月 10 日

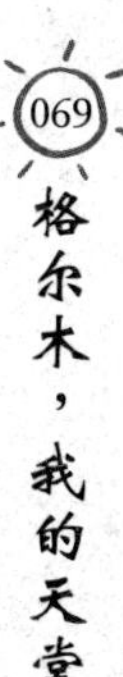

家有高考生

6 月 6 日，孩子就要高考。目前整个高三年级已进入一种冲刺状态，每天早起晚睡休息时间很少，饭也吃不好，为此，我想办法给儿子调节食谱，每天变着花样给他准备一日三餐，感觉内心比孩子还紧张。

因为早上 7 点就要出发，孩子总是 6:30 起床，我比孩子早起 20 分钟给他做早饭。

可能是太紧张的缘故，这段时间，我每夜总是会惊醒很多次，就怕睡过头了耽误孩子吃早饭（我有个毛病，不喜欢闹钟，怕闹钟突然响起，吓人一跳）。昨夜睡觉时，因为疏忽，没将手机放在伸手可及的地方，睡到半夜突然惊醒，摸了半天没找到手机，一下子急了，爬起来到处找手机。找到手机一看 4:30，心安了就又躺下了。结果一下子睡到 6：35 才惊醒，一看时间过了，我迅速爬起来，叫醒孩子，然后做了最简单的醪糟鸡蛋，端着碗一边不断搅动吹凉，一边催促孩子快点洗脸，孩子每天早上雷打不动要洗头，洗完头洗完脸，吹干头发，匆匆喝了几口醪糟，吃了两口饼子走了。

其实，我这人睡眠质量特别好，很容易入睡，而且基本是深度睡眠。上高中时住在学校，有一天晚上我早早睡下了，同宿舍的姐妹们借来一个录音机放音乐跳舞。别的睡下的姐妹都被吵醒起来跟着跳舞，唯有我因为睡得很死，她们把录音机放在我的枕边，我居然没醒来，这件事成为当时我们宿舍的一个笑话。

我爱喝茶，喝咖啡，有时候晚上临睡前还会冲一杯浓咖啡喝，咖啡刚喝完，我照样头一挨着枕头就会进入梦乡。

一个朋友说他也这样，喝茶喝咖啡根本不影响睡眠，他说，他咨询过医生，说这可能是心脏不太好导致的。我半信半疑，说我心脏不好，我咋不知道呢？

言归正传，凡家里有过高考生的都知道，孩子高考阶段就像打仗一样紧张，因为每天的睡眠时间太少（晚上一般要到一二点才睡），所以中午回来我就想让孩子多睡一会儿。孩子 1 点进门，吃饭半个小时，到 1：30 我就喊他进去睡一会儿。此时为了让孩子睡得踏实，我不敢发出任何响声，就在自己卧室看书，打毛衣，或者自己也眯一会儿，这个时候我最怕外面吵。

昨天，孩子刚睡下，一个修理高压锅的来到楼下高声喊着：修高压锅啰——

楼上的跑下来修理高压锅，顿时，楼道里响起乒乒乓乓的响声，情急之下，我跑出去说："能否小声一点？孩子刚睡着。"这两人很是通情达理，再没听到高声喧哗。

不一会儿，电话又响了，拿起手机一看是一个朋友的电话，我知道他没事，闲得无聊打来的电话。就冲着手机吼起来："你干吗打电话啊，不知道人家家有高考生啊，中午睡一会也不安生！以后没事不要打电话了，即使打电话也选个孩子不在家的时间，可以吗？"朋友不高兴地挂了电话，我心里想，他的孩子也经历了高考，他应该能理解吧。

唉，以前听一位母亲（是单位中层领导）说，因为孩子高考，有大半年时间她不参加应酬，即使上面领导来检查，需要陪着吃饭也从不参加。当时听了很敬佩这个家长。现在想想，这是被逼的，看着孩子那么紧张、那么累，没有一个母亲能够心安理得地在外面玩，自己逍遥。

家有高考生是真累啊！孩子累，家长累，我想老师可能更累。

2012 年 3 月 28 日

送与不送

儿子就要到山东济南上大学了，所有熟人见面第一句话就是："送不送？"我也千篇一律干脆地说："不送！"

于是就听到了很多赞成或者反对的声音。

赞成的人说不送就对了，孩子已经是成年人了，应该放手让他去闯，老是生活在母亲的庇护之下，能有什么大出息？不赞成的人说，应该送一下，孩子毕竟是孩子，一下子要独立处理很多事情会手忙脚乱的。

我发现，持不赞成意见的人占大多数，95% 的家长会送孩子去外地上学。然而，我从一开始就没打算送孩子去上学。原因有以下几个方面：

第一，我家孩子比一般的应届高中毕业生年长几岁，而且在班里一直是班干部，他喜欢独立处理自己的事情。

第二，孩子在初中时曾经两次回他祖籍山东老家，其中一次是自己一个人去的。路线他很熟。

第三，2008 年他曾经到四川绵阳上过一个学期的技校，那次，是他执意要去，我不同意，所以也没送他。他自己一个人跟着同学去的，不到三个月又回家重新复习才考上高中的。

第四，考完大学后，儿子和同学相约走遍了拉萨和青海的旅游景点。出门在外他比我利索。

第五，我怕坐火车，怕人多、天热、空气污染，怕路途遥远难受生病反而成了孩子的累赘。所以我从未想过要送孩子去上学。

孩子从一开始就知道我不会去送他上学。所以他心里早就做好了自己去学校的心理准备。

昨天有同事买飞机票送孩子去上学，听说我不送，嘴巴张得大大的；妹妹听说我给孩子买了卧铺票，说我也不怕把孩子惯坏，她带着生病的孩子全国各地去看病都是硬座。

我想每个人都有自己的想法，我不送是知道孩子有这个能力，完全可以自己去上学。给他买卧铺票，一方面学生票是半价不算贵，另一方面孩子第一次到学校，带的东西比较多，硬座不好保管东西。仅此而已。

小鸟的翅膀长硬了就会飞了。但愿，孩子越飞越高。但愿，飞高了也知道回家的路！

2012 年 8 月 31 日

家

儿子离家数日，回到家里就说："妈妈，哪儿也不如咱家好啊，家就是天堂！"

我问："家里哪儿好呢？"儿子说："也说不清楚，就是感觉回到家里是最舒服的。"

其实，不用问，我也知道为什么。因为家是我们每个人最温暖、最自在、最放松、最安全的所在。在家里，我们饿了就吃，渴了就喝，困了就睡；不用伪装高雅，不用伪装斯文，不用字斟句酌，不用费心说话；不用说假话，不怕得罪人，不必找借口；想做饭就做饭，想出去就出去，不想洗碗可以等到第二天再洗，不想收拾就让它乱着。总之，家是最让人放松、最令人惬意的地方，无论走到哪儿，我都会想家念家。无论住在多么豪华的地方，我都会感觉不如我的小家舒服。

我想，这应该是大多数人的感觉吧，所以，人们才总结出一句经典之语：金窝银窝不如自己的草窝。是的，哪儿也不如自己家舒坦，哪儿也没有自己家自由。唯有在自己家里，我们才能放浪形骸，无拘无束；唯有在家里，我才能趿着拖鞋，穿着睡衣，在每个房间走来走去；唯有在家里，我可以不用洗脸只是刷刷牙洗洗手就可以吃东西；唯有在家里，我可以随便打嗝、放屁、打喷嚏、打哈欠；唯有在家里，才能自由自在，想干什么就干什么。

你说，哪儿能比家里舒服自在呢？

所以，家是我们疲惫时的休憩地，是安放我们灵魂的天堂，是身心轻松自由的地方。

人们为了一个家一辈子忙忙碌碌。其实，家不在大小，在于温馨；不在豪华，在于舒服；不在富丽堂皇，在于和谐轻松；不在钱多钱少，在于自由尊重。

愿天下每个人皆有一个自由温馨的家。

2009 年 10 月 20 日

回与不回？

临近春节，出门在外的人纷纷往家赶。这才有了中国特有的“春运”。

最近，亲友们见到我第一件事就问：“儿子回来了吧？”我说：“不回来，去上海了！”

儿子还没考大学的时候，我曾给他讲过一个大学生利用寒暑假走遍中国的故事。我不知道是这件事对他的影响，还是他自己的想法，总之，上大学第一个寒假，他不肯回家，而是应招去了上海某电子厂做为期一个月的工人。

说句良心话，乍听到儿子的这个计划，我心里很酸楚。想着大过年的，家家户户围桌而坐吃着团圆饭，而我的宝贝却一个人在外面凑合过年，这样一想，心里很不是滋味。

可是，仔细想想，我其实还是赞成儿子到处走走看看，开阔一下眼界。我因为家庭环境的缘故，囚禁在格尔木这个小圈子里哪儿也没去，哪儿也不想去。像一个井底之蛙，只看见头顶这一片天。如今，儿子有这个条件，有这样的想法，我何不赞成他的决定，成全他的梦想呢？

刚开始，以为是儿子在逃避我，埋怨儿子不肯就近上学，离我那么遥远。儿子却说：“这个世界上就和妈妈最亲了。再怎么样也不会想离妈妈太远啊！但是，只有离得远了我才能找到真正的自己！离熟悉的世界远了，我才能放开自己内心，我喜欢依赖你的生活，但是我又能依赖多久？其实我更大的愉悦是靠自己。如果我在青海，我回家的次数会很多，我永远都摆脱不了被你惯着宠着。我要成为一个成功的人，富有的人，我就要有能力撑起一片天，对爱我的人、我爱的人担负起一个男人应该担负的责任！”

孩子大了，有自己的思想和主张，作为母亲，除了祝福他、支持他、鼓励他，我还能说什么呢？

2013 年 1 月 17 日

比爹还亲的大爷

儿子打来电话，无比忧心地说："妈妈，给我打点钱，我要去看我大爷，我大爷得病了，我要去看看……"我嘴上安慰着儿子："不要慌，有病治病，你别着急，你大爷那么好的一个人，不会有事的。"嘴上这样说，心里却十分难受。

难怪这几日连着做噩梦，不是看见别人双腿断裂就是自己胳膊掉肉，以为是姐姐的病情加重，赶紧抽空去看看姐姐。姐姐说，她的病在好转，没事的。却没想到是远在千里之外的孩子的大爷，乍一听，无法相信那个意志坚定如钢铁一般的男人会倒下。

儿子的大爷，也就是前夫的哥哥，是一个真正的男人，一个充满了正义和力量、凝聚了智慧和仁爱的男人。他对我和儿子的好远远超过了他的弟弟——孩子的父亲。

犹记得，在我有孕在身回到齐鲁大地待产时，爱打猎的大哥一有空就背着猎枪出去打猎，每次出去都会带回来一两只野兔，他会亲自收拾干净，然后炖上兔子肉，打发侄子来叫我去吃肉。刚开始，我听说怀孕期间吃兔子肉，孩子可能会是兔唇，我就不吃。可是大哥说："别听人家瞎嚷嚷，我就不信吃了兔子肉孩子就成兔唇了，那我们天天吃猪肉、吃牛肉、吃羊肉，难道都得变成猪牛羊了？"我一听，说得有理，从此，爱吃肉的我不再听信左邻右舍那些女人的所谓"经验"，津津有味地吃着兔子肉，不再担心孩子是兔唇了。

分娩前一段时间，有一天，我提着两只桶到邻居家提水，被大哥看见。大哥什么话也没说，立刻叫来打井的人，自己掏钱在我家院子里打了一口压水井。他对别人说："弟媳妇大老远回家生孩子，如果提水摔倒了，伤着孩子，我怎么向人家爹妈交代？"

记得孩子小时候，大哥每天都会跑到我家来，什么话也不说，抱着孩子，长久地看着怀里的孩子，疼爱之情溢于言表。儿子四岁那年，我们回老家，因为在青海习惯了吃肉，回到老家，儿子天天要肉吃，大哥就天天给孩子买肉。我知道大哥家收入也不高，不让大哥惯着孩子，可是，他哪里肯听我的？只要儿子想要的，大哥一定会尽力满足他。

2012 年 9 月，儿子到济南上大学时，提前几天到山东泰安看望他大爷。大哥知道儿子喜欢干净，早就让大嫂新买了床单被套枕头，给儿子准备了一整套崭新的床上用品。这让儿子十分意外，也很感动。

每次和我通电话，儿子一说起他大爷来，比自己亲生父亲还要亲。如今，大哥生病，儿子也倍感焦急，当我听到这个噩耗，也是满心忧虑。生活总是这样，让那些善良的爱我们的人一个个饱受痛苦，然后离开世界，让活着的人徒留悲伤。

大哥，我永远记得你对我们的好！

祈祷上苍，希望让大哥一天天好起来！

2013 年 7 月 11 日

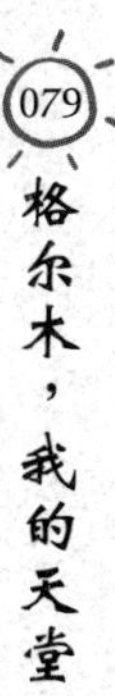

扫 盲

儿子暑假一回来，我就成为扫盲班的成员了。他时不时就来一句：“妈，我给你扫扫盲啊！”然后开始滔滔不绝给我上课，希望通过恶补，让我不要太无知。

首先是关于智能手机和普通手机的问题。因为我一直用一部三年前单位发的小型三星手机，这部手机很省钱，3 年时间 1000 元钱还没用完，而且我认为手机可以接打电话、可以发信息就行，不需要太多功能。我尤其讨厌每时每刻眼睛盯着手机而不知日月时光流转的人，所以我觉得我的小手机又划算又方便，唯一不好的是电池储电量越来越少，需要天天充电。

我本没有购买手机的打算，无奈，第一，这几年大家纷纷更新换代，单位同事大部分买了新款手机，我的小手机看起来像老年人或者小孩子用的简易手机，属于最简陋的一款，所以，很多朋友开玩笑挤兑我抠门。第二，儿子回家看到我还用旧手机，也力劝我买部新手机。他说：“妈，你早该换手机了，将来社会的发展趋势是，不再单独生产电脑和照相机了，手机会代替一切。也就是说电脑、照相机以及手机功能将集于智能手机一体，你如果不会用智能手机，那就说明你不会电脑，也就说明你跟不上时代前进的步伐，所以你必须从现在开始，从用智能手机开始熟悉新产品，慢慢接受将来手机、电脑、摄影终将合一的趋势……”

听了儿子的话，我没再犹豫，尽管家里、办公室都有联网电脑，我还是买了一部可以上网的智能手机。

其他扫盲内容诸如互联网的联通方式，理财产品是怎么挣钱的，人民币为什么会贬值以及这个效应那个现象，等等，这些问题我一无所知，既从没考虑过，似乎也不感兴趣，所以，儿子给我“扫盲”时，我也认为是很有必要的，每次我都听得很认真。

听儿子给我“扫盲”，内心会涌起一种“长江后浪推前浪，前浪死在沙滩上”的感觉。后生可畏啊，不知不觉，我已经落伍了，很多知识没有更新，很多理念没有转变。

哎，还是毛主席说得好，青年人像早晨八九点钟的太阳，世界是你们的，也是我们的，但归根结底是你们的。

是的，世界永远是年轻人的，老家伙们很快就会退出历史舞台喽！

2013 年 8 月 6 日

快乐的母亲节

今天是母亲节。早上起来，儿子就神秘地对我笑着，说要送我礼物，要送我一把花。我很想说，你如果要送花不如送我点零食之类的，可是话到嘴边我又忍住了。第一，最近自己下决心要管住嘴，因为不想自己太丰满。第二，长这么大，我从来没收到过作为礼物的鲜花，很想体验一下收到鲜花的感受。

下午，儿子捧着一大把康乃馨进来了："妈妈，节日快乐！"然后西洋化地在我的脸颊上亲吻了一下。看着手里不是太新鲜的花儿，心想这是儿子没钱，买了打折的花吧，但是不管怎样，内心依然涌动着做母亲的快乐和幸福。

晚上，儿子一定要给我洗脚，我本能地拒绝，我还没老到让儿子洗脚的地步。可是转念一想，应该让儿子洗脚，现在儿子给我洗脚，将来我动不了时，他给我洗脚才不会太别扭。不能像我的哥哥和弟弟，因为从来没有给父母洗过头洗过脚，所以，当父母在需要他们帮助的时候，他们就感觉十二万分的难为情。相反，我们女孩子因为经常给父母洗脚洗头，父母习惯了，我们姐妹们也习惯了。

双脚泡在温水里，儿子仔仔细细地搓洗着我的双脚，嘴里说："妈妈，你们女人的脚是不是都是畸形的，因为经常穿高跟鞋，脚丫子都挤在一起了，多难受啊，以后别穿高跟鞋了。"

我说："不穿高跟鞋的女人还是女人吗？"儿子笑笑不说话了。

看着儿子给我洗脚，我突然想起一则公益广告，一位年轻的妈妈经常给老人洗脚，她儿子看见了，端着水要给妈妈洗脚。我也经常给我的母亲洗脚洗头。每次去看母亲，都要给母亲洗脚洗头洗衣服，每次心里都会想，我的母亲有女儿给她洗脚洗头洗衣服，而我只有一个儿子，当我动不了的时候，他会给我洗脚洗头洗衣服吗？他愿意为我做这些琐碎的事情吗？

我想，会的吧。因为在我需要儿子为我做一些我力不能及的事情时，儿子从来不会说不！我相信，本性善良的儿子是我一生最温暖的依靠。谢谢儿子，这已经是你第三次在母亲节为我洗脚了，我为有一个充满孝心的儿子骄傲！

2010 年 5 月 9 日

幸福的妈妈

妈妈各家转了一圈，年底回到了她最疼爱的小儿子家。

周末，去弟弟家看妈妈。这一年来，妈妈身体确实不错，非但老毛病不见发作，就是每年都躲不过去的感冒，今年也没有犯。看着妈妈神清气爽，做儿女的心里着实高兴。

弟弟、弟妹、侄子都不在家。我和妈妈一边吃着零食一边这里那里地闲聊着。一会儿，弟弟回家，侄子也回家了。弟弟说，今天开车到我们最早住过的家，居然找不到原址了……

一瞬间，我似乎又看到了我们最早住过的地窝子，看到父亲每天一有空就到一块空地上挖土、和泥、打土坯，打了很多土坯，然后找木头找人盖房子；一有空就到戈壁滩砍白刺（一种白色带刺的灌木），砍下很多白刺后用铁锹拖回来，用白刺围成一个一人高的院墙。

然而，这个房子我们一家人一天也没住过，因为翻浆起来了。我们一个村的人整体搬迁到西边一个叫西工地的、地势比较高的地方，住进了当年知青曾经住过的房子，后来这儿叫西村。十多年后，又是因为翻浆，哥哥又一次选了一个更高的地方盖了新房子……

想起以前的事情，恍如隔世。我们闲聊着以前的事情，一种温馨幸福的感觉漫过心头。还有什么比在母亲身边更令人安宁？还有什么比亲人们坐在一起回忆往事更觉幸福？

傍晚，侄子说："昨晚我妈做的拉面真好吃，我吃了 3 碗。"我说："那我今晚还做拉面。"

和面、揉面、做臊子，又一次让我想起未出嫁时在娘家为一大家人做饭的情景。那时，每天下午和一大块面做面片或者拉面。揉啊揉，看见面上出现小泡泡，知道面揉好了，然后切成一小块又一小块，抹上清油卧在小盆里饧着。

又开始做臊子，切肉丁、切西红柿丁、切洋芋丁、切萝卜丁、切油菜丁，然后炒在一起，倒上水烧开，最后放青菜，臊子就做好了。一大家人吃拉面，要下好一会儿才能轮到自己吃，往往到最后，臊子也没了，只能就着油泼辣子、油泼酸菜吃完高高一碗毛茸茸的拉面（青海春小麦缺少嚼劲）。

言归正传，今天头一锅下面片，煮的时间比较长，给妈妈盛上。第二锅开始扯拉面，这时弟妹提着大包小包回来了，放下东西，洗洗手就来厨房下面。稀里哗啦，下的下，吃的吃，一阵子，一顿饭就吃好了。

弟妹拿出今天刚买的衣服让我们看，我以为是弟妹给自己买的过年的衣服，却没想到全是给妈妈买的。紫红色绣花上衣，黑灰色绣花带绒裤子，老北京布棉鞋，纯棉的内衣内裤。我一边给妈妈试穿新衣，一边说："阿妈，你这么多新衣服，穿不完阿门（怎么）办哩？"妈妈开心地说："我穿不完，你们帮我穿！"此时，妈妈脸上全是幸福和满足。

看到妈妈幸福的表情，我的内心很是惭愧，我总觉得妈妈衣服很多，而妈妈眼睛不好很少出门，穿得再好也没人看见，觉得没必要给妈妈买很多衣服。然而，弟妹却年年不忘给妈妈买新衣，去年的新棉鞋妈妈还没穿，今年的又买来了。

华灯初上，我要走了，弟妹让我出门将妈妈的旧棉鞋拿出去扔掉，她知道，不扔掉旧的，妈妈就不穿新的。妈妈说先别扔，我穿到年三十。可是，弟妹给我使眼色，扔掉！我就顺手拿出来丢到垃圾箱里。心里很羡慕也很开心妈妈有这样孝顺的儿子和儿媳。

2013 年 1 月 27 日

父亲离世十周年祭

今天是父亲离开人世整整十周年。父亲的子子孙孙几十口人给他上坟祭奠。父亲，你泉下有知吗？

十年前的夏天，87 岁的父亲突发肝腹水住院治疗。住院只一周，父亲死活要出院。医生说，父亲如果出院会有危险。可是父亲心意已决，坚决不肯住院，就办理了出院手续。

我的父亲是我见过的最不怕死的人。20 世纪 70 年代唐山大地震发生后，谣传格尔木也要大地震。生产队干部挨家挨户动员，让大家晚上别在家过夜，都到外面睡觉。

那些日子，母亲带着我们兄弟姐妹晚上搭帐篷过夜。在日夜温差很大的格尔木，晚上搭帐篷睡觉比在房子里冷很多。可是，我的父亲一天也没在外面受罪，他天天在家里的炕上舒舒服服地睡觉。父亲说："我已经活了六十岁了，死了也值了。"

从 60 岁开始，父亲就已经做好了死的准备。他催促哥哥早早给他做好了寿材，催促母亲早早给他做好了寿衣。父亲的寿材寿衣整整在家里躺了 27 年才派上用场。

话说出院后，父亲在家调养身体，一个夏天安然无恙。到了冬天，父亲的肝腹水又发作了，这次无论说什么父亲也不肯到医院治疗，只是叫一个乡村医生诊治。乡村医生知道是肝腹水，每过几天就为父亲抽出腹中的积水。

那时，正好妹妹休假回来看望父母，于是整整一个月，妹妹在家悉心照料父亲。妹妹充分发挥奶干儿（最小的孩子）的特权，软硬兼施，连哄带骗将小米稀饭等各种流质食物喂到脾气倔犟的父亲口中，让他吃一口，再吃一口。父亲只吃一点点稀饭，嘴唇干得实在受不了了才含一口水润润喉咙，根本不敢喝水。因为他的病他解不出小便，喝水多了，肚子就像鼓一样胀得圆圆的。而用管子从身体内往外抽水很痛苦吧，我想。因为每次我们问他："阿大，给你抽一抽吧？"父亲总是拒绝，到了忍无可忍的时候才会抽一次。

十年前的今天，父亲进入弥留状态。妹妹打来电话，我们飞车赶到哥哥家，看到父亲痛苦得一会儿坐起来，一会儿躺下去。我们束手无策。

到了半夜，村里老人说，你们都到另一个房间坐一会儿吧。我们姊妹几个到另一个房间，刚坐下，村里老人过来说："走了！"我惊讶得无以名状，刚才还喊着疼的父亲怎么说走就走了？

我不相信地走到父亲的炕前，看到父亲头朝外静静地躺在炕上。身上穿着电影里的新郎官一样的蓝色丝绸大褂和黑色丝绸裙子（这是二十年前母亲根据家乡风俗给父亲做的老衣），脸色黄白黄白的，很好看，很慈祥，很安宁。我忍不住伸出手摸了摸父亲的脸，脸温温的一点也不凉……

父亲去世之前，我一直以为父母会长命百岁，别人的父母会殁，而我的父母永远不会殁，因为，无论什么时候回到家里，我的父亲母亲永远都在家。夏天，推开父母的房间门，父亲总是半躺在炕沿上抽着旱烟，或者抱一捆猪草扔到猪圈里。冬天，父亲坐在院子里台子上晒太阳。父亲一辈子不会串门，不会喝酒耍牌，除了到地里干活就是在家里待着。晚年的时候，父亲眼睛看不见了，看到家里来人，他总会睁着一双浑浊的眼睛看半天也认不出来。有时，我们会闹着玩，站在父亲对面，好半天不说话，父亲不知道是谁，疑惑地看着，或者礼貌地让进屋，但是，只要我们开口说话，他就知道谁是谁了。

父亲没上一天学，大部头著作却常常在他枕边；重男轻女的思想根深蒂固，却从不抱怨妈妈生女儿多过儿子；我们兄弟姐妹怕他怕得要死，但是想不起来他什么时候打过我们……

父亲，我沉默寡言、诚实善良的父亲离开人世已经整整十年，却仿佛还在我们眼前：那双手背在身后慢慢走路的身影，那干活时一刻不停拼命劳动的架势，那半躺在炕上抽烟时的舒服惬意，那吃饱了绝不再多吃一口的精瘦，那捧着一本书一字一句读着，半天也翻不过一页的认真……

父亲这一辈子没有做过什么惊天动地的大事，但是每一天都过得认真仔细。

父亲去世已十年，十年生死两茫茫，不思量，自难忘！

2013 年 2 月 7 日

沉醉在梦幻中的妈妈

中央电视台有一则公益广告：一位患阿尔茨海默症的老父亲和儿子一起吃饭。吃到最后，老人将盘子里剩下的两个饺子拿起来装在自己口袋里，儿子见状急急地问父亲，这是干什么呀？老父亲很清楚地说："我儿子最喜欢吃饺子了，我要给我儿子带上……"

相信这则公益广告让无数人鼻酸。

人们常说，人老了就糊涂了，这叫老糊涂，或者说老小孩。我想，人老了，耳聋眼花，腿脚不灵便的客观原因让老人的大脑常常处于停滞状态，没有追求，没有渴望，没有期盼的生活，让老人的大脑不停地萎缩，很多事情记不清楚，很多人记不起来，甚至不知道自己身在何处，这大概就是医学上说的"老年痴呆症"吧。

自从哥哥去世后，母亲因哀伤过度渐渐糊涂了，每感冒一次，症状就严重一次。最近一次感冒后，糊涂症状越发严重，连自己的儿女都不认识了，常常不知道自己身在何处，不知道卧室在哪里，厨房在哪里，最糟糕的是找不到厕所。

国庆七天假期，我一边练大字，一边和妈妈聊天。发现很久以前的事情妈妈都记得很清楚，最近的事情却忘得一干二净。比如，她记得每个孩子出生的时间地点；记得和她一起在生产队干活的所有人的生平爱好，甚至记得初来格尔木时和她一起干过活的哈萨克人的名字和家庭情况；记得曾经的知识青年给她讲过的故事，知识青年的生存状况；记得她曾经给谁家姑娘做过嫁妆；等等。然而，一转眼，她从自己床上站起来就又开始寻找她的床，寻找近在咫尺的卫生间，寻找刚喝完水的杯子。

近年来，母亲的视力每况愈下，今年完全失明了。尽管今年五月，省医院的医生来格尔木给妈妈等一批老年人做了白内障手术，但是妈妈的视力丝毫没有改善，失明状况反而越来越严重。加上脑子越来越糊涂，母亲常常不知身在何处，不知要到何处。只是感觉她很焦虑，无论到谁家，住不了几天就嚷嚷着要走，在市区想回乡下，在乡下想回市区。

一直以为她老了，想念着每个孩子，所以她不愿意固定在一个地方，我们也理解。直到最近我才发现，很多时候，母亲的大脑是糊涂的，脑子并不清醒，才意识到母亲可能患老年痴呆症了。比如，有一天，三姐来我家看妈妈，三姐问：妈妈，这段时间谁来看你了？妈妈一一告诉她谁来看她了，突然，妈妈问："启瑛怎么很久没来看我了？"听到这话，我吃惊地从我的卧室冲进妈妈房间问她："我是谁？"妈妈支吾半天，居然想不起来我是谁。

今天中午，我包了饺子，和妈妈一起吃饭时，妈妈突然问："男人们呢？孩子们呢？怎么就我们两个人？"

我不知道该怎么回答她，想必在妈妈的潜意识里，吃好东西一定要全家人一起分享，而不是只有两个人。妈妈不知道，现在的家庭已经没有了她曾经拥有的那么一大家子人了。

星期天的早晨，弟弟弟妹来看妈妈，妈妈一直在自己房间里不出来。弟弟弟妹走后，我问妈妈，怎么不出来和你的小儿子聊会儿？妈妈急急地说："我三天没洗脸，怎么有脸出去见人？"

我的天啊，我刚刚端着洗脸盆让妈妈在自己房间洗完脸才吃的早饭，怎么一转眼她忘得干干净净的，居然认为自己三天没洗脸？

好在妈妈很听话，告诉她别到处走动，会摔倒，她就乖乖地在阳台和她的房间之间转悠着晒太阳，还知道找厕所，知道渴了要水喝，也知道吃饱了就不吃了，尽管她会时不时地糊涂起来，不知道自己在哪里，不知道我是谁，但是，只要好好照顾着，妈妈的身体还是挺好的。最近一段时间，妈妈睡眠超级好，每天晚上还不到七点就睡了，早上八点钟才醒来。

每每看着蜷成一个大虾米的妈妈，心想，这还是那个没有什么事可以难得住的妈妈吗？曾经那么能干，那么利索，简直无所不能的妈妈哪里去了？时光怎么一点点地将一个精干利索的妈妈变成了一个沉醉在梦幻中的孩子呢？

亲爱的妈妈呀，就当几年小孩子吧，但是不可以闯祸呀！阿弥陀佛！

2013 年 10 月 15 日

母亲离世一周年祭

母亲卒于 2014 年农历二月十七。2015 年的农历二月十七，即今天，恰逢清明节，是母亲逝世整整一周年祭日。她的儿孙后辈几十人驱车来到昆仑山脚下祭奠母亲。

在这个特殊的日子，我想起了毛泽东的祭母文："呜呼吾母，遽然而死。寿五十三，生有七子。"我的母亲算寿终正寝，享年 85 岁，亦生有我们兄弟姐妹七人。因为儿女多，母亲一生辛劳。所以每每回忆母亲，记忆中都是母亲苦熬苦挣为我们的衣食操劳的情景。

前几天清理过年买的水果，儿子看到有些苹果颜色已经不好看了，拿起来就要扔，我赶紧夺过来洗好装盘，用小刀削了果皮，剜掉有点坏的果肉，将好的果肉用小刀削着吃起来，儿子不解，说我至于吗？而我突然就想起了母亲曾经拿着小刀将儿女们啃过的骨头，重新拿起来一点点地将没吃完的筋肉削下来吃掉；将烂掉的水果削掉，让我们吃好的；将自己碗里的肉挑出来夹到我们的碗里；吃宴席回来，从兜里掏出几颗糖果分给我们（不够分了还用牙齿咬开，均匀地分给我们）。想到这些，顿时，泪如雨下，育吾姊妹，母亲艰辛备尝……

曾经在我心里，母亲的一切都是最好的。母亲的手是最温暖的，母亲的被窝是最舒服的，母亲做的饭最好吃，母亲做的衣服鞋子最好看，母亲讲的故事最好听。养育深恩，春晖朝霭。报之何时？精禽大海。

2015 年 4 月 5 日

浪漫七夕父母生日

七月初七，我买了一大束鲜花走在街上，路人侧目。熟悉的人遇到后则坏坏地笑："和谁去过情人节呀？"

是的，七月初七是七夕节，中国人都知道是牛郎织女相会的日子。满大街都是青年男女卖玫瑰花和买玫瑰花的。牛郎织女相会日被现代人演绎成"情人节"。于是，许多有情人借着牛郎织女相会日，自己也要过一个充满浪漫柔情的夜晚。所以，很多朋友看见我七夕这天捧着一束花，以为我也过情人节。其实不然，我这束花是为我的父亲母亲买的，因为我的父亲母亲生日都是阴历七月初七。

最早知道乞巧节源于秦观的《鹊桥仙》："纤云弄巧，飞星传恨，银汉迢迢暗度。金风玉露一相逢，便胜却人间无数。柔情似水，佳期如梦，忍顾鹊桥归路。两情若是久长时，又岂在朝朝暮暮。"这首脍炙人口的诗作赞美牛郎织女忠贞不渝的爱情，而且以"金风玉露一相逢，便胜却人间无数"来说明真正的爱情就像金风玉露一样，一经相逢，便胜过人间无数风流韵事。

因为是我父母的生日，所以我认为七月初七是个好日子。每年七月初七，我们兄弟姐妹买花的买花，买菜的买菜，买蛋糕的买蛋糕，然后兄弟姐妹聚在一起做一桌子丰盛的菜肴给父母过生日。虽然父母嘴上嫌我们乱花钱，但是心里是高兴的，一家人总是其乐融融。

我的父亲是一个非常木讷之人，既不善于表达感情，也不善于接受感情。当我们从市区买一些农村少见的水果或者糕点，让父母多吃点的时候，父亲总是浅尝辄止，象征性地尝一点点，从不肯多吃一口。每当这个时候，我们总是让父亲多吃点。这时，当着全家人的面，父亲总是窘迫地说："好了，好了，吃多了我肚子不舒服。"如果我们姐妹再劝，父亲就急了，干脆起身到他房间，躺在炕沿上，点一根雪茄（哥哥给买的），很享受的样子。

十五年前，父亲过世了，我们依旧给母亲过生日。我的母亲和父亲正好相反，温和能干，人也随和。无论儿女们买回来什么东西孝敬她老人家，她都会欢欢喜喜接过来。即使再不好的东西，只要是她的儿女拿回来的，她都当成心爱之物和大家分享。

四年前的春天，母亲也仙逝了。每年的七月初七，我们再也没有可以团团围住的亲人了。

父母的生日是七月初七，这感觉真好，因为人们对这个传统佳节愈加关注，我们将永远不会忘记父母的生日。

2018 年乞巧节又到了，今天写这篇小文，突然想到，会不会是为了方便孩子们给他们过生日，我的父亲、母亲故意将生日说成一天呢？想到这儿，我再一次为父母流下了热泪！

2018 年 8 月

心绪不宁

这些日子心里颇不宁静，家里的事是一波未平一波又起，令人心烦意乱，我常常心不在焉。

首先是妹妹要给孩子看病的事，一想起妹妹，我就心痛难忍。不说也罢，上周去看母亲，哥哥又生病了，看到妈妈愁眉不展，我心里特别难受。

本来，我们兄弟姐妹七人中，我和哥哥身体最好，从来没喊过这疼那痒，每次兄弟姐妹聚会，三个姐姐一个妹妹加上嫂子、侄媳妇等都在讨论用什么偏方治什么病，我和哥哥总是听她们说，很少参加讨论。大家都认为我们兄弟姊妹中我和哥哥身体最好。

可是，突然之间，哥哥也生病了。让我不知所措。

其实，我对哥哥没有很深的感情，因为作为长子，他对我们姐妹的关心实在是少得可怜。从不过问我们日子过得好不好，工作上有什么困难，从不过问我们的冷暖疾苦。我们姐妹回娘家，他唯一和我们亲近的表示就是给我们煮一锅肉，仅此而已，大家都习惯了。

但是，他不是别人，而是和我同父同母的长兄，每次回家看到他光亮的脑门，看到那酷似父亲的脸庞，内心深处依旧会涌起浓浓的亲情。所以，知道他喜欢吃武威酿皮，去看妈妈时我会给他买很多酿皮；他喜欢吃鱼，弟弟经常给他买鱼；喜欢抽烟，弟弟妹妹都会给他买烟。

尤其我忠厚的弟弟拿大哥当父亲一样关心照顾，哥哥爱吃鱼，弟弟会托人从很远的地方给哥哥带回来人家做好的几十元一盆的鱼。无论哥哥有什么要求，他都不会推辞。当然，哥哥对弟弟也是很爱的。去年，哥哥 60 岁生日，妈妈心疼哥哥日复一日年复一年干农活，操心家里家外的事，要我们给他过生日，我们姊妹几个为了妈妈和哥哥高兴，操持着给哥哥过了一个生日，这是他一生中唯一一次过生日。

那天哥哥穿着崭新的衣服，崭新的皮鞋，我第一次感觉他居然也很帅。因为平时（哪怕过年也一样）哥哥从不讲究穿衣打扮，啥时候看见他都是油乎乎（因为经营榨油坊）脏兮兮的（家里最脏最累的活都是他干）。那天哥哥喝了点酒，哭了，他说他一辈子活得值了。

哥哥当了一辈子村支书，却从没有为自己捞半点好处。记得 20 世纪八九十年代，经常有从外地新迁来的住户，家境都不好，哥哥会把我们家的母牛借给人家，让人家繁殖，等母牛下了小牛犊，这家人可以卖牛奶赚钱，牛犊长大了也可以出售，或者下个小母牛继续繁殖。等我家母牛老得不能下小牛犊了，哥哥这才要回来杀了吃肉或者卖掉。给村里人无偿借粮食的事情更是从来就没间断过。

其实，哥哥一辈子虽然老实善良又木讷，但是，他很有脑子，生产队刚刚包产到户的时候，哥哥凭借他的聪明头脑，发展牛羊繁殖，到 20 世纪 80 年代末期，我们家仅牛就有百十多头，每年要卖掉十几头牛换钱，杀掉几头牛自己吃。

哥哥是村里第一个“万元户”，第一个买彩色电视机的人。到了 20 世纪 80 年代末 90 年代初，他又和人合伙开渔塘、石灰厂，那鱼成麻袋往家拿，吃得我都要烦死了（从那以后有十几年我不吃鱼）。风光无限的哥哥曾经对父亲说：“我拥有的钱你一辈子见也没见过。”

然而，花无百日红，人无千日好。到了 21 世纪初，哥哥的两个孩子相继生病去世，不仅花光了他的积蓄，而且使哥哥的精神受到严重打击，家庭条件也渐渐下滑。现在应该说是哥哥最落魄的时候了。

如今，看哥哥被疾病折磨得如此痛苦，我心里很难过。第一次主动和他聊天，告诉他，别害怕，没事的，这个病只要及时看很快就好了，而且西宁有专门的医院，有很多有经验的医生，病很快就会好的。别害怕花钱，回来都可以报销的。再说了，只要人还在，钱还可以再挣。哥哥“嗯嗯”答应着，我不知道他听进去多少。

唉，现代人说：“有什么也别有病，没什么也别没钱”，为什么现在的人生活好了，病却多了？钱越来越多了，人们却越来越害怕自己没钱了？

2013 年 7 月 12 日

三　金风玉露（情感系列）

此情无计可消除

今夜，一轮金黄的圆月从东方缓缓升起，天空显得深邃幽阔。坦荡如砥的旷野沐浴在如霜的月光下，默默的、漠漠的。我的心绪犹如旷野上的风——冰凉飘忽。凝眸天上皎皎明月，心中一个声音在低喊："亲爱的，你在哪里？你在哪里？你要让我等多久？！"

十二岁，初读《第二次握手》，一颗蒙昧单纯的心灵被书中主人公深挚的爱情震撼着、激荡着，这种深刻的烙印岂是时间的锉刀所能磨灭的！苏冠兰、丁洁琼那种几十年不变两地相思的深情又岂是现代人所能了解的？

20世纪30年代，京城才女石评梅与深爱的人高君宇生未能同床共寝，死却共葬陶然亭中，这段令人感叹、悱恻缠绵的深挚爱情让我回味不已，伤感叹息，更使我对人类所独有的崇高爱情惊叹哀怨。

我酷爱古诗词，对李清照的词更是爱不释手，一直认为这是一个幸福的才女，她和赵明诚纯洁深厚浪漫的爱情生活是她绮丽委婉诗词源源不断的养料，"此情无计可消除，才下眉头，却上心头"；"莫道不消魂，帘卷西风，人比黄花瘦……"一对才子佳人，品香茗，猜字谜，吟诗作画，把酒赏花，两情相悦中绵绵情思化作千古佳句，令多少人如痴如醉，向往羡慕，为他们的幸福而幸福，为他们的甜蜜而甜蜜，为他们的悲凉结局而扼腕叹息。

东坡先生在遥远的那个清冷夜晚，午夜梦回，泪已湿枕，情难自禁处挥笔写下："十年生死两茫茫，不思量，自难忘。千里孤坟，无处话凄凉。纵使相逢应不识，尘满面，鬓如霜。夜来幽梦忽还乡，小轩窗，正梳妆。相顾无言，惟有泪千行。料得年年肠断处，明月夜，短松冈。"潇洒如东坡，豪放如东坡，才华盖世如东坡，在心爱的结发妻子王弗去世十周年写下这首令人柔肠寸断的诗词，令人不禁要仰望苍穹，深深叩问苍天：情为何物，叫人生死难忘？

而今，半生已如浮云飘过，心儿依旧踽踽独行，寻寻觅觅，冷冷清清，凄凄惨惨戚戚，寂寞如我，便纵有千种风情，更与何人说？

2003 年

最美丽的时候遇见了谁

那一年的夏天，正是沙枣花开的季节，我被迫回家种地，每天跟着母亲嫂子到地里拔草。

那天，天气非常之好，天瓦蓝瓦蓝的，像蓝宝石般光滑美丽。空气中没有一丝儿风，中午匆匆吃完午饭，收拾干净厨房，我拿起一本书来到田间地头，准备趁着全家人午睡时间看会儿书。

十八岁的我一步三跳地来到地头，老远发现我常常独自拥有的那棵沙枣树的枝叶在动，心里就觉得纳闷，没有风，树怎么会动？疑惑的我慢慢靠近那棵树，走近了才发现，原来鹊巢鸠占，我的地盘已经被人占了——树上坐着一个穿军装的人，两只眼睛正目不转睛地盯着我，手里也拿着一本书。

他看见我也在看他，就说话了："你带水了吗？"

"没有！"我干脆地回答。

"你干活怎么不带水？"

"我喝足了，带水干吗？"

"可我没喝啊，你去给我弄点水吧？"

"我怎么知道你要喝水啊，你自己回部队喝去，我可没时间给你弄水。"我说。

因为村子附近有部队，所以我们经常会看到在村庄周围转悠的年轻军人。也因为父亲不允许他的女儿和陌生男人说话，所以，看见陌生男人，我的本能就是迅速逃走。

停了一下，他又说："你喜欢看书？"

"嗯！"

"我给你看一本好书吧？"

我不理他，径自走进田间。

第二天中午，当我走近沙枣树时，他竟然又在。这回没在树上，而是坐在树下，看我走近，他站了起来，准备和我说话，我不理他，绕弯路走入田间。

看四周无人，他来到我身边，讨好地拿出一本书问："喜欢吗？"我接过一看是冯骥才的短篇小说集《高女人和她的矮丈夫》。对于酷爱读书的我来说，一本书的诱惑足以暂时抵消对父亲权威的恐惧。

我拿过书来随手翻阅，嘴里说着："不错，不错。"

他嘲弄地说："还没看呢就说好啊？"

我抿嘴一笑："我一目十行，你不知道啊？！"

"呵呵，你有那天才怎么不去考大学啊？"我一时语塞。"你看吧，过几天我来拿，我要到绿草山去拉煤，过一周才回来，你别把书弄丢了啊！"他像老熟人一样和我说话，我笑笑没吭声。

我如饥似渴地读完了《高女人和她的矮丈夫》。

过了一周，依然在那棵沙枣树下，他在等我。我还是不好意思直接走过去和他说话，就绕过他绕过沙枣树来到田里，他站在树下痴痴地看着我，也在犹豫，是走过来还是不过来。犹豫间，家人已经陆续来到田间，他没法靠近我了，只好坐在树下看会儿书，看会儿我。

夕阳西下，我们干完活收工回家了。他站在树下怅然若失地看着我，我的包里也拿着《高女人和她的矮丈夫》，但是，我无法还给他，我跟在妈妈身后走着，看到他失望的眼神，心里有点内疚。但是，以我们家的家规是绝不允许女孩子随便和男人搭话的。

随后的日子，我就到另一个村子当了老师。回家的日子少了，我们就再也没机会见面了。随着时间的推移，我慢慢忘记了这个身材颀长、爱看书的军人，那本书也被我压在书箱最底下了。

转眼到了 12 月底，一个寒冷的日子，同事递给我一封厚厚的信件。我很吃惊，谁会给我写信啊？打开一看，竟然是他，沙枣树下的那个军人。信件不是他一天写成的，是许许多多个日子里他思念一个女人而记录下来的心灵私语。

原来，他为了寻找消失的我，走遍了村子的每一个角落，终于打听到我的地址，他把他心里每天的所思所想记录下来。他说，他相信一见钟情，他很想将我带回他的老家陕西，他不知道我能否收到他的信，他只是想告诉我他在思念那个爱读书的快乐又害羞的女孩……

这封信我反反复复读了很长时间，这是我收到的第一份情书，心中斟酌着该不该回信。同宿舍要好的同事说："该回信，人家对你那么痴心，即使成不了夫妻做朋友也是好的。"于是，我就简单地回了封信，谢谢他对我的牵挂和信任。那年正好中国百万大裁军开始，很快，他就回到家乡工作了。

此后，我们的书信往来就开始了。整整四年，我们书来信往，无话不谈。但是，彼此心里明白，我们是不可能在一起了。尽管如此，每当看到他那潇洒的用小楷写成的信，听他叙述自己内心的感受或者发生在自己身边的种种开心或不开心的事情，心里感觉那么亲切，那么幸福。我们相距遥远，但是我们的心离得很近。

四年后，我们先后都有了自己的另一半，书信来往就此结束。最后一封信，他是用汉乐府《上邪》做结束语的："上邪！我欲与君相知，长命无绝衰。山无陵，江水为竭，冬雷震震，夏雨雪，天地合，乃敢与君绝！"

泪雨纷飞中，我度过了最初艰难的失去精神依靠的日子，直到今天，我们仍旧不知道远方牵挂的人究竟是什么样子。

2011年4月16日

爱着是幸福的

总是喜欢一个人独坐阳台，泡一杯茶，望着远处的夜色，很静，然后放任思想任意遨游。此时，有着思念是好的，当你思念着一个人的时候，心里会有着千言万语。又或者，什么都不想，静静地坐着，就是一件很受用的事情。想着远方的人，或想远行的人，想亲人，或者想你喜欢的事，这些，都会在你的心里沉淀，化作一缕缕缠绵的情思，萦绕在你的心头。

在这个世上，每个人都会有一个与之相爱的人，如果找到了，那是多么幸福的事情。但未必人人都能那么幸运地找到那个相爱相守一生的人，要是没有找到，他只能静静地落寞地过一辈子。

人的感情很奇妙，当你对某个人有爱的感觉时，你会发觉什么都很和谐，很默契，很享受爱的感觉。此时，爱情，只会带给人无穷的幸福与欢乐，没有人会拒绝幸福，很多人穷尽一生去追求他想要的幸福，不管付出什么代价也在所不辞。

如果你能感觉到，你的爱情已经化成血，流入对方的身体，那么，这个时候的你，已经是不属于自己的，你无法再把自己抽离，爱，会让你不由自主地把自己无条件地交出去。

有人说，爱是痛苦的，然后在痛苦中提炼幸福，那时候的幸福感觉才是最感人的。

有一位大学讲师曾经说过："如果有一个与你相爱的人，对你很轻松、很愉快地说：'我爱你'。那么，他的爱，只是表面的，只是挂在嘴边的，他会很快就忘记他曾经说过他爱你，又或者他很快就会爱上另一个，如果他很深情地，甚至眼里还含着泪水，很诚恳地说，甚至说不出来，哽咽着，很深很深地说出‘我爱你’，那么，他真的在心里爱着你，这种爱，是会一辈子刻骨铭心的。”

一个人，失去爱的时候，他的人生，将会是空洞的，不管他在人生的过程中收获多少财富，他都不会快乐，因为他的精神世界是空虚的，没有了动力，也没有美好的向往。

四季的轮换，如果没有花朵，春天将会寂寞，如果没有激情，四季将会平庸，如果没有人爱你，你将会一生失落！如果没有爱情，人将没有生活的源泉与动力。

好像听过一首歌，其歌词的大概意思是：“爱需要勇气，只要你给我一个肯定的眼神，我就会……”会怎么样？跟你走？或是来到你的身边？

人生的过程，有点像爬山，起起落落。很多时候，还会遇到未知的痛苦、阻力、艰难，而我们每一个人都在为着我们的心中最高峰而努力着。爱情，会是这一路上点缀的奇艳之花，让你在艰苦之中，有着一些安慰，让你在沮丧之中，有着一些喜悦。

爱着是幸福的！

谈爱情

昨晚，上高中的儿子告诉我一个惊人的消息，他们班一个女生因为男朋友变心而自杀。买了很多药片一口吞下，被同学发现送到医院洗胃。儿子作为班干部很郁闷。

前段时间，一个好朋友也说他很痛苦，因为他的初恋让他忘不了，又放不下，却又没办法在一起，他不知道怎么办。

两个三十好几的大男人，就因为恋爱受挫，受不了精神打击，患上精神分裂症。动不动要拿刀杀人，要杀最爱他的亲人。亲人没办法，想要送他们到精神病医院，却怎么也没办法送去。因为没有一个神经病说自己有病，就像没有一个醉鬼说自己喝醉了一样。

听多了这样的事，我心中十分感慨，一方面为当今社会依旧有这样的情种而诧异，另一方面也为这些人不值。

台湾女作家罗兰有一句经典论述：当一份感情不属于你的时候，它根本就对你没有一点价值，所以你不必认为它是一种损失。

是的，世上所有的东西都是可以努力去争取的，比如名利。唯独感情，特别是爱情没有办法去争取，无论掠夺也好，哀求也罢，即使施苦肉计都没用，爱情来了就来了，没有任何征兆，没有任何理由。但是，爱情走了也就走了，同样没有任何征兆和理由。你爱的时候真的是像火一样炽烈，一日不见如隔三秋，不爱的时候，哭也罢闹也罢，甚至自杀寻死也罢，挽不回一颗离你而去的心。

所以，爱情虽然是很美好的东西，但是也是最难通融的东西，对于爱情，如果你争取不到的话，最好而且最聪明的办法就是当它不存在，当它没发生，不去重视它，想方设法摆脱它。即使你不愿意，即使你舍不得，你也只能如此，因为你没有选择的余地。

爱情不在了就是不在了，你的苦苦挽留只会让他（她）轻视你，小看你，你的哭泣哀求自杀也许可以挽回他（她）一时，却挽不回长久的情感。他（她）不爱就是不爱了，任你千呼万唤，任你撕心裂肺，他（她）的心已经飞走了，你留住了他（她）的身体，他（她）的心灵依旧在游荡。

所以，男人、女人放开那只不再愿意牵你的手，大千世界茫茫人海，中华儿女有千千万，你总会找到一个愿意牵着你的手，愿意和你同甘苦的人，何必为一朵花而放弃整座花园？

卷帘人去天地为零

说不清是怎样的思绪，什么情绪都没有了，我告诉自己开心一点，没什么大不了的，可是不行，我百无聊赖，不知道该往哪儿安放自己的一颗心。

放眼望去，哪儿都是人，哪儿都是春天温柔的绿色，身材窈窕的女人们婀娜的身姿出现在大街小巷的每一个角落，她们炫耀着自己的美丽。志得意满的男人们更是抬头挺胸，傲视一切。但是，这些都是别人的，与我无关。

与我有关的都离我而去了，我独自一人，徘徊在这几十平方米里，看书、看电视、上网、听歌，还是百无聊赖，我突然明白了李清照的“藤床纸帐朝眠起，说不尽，无佳思。沉香断续玉炉寒，伴我情怀如水”是什么意思了，无非就是“吹箫人去玉楼空，肠断与谁同依”。以往独享安静的心情没有了，代之而来的是失落和无奈的惆怅。

突然想起“卷帘人去也，天地化为零”的诗句，原来卷帘人去了，天地即化为零了。

那条小路

一大片郁郁葱葱的树林，是我青春飞扬的见证，密密匝匝的林木，宁静悠远。一条在密林中延伸的小路直直地穿过绿树浓荫，静静地伸向远方。两边高大的树木尽力地伸向高天，是为追逐更多的阳光和雨露吗？茂密的枝叶遮挡了天空，只露出一线蓝天。

20 年前的每一个黄昏，我留恋这片令人心醉神迷的绿树浓荫，望着眼前一片深深浅浅的绿色，听着耳边柔柔的唧唧虫鸣、流水潺潺，悠悠心灵深处荡漾着清纯岁月那一份纯真的渴盼。

曾经，年少轻狂的我以为什么都可以实现，以为和心爱的人漫步这条被绿树浓荫包围的小路是那样理所当然，然而弹指一挥间，20 年光阴一闪而过，你在哪里？席慕容的诗再次映现脑海：

我一直想要，和你一起，
走上那条美丽的小路。
有柔风，有白云，有你在我身旁，
倾听我快乐和感激的心。
我的要求其实很微小，
只要有过那样的一个夏日，
只要走过，那样的一次。
而朝我迎来的，日复以夜，
却都是一些不被料到的安排，

还有那么多琐碎的错误，

将我们慢慢地慢慢地隔开，

让今夜的我，终于明白。

所有的悲欢都已成灰烬，

任世间哪一条路我都不能，

与你同行。

2011年2月13日

你惦记哪儿？

曾经看过这样一句话：你喜欢一座城市，不是因为那个城市有多好，而是因为那座城市有你惦记或者爱慕的人，亦或者有你忘不了的故事。

的确，一个地方无所谓好坏，好与坏只不过是人心里的一种感觉。你流连的地方必然有你留恋的人，有你留恋的故事，如果你身在一座豪华大都市，但是这个城市并没有你喜欢热爱的人或事，这就是一座空城。一个地方是陋室还是宫殿，全在人的感觉。

所以，当你听到别人提起一座城市一个地方时，就会条件反射般想起一个人，一件事。比如，提起辋川，自然就会想到王摩诘，想起《辋川集》；提起桃花源，自然就会想起陶渊明，想起《桃花源记》；提起寒山寺，自然就有“姑苏城外寒山寺，夜半钟声到客船”的诗句浮上心头；提起杭州西湖，白娘子自然浮现眼前……

当然，除了历史人物、文学典故，一个地方与我们的亲身经历更是息息相关。如果一个城市或者乡村有你牵挂的人，那么，无论那个地方被别人赞美还是诟病，在你心里，那儿永远是圣地；所以，只要那个地方一有风吹草动，你都会格外用心。其实，只是你潜意识中关注着那个地方，因为你心里有一根超级敏感的触角通往那里。

有时候，那个地方你会深深压在心底，你以为你已经彻底忘记了，因为确实有很长时间你从未想起过那个地方，似乎是真的忘记了。可是，突然有一天，有人提起那个地名，你依旧倏然一惊，那超级敏感的触角立刻被惊醒，那个地方的故事立刻就浮现在你的脑海。

刻骨铭心的事情不会忘记，只会睡在记忆里。

2012 年 10 月 17 日

四　格尔木，我的天堂

格尔木，我的天堂

春有灼灼碧桃，夏有遍地锦绣，秋有满地金黄，冬有一山白雪，格尔木一年四季有看点。

格尔木，一个建置不到60年、只有30万人口的小城，安卧在海拔2800米的青藏高原戈壁滩上。这是一座高原小城，这是一座工业小城，这是一座移民小城，这是一座绿洲小城。

格尔木，我可爱的家，我的天堂。

格尔木的历史很短暂，但是其在荒漠中崛起的经历却震撼人心；格尔木文化底蕴不算深厚，但是地下宝藏却令人咋舌；格尔木没有曲径通幽的旖旎风光，但是条条道路宽敞笔直、四通八达；格尔木没有古老典雅的街道，但是到处是机会，处处有生机；格尔木没有奇花异卉、参天古木，但城在林中，林在城中；格尔木人口不多，却来自五湖四海。天南地北的人在这儿安居乐业，谁也不小看谁，谁也不歧视谁，谁也不排斥谁，谁也离不开谁；格尔木没有方言，没有土著，没有歧视，更没有“地头蛇”，普通话推广率100%。

夕阳西下，黄昏时分，是格尔木一天中最美最悠闲的时刻，广场、公园、体育场清风徐徐，人来人往，笑语喧哗。人们聚在一起，或走路或跳舞或唱歌，健身娱乐，其乐融融。

格尔木，宽敞的马路两边树木斜向一边，别具一格（树木被西北风吹得向东南倾倒），巨大的树冠为一条条马路撑起了凉伞；绿化带中清水长流，一处处小巧精致的石桌石椅，藏在林荫深处，供过往行人小憩。

夜晚的格尔木霓虹闪烁，流光溢彩，相比白天又是一番样子。马路上流动的车灯和路边闪烁的霓虹灯交相辉映，将这座年轻的城市装扮得格外妖娆。如果说白天的格尔木是一个纯洁的小家碧玉，那么，夜晚的格尔木就是一个时髦的摩登女郎。

高楼大厦是城市的象征，格尔木也不例外。近年来，在全国房地产热的催逼下，格尔木一座座高楼拔地而起，从最初五六层到现在的 30 多层，楼房越建越高，越建越多。夜幕降临，从一座座楼房透出的灯光组成了小城的万家灯火。

格尔木是一个年轻的移民城市，她以博大的胸怀接纳了来自五湖四海的建设者。这些人民族不同、籍贯不同、习俗不同、语言不同，却在同一片蓝天下，互相融合、互相包容、互相团结、互相支持，继而形成了你中有我、我中有你的各民族融合发展的多元文化。

在格尔木，可以品尝到全国各地的特色饭菜，川味麻辣烫、岐山臊子面、湘菜、东北饺子、北京炸酱面、兰州牛肉面、川东大锅台、湖南毛家风味、鲁菜、杭州小笼包、民和烤羊肉、循化尕面片、东乡羊脖子汤……各种风味独特的美食争相媲美，让格尔木人的饮食文化五彩缤纷，百花争艳。

格尔木，一座没有方言的城市。天南地北的人在此生活工作，完全没有地域歧视，没有外来观念，人人平等，个个都是城市的主人。在这座城市，没有权威，没有专家，没有偶像。没人好奇你是哪里人，没人崇拜老外或者明星偶像，任何人在格尔木，都是城市的主人。

格尔木，没有熙熙攘攘的人流，没有人山人海的热闹，没有摩肩接踵的火车站，没有不可一世的富豪。同时也没有为生计苦苦挣扎的农民工。因为人少，竞争就少；因为人少，机会就多，无论干什么工作，生计总能解决。同样，因为人少，想要在这儿成为一个大富豪也不太可能。

格尔木的天格外蓝，蓝得像湖泊，像绸缎，像宝石，像情人的眼泪，怎么形容都不为过；格尔木的地域格外宽阔，宽阔得开车跑一天还跑不出格尔木；格尔木的人格外爽快，说话做事豪放大气，坑蒙拐骗的事情不会做也不屑于做。

格尔木，是我可爱的家，我的天堂，没有一个地方可以替代她在我心中的位置！

格尔木，天大地大，云淡风轻，水清树绿，对我而言，格尔木，就是天堂！

2011 年 7 月 30 日

格尔木胡杨林

格尔木胡杨林大约有1700亩，位于阿尔顿曲克草原西北部拖拉海地区。拖拉海，蒙古语即“胡杨很多的地方”。这里距格尔木市区约60公里，是青海唯一也是世界上海拔最高的胡杨林。

胡杨林南靠巍巍昆仑山脉，北依茫茫戈壁盐滩，夹在其中的荒漠化地带里，尤显珍贵。一条叫拖拉海的季节河从沙地中缓缓流淌而来，划着优美的弧线绕过胡杨林。林中伴生有芦苇、梭梭、红柳、盐爪爪、骆驼刺等沙生植物，与这里栖息的野鸡、狐狸、狼、野兔等野生动物共同组成一个特殊的生态系统。

据说格尔木的胡杨林曾经十分茂盛，绵延数十里。但在20世纪六七十年代被初到格尔木的建设者大量砍伐，如今变得稀稀拉拉，很多小树尚未成材。那些新生的胡杨并不是人工种植，而是在沿河以及水分较为充足的低洼地方，被烧毁和砍伐的胡杨老根重新萌发形成。在这沙漠淹没的地方，它们成为一道绿色屏障，有力地阻挡了沙漠和荒漠的扩大。胡杨林带是保护沙区农牧业的天然屏障，是野生动物的重要栖息地，是维护这一地区生态平衡的主体。所以，这儿已于2000年被认定为省级自然保护区。

在荒漠和沙地上，胡杨是唯一能天然成林的树种。胡杨已经有300万到600万年的历史。胡杨根系可长达15米，向四周蔓延，为了在极端干旱的环境里吸收到水分，它可深入地下13米左右。

胡杨耐高温又耐严寒，可在±39℃的气温条件下生存；耐干旱，可在年降水50毫米以下条件下生长；耐盐碱，抗风沙，可抵御每秒26米的大风。胡杨林是天然的绿洲，是亚洲荒漠平原丘陵中分布最广的乔木树种之一。

格尔木胡杨林目前仍在被破坏之中。它们战胜了风沙、寒冷和干旱，却没有能力躲过盗伐者的利斧和大群牛羊的践踏。漫步林子，随处可见被砍伐和烧毁、仅留下一小截的胡杨木桩；被牧人的牛羊啃得伤痕累累、奄奄一息的小胡杨树苗以及游人乱扔的废纸、瓶子、塑料、各种食物包装等垃圾。

每年的十月，胡杨就会由浓绿变为金黄，如同苍茫中炫目的黄金，似乎将整个沙漠都染成了金色，令人感受到大自然的美丽和生命的顽强。身处此地，风沙中顽强生存的胡杨，令人百感交集，荡气回肠！

胡杨被称为大漠之魂，其生命生而不死一千年，死而不倒一千年，倒而不朽一千年，挥挥洒洒、浩浩荡荡三千年，何等坚强！足以见证人类发展的历史、见证世界万物的沧桑变迁！

胡杨生命的漫长在于她的坚强。冬日严寒、夏季酷暑，日复一日，年复一年的漠风成就了胡杨的坚韧，慢慢生长，把自己练就成钢筋铁骨。

守望千年，只为了等待一个温情的回眸；抗争千年，只为了实践一个忠贞的誓言；沉默千年，只为了发出一声惊天动地的呐喊；死去千年，只为了撕心裂肺的重生！这，就是胡杨，一千年不死、一千年不倒、一千年不朽的胡杨！

2013 年 8 月 1 日

贝壳梁遐思

2015年5月17日，星期天，我随着格尔木茶余饭后徒步群来到青海省都兰县诺木洪，这天，我们徒步的目的地是贝壳梁。

两辆大巴车拉着100余人进入都兰县诺木洪农场。南北走向的公路两边是一大片一大片用防风林整齐隔开的农田。防风林的树木粗壮高大，应该有几十年的树龄。我猜想这些防风林应该是曾经的农场职工或者柴达木监狱劳改犯栽种的。否则不会想到用防风林，更不会如此整齐，我不由地就想起很多关于诺木洪劳改犯的故事。

据说，在诺木洪农场劳改的很多犯人是“文革”期间被打成右派的政治犯。这些人很有才华，不仅吹拉弹唱无所不能，而且在许多领域都是专家学者。可惜，生不逢时，遇到一场浩劫，受尽磨难和屈辱。我心想，这方方正正的防风林包围着的田地里，曾洒下多少有识之士的泪水和汗水啊。

大巴车继续在绿树成荫的马路上疾驰，离贝壳梁七八公里处，大巴车停下来，我们以竞走的速度走到了贝壳梁。

老远就看见一块大石头矗立在茫茫无边的荒原上，大石上写着“贝壳梁”三个鲜红的大字。走近了，发现所谓贝壳梁不过是一个盐碱地混合着数以亿计贝壳的土梁，毫无想象中的神奇和壮观。

唯一让人不可思议的就是，在前后左右不见边际的茫茫荒原上，居然层层叠叠、密密麻麻堆积着无数拇指大小的贝壳。我呆呆地看着一堆一堆的贝壳，想象着几亿年前那次剧烈的地壳抬升运动。

耳边长风呼啸，心头波澜起伏，思绪拉得很远很远。这风是亿万年前刮过海面的风吗？它呜咽着在诉说什么？这层层叠叠的贝壳还在怀念远古的深海吗？它可还记得远古深海的温暖和幸福？

当地壳慢慢抬升，海水一退再退，海洋生物惊慌逃命的时刻，内心的恐慌让它们层层叠叠聚在一起，却无处藏身。

是谁惹怒了造物主，一夜之间，沧海变桑田？数以亿计的生命惊恐万状蜷缩在一起，搁浅在渐渐干涸的沙滩上；多少生命苦苦挣扎，却最终难逃一劫。狂风怒号，日日夜夜，那是多少生命如泣如诉的呜咽；大雪飘飘，年复一年，那是宇宙万物无声无奈的叹息。

仔细查看贝壳身上的纹理，每一个小小的贝壳身上都有几十甚至上百条横纹，如果一条横纹算一年的话，这些贝类都是几十岁，甚至上百岁的年龄了。是什么样的恶缘啊，让它们在一夜之间魂归荒漠？

资料显示，贝壳梁宽约 70 米，长约 2 千米。混合在碱土中的贝壳密密麻麻的，层层叠叠堆积在一起。贝壳梁中间有一个不大的泉，浑浊的泉水不停地流向低洼处。贝壳梁两边是干涸的河床。

科学家说，这里原本是一片碧水浩淼的古海，而今，古海退去，陆地隆起。贝壳梁是古海的遗踪，也是沧海桑田的最好见证。

而青海省国土资源厅的王秉贤说，贝壳梁不可能是由于海洋的消失而产生的。根据古地磁性年龄来看，贝壳梁的形成是在距今约 15 万年前。而造山运动是在 1 亿年以前。如果是 1 亿年前的贝壳，已经成为化石了，但这些贝壳与现代的贝壳没有区别，还没有石化，因此海洋消失这种说法是不对的。

他认为，柴达木在漫长的地质演变过程中由海变成了湖，湖水水面逐年缩小，最后干涸露底，是干燥的风裹挟着飞沙威胁水族。贝类为求得生存转向中心水洼。诺木洪北面一带是盆地最低洼处，贝类们成群结队地涌来，在古河道上越积越多。后来，河水改道，旱象加剧。风沙狂戾之下，贝壳们全部灭绝，只留下贝壳的堤墙，挡不住水退，挡不住死亡，只有从贝壳缝隙间涌出的泉水，汇成一弯细流诉说着远去的历史。

抬头看天，长空万里无云，看不见的风在耳边诉说着亿万年前大海的传说。那时，海里有鱼虾，有贝壳，有珊瑚，有水草。海洋生物丰富多彩，地壳活动频繁剧烈。然而远古时代究竟是什么样的物种在控制这个世界？又到底是是什么，让天地变色，让江河改道，让汪洋大海变成茫茫荒原？

难道这些贝壳的存在，就是为了告诉我们青藏高原以及喜马拉雅山脉崛起和柴达木盆地形成之谜？

难道贝壳们用躯体筑成了一个堤坝，就是为了告诉人类，谁都挡不住地质环境的变迁，挡不住湖泊的消失，挡不住必然来临的死亡，挡不住风沙掩埋？

在生存面前，人和其他生物是没有太大差别的。数不清的贝壳拥挤于此是为了生存，人们挖掘贝壳同样是为了生存，只不过方式有所不同罢了。

贝壳梁啊贝壳梁，你以无数贝类的壳无言地见证了浩渺宇宙的无边无际，沧海桑田的变幻莫测。在你面前，人类是何等渺小，甚至不如一只贝壳。

2015 年 5 月

盐湖追日

夕阳西下，天空和湖面的色彩开始丰富起来。一道浅浅的橘色平铺在天边，平铺在湖水中，在粼粼波光中变换着无穷的色彩。顿时，我脑海里浮现白居易的诗："一道残阳铺水中，半江瑟瑟半江红。"

太阳继续下沉，橘色继续加深。当夕阳亲吻湖面时，湖面顿时生动起来。两个熊熊燃烧的太阳在水天相接处同时跃动起来，像要焚毁整个世界一样。橘红色火焰四处延伸跳跃，不断扩大领地。那深深浅浅的橘红如同欧洲油画中鲜艳的油彩泼向天空、湖面，将天空和湖面涂染得热烈浓重而富有层次。继而，太阳正中心变成了白色，周围依次晕染成金黄色、橘红色、深红色。渐渐地，天边的地平线变成了虾的身体，几缕云彩幻化成虾须，倒映在湖中的影子变成了对称的另一半虾须。瞬间，一个红透了的大虾在天边轻灵舞动起来。当一半夕阳嵌入湖面，西边的水平线顿时就像一个炒熟的鸡蛋，中间白亮，周围金黄，再周围就是一片深浅不同的橘色。

作为格尔木人，我曾无数次来到察尔汗盐湖。但是，专门欣赏盐湖落日，这还是第一次。为了欣赏盐湖落日，朋友们酝酿了很久都未成行。昨日聚会时，大家决定明日去看盐湖落日。这才有了这次难忘的盐湖追日之行。

一路上，三辆私家车加足马力飞奔，到达察尔汗盐湖时，正是夕阳西下的时刻。抬眼望去，察尔汗盐湖像一面巨大的镜子，镶嵌在茫茫戈壁滩上。这是上帝赐给荒凉高原的珍贵宝藏。唯有在辽阔无边的戈壁滩中，盐湖才呈现出宝石般的雍容华贵和神性光泽。夏天的盐湖如翡翠般温润碧绿通透，冬天的盐湖则像大海一样碧蓝澄澈。

站在采盐船上，耳边是呼呼的风声，眼前是绚丽的晚霞，船头是万丈盐桥，船尾是雪白浪花。朝湖中望去，盐湖深处长满了造型各异的盐柱盐花，犹如大海中生长的珊瑚，而湖的岸边是洁白的结晶盐。

近年来，格尔木充分利用盐湖独特的美景，打造旅游胜地。修建了盐湖栈桥、观赏台、盐湖博物馆等。站在盐湖栈桥，静观湖中景色，你会看到蓝天白云倒映湖中，风云变幻，波光潋滟。而到博物馆楼上楼下转一圈，格尔木盐湖的发展历程便一目了然。

察尔汗蒙古语意为“盐泽”。察尔汗是中国最大的盐湖，也是格尔木重要的钾肥生产基地。盐湖地处戈壁，在格尔木以北 60 公里处，气候炎热干燥，日照时间长，水分蒸发量远远高于降水量。因长期风吹日晒，湖内便形成了高浓度的卤水，岸边逐渐结晶成了盐粒。

柴达木盆地号称聚宝盆，其中最大的“宝”当属盐湖。察尔汗盐湖面积 5800 平方公里，相当于 900 多个西湖。湖中储藏着 500 亿吨以上的氯化钠（盐），可供全世界 60 亿人食用 1000 年！湖中出产闻名于世的光卤石，光卤石晶莹透亮，十分可爱。伴生着镁、锂、硼、碘等多种矿产资源，而钾、盐资源更是极为丰富。

曾听电视台一个同行说过这么一件事，几个日本科学家在中科院科学家的陪同下来察尔汗盐湖考察。当日本科学家看到巨大的盐湖时，情不自禁跪倒在地，双手捧着雪白的盐粒，泪流满面，嘴里喃喃自语着什么。正在人们疑惑时，随行翻译说，日本科学家说，为什么我的国家没有这样的聚宝盆？为什么宝藏都在中国……

听了这个故事，我的眼圈红了，我为察尔汗骄傲！为格尔木骄傲！为青海、更为我们幅员辽阔的伟大祖国有这样巨大的宝藏而骄傲！

2017 年 10 月

金秋十月美如画

送走了高原最美最舒服的夏天，我们又迎来了满地金黄的秋天，格尔木金秋十月美如画。

今天我不说格尔木瑶池有多么清澈透亮、气象万千，也不说玉珠峰冰川如何广袤、极富挑战；不说昆仑山世界地质公园峰峦叠嶂、物种丰富，也不说雅丹地貌风蚀美景的鬼斧神工；不说察尔汗国家矿山公园卤水碧波荡漾、盐花千姿百态，只说说格尔木金秋十月的满城黄金。

格尔木城在林中，林在城中。这个城市短暂的建设史就是造林史，几代人坚持不懈的造林成就了今天格尔木随处可见的郁郁葱葱。

郁郁葱葱的树木走过了生气勃勃的春天，走过了意气风发的夏天，迎来了满地金黄的秋天。格尔木金秋十月美如画卷。宽阔的马路两边绿化带里，高大的乔木茂密了一夏的绿叶变成了一树树黄金，在秋日明丽阳光的照耀下，在莹澈碧蓝天空中，满树黄叶随风起舞，片片树叶闪烁着金属质地的光泽，整个十月，满城金色，令人目眩，让人吃惊。满城黄金以最尊贵的颜色，向蓝天点头致意，向树梢做最后的道别，然后义无反顾扑向大地母亲。

在满城金色中，间或还有几株叶子彤红的枫树，远看，像一簇簇火焰，熊熊燃烧。近观，似一枚枚闪烁的星星，挂在枝头，给满目金色的秋天增添了别样的韵味。

瞧，这是柴达木路两边的人行道，绿化带葱茏的树木从两边生长，在空中合抱，茂密的枝叶笼罩着两条美丽的人行道。春天，人行道被嫩叶包围；夏天，人行道被绿叶包围；秋天，人行道被金叶包围，黄灿灿的树叶铺天盖地，树上是金币，脚下是金币，风中还是金币。人走在金币铺就的路上，恍如走在童话世界。

格尔木的胡杨林更是秋天的一大景观。胡杨遒劲的枝干上形状不同的叶子金黄黄，亮灿灿，将灰黄的沙漠照亮，将碧蓝的天空唤醒。

站在胡杨林任何一个山坡上，看着一树树顽强不屈的胡杨遒劲有力的枝干上那些金黄妩媚的叶子，脑海里情不自禁要为这种生命喝彩！

生而为胡杨啊，只为金秋这一季的绚烂，他坚韧、执著、不屈、永不低头。千年不死、千年不倒、千年不腐。生而为人，难道不该有胡杨的韧劲，胡杨的执著？

五子湖，是格尔木又一美妙去处。五子湖虽然是五个人工湖，却碧蓝宁静，清澈透亮。那洁净的湖水就像一片融化的天空，一汪液态的宝石，一面月光的镜子。

五子湖的美不仅有湖水之美，还有高原毫无雕琢的原始之美。辽阔的草原上，枯黄的草在寒风中瑟瑟发抖，马牛羊吃饱了静静地站着或卧在草原上沉思打盹。渴了到湖边饮水，和湖中的自己相互凝视着，仿佛在比较谁美，此情此景，令人深深为大自然造物之妙而惊叹。

一丛丛一簇簇的原生红柳经过寒霜侵袭，有了红的、黄的、粉的各种醉人的色彩。夕阳西下，在霞光的调色盘中，五子湖仿佛徐徐展开的一幅画卷，画卷中霜染的红柳，悠然自得的牛羊，镜子般平静的湖水构成长天一碧，沃野千里。

格尔木金秋十月美如画，这美是博大之美，是热烈之美，是苍茫壮阔之美，是独特神奇之美。欢迎你到格尔木来，细细品味格尔木秋之魅力。

2017 年 10 月

冬日五子湖

一进入五子湖，荒草萋萋的原野上，一种久违的原始气息扑面而来，一下子戳中了我内心深处某个隐秘的角落。不知道为什么，我喜欢毫无人工雕琢的荒原，这种感觉仿佛前世今生一般。此刻我感觉惊诧莫名，顿时兴奋起来。

冬日的五子湖，枯黄的草地一望无边，贫瘠的盐碱滩上长满了红柳丛、沙枣树。突然七八只黄羊从眼前土路西侧飞奔到路东边，一溜烟就不见了踪影。一棵红柳树上一群麻雀被我们的汽车引擎声惊动起来，扑棱棱飞向远方。两只银色的大鸟也扇动翅膀飞走了。望着茫茫无际的荒原，我内心深处有一种从未有过的安谧宁静。这才是动植物的天堂，自由自在生长，自由自在消亡。

来到五子湖中心，五个湖都结冰了，在冬日阳光的照耀下，五个湖面闪烁着银色光芒。因为不时有地下水源源不断的补给，结冰的湖面上出现了“冰冻气泡”奇景，唯美壮观。五个人工湖就像五只眼睛，静静地安卧在这一片荒原上，给这片土地带来无限生机和灵气。人工湖周围茂密的芦苇好似明眸周围的眼睫毛，衬托得五只眼睛毛茸茸亮闪闪，十分美丽。

我们沿着土路一直走向五子湖深处，土路两边盐碱地里长满了一丛丛红柳。造物主真是智慧，即便是百花嫌弃的贫瘠的盐碱地，也还是有红柳、芦苇这等生命力顽强的草木生长着。红柳虽然没有乔木类高大笔直的树干，但是因为拼命努力生长而屈曲遒劲的树干，像胡杨一样苍劲有力，百折不挠。你看，盐碱地托举着一丛丛红柳，向苍穹，向浩瀚宇宙展示她的不屈，她的顽强，她的风吹不倒、雪压不垮的品格。

五子湖东西长约 3 公里，南北宽约 6 公里，18 平方公里的原始荒原上除了五个人工湖，还有凉亭、吊桥、假山、赏景台等有限的几处人工建筑。我最喜欢湖对岸的那个凉亭，四根柱子撑着一个人字形顶盖，四面透风。在这亘古荒原，这座凉亭颇有玉树临风的姿态，独享清风明月，蓝天白云，流岚虹霓。他低头凝望五子湖粼粼碧波，抬头远眺茫茫荒原，仿佛在等待什么，他在等待什么呢？

夏秋两季的五子湖，会看见成片成片的红柳丛或开满一串串粉红色花朵，或是金黄橘红一片丰饶的斑斓色彩。玛瑙般的红枸杞、黑枸杞一嘟噜一嘟噜坠在枝头。散养的马牛羊驴在草地上慵懒地吃草玩耍，还有鸡鸭鹅也唧唧喳喳地叫唤着在草地里悠闲觅食。即使人们走近它们，它们也不会惊慌失措地跑开。每到周末，格尔木人喜欢驱车来到离市区 45 公里的五子湖垂钓、烧烤、徒步、赏景。进入冬季，这儿就恢复了原有的宁静。

今年冬天，五子湖又新增了一大景观——一片冰林。在一片空旷的荒野之中，似乎一夜间出现了十几座并列的冰山。冰山不是很高很大，却很白，白得发蓝，白得灼人眼。形成冰山的水来自地下 180 米深处。水质的洁净成就了冰山的洁白无瑕。晶莹剔透的冰山造型别致，有的像安卧的骆驼、有的像昂首的雄狮，有的像俯卧的金蟾，有的像威武的老虎。高原特有的瀑布般的阳光斜射在冰山上，仿佛钢刷的光线透过纯净的冰林，将冰山切割成一个个微山峰，一个个微冰瀑。

以蔚蓝天空为背景的茫茫荒原上，突然出现这么一片洁白的冰山，给人以极大的视觉冲击，让人感觉突兀而惶惑，惊慌而炫目，心中疑惑，难道上帝在这儿建了一座童话世界？

这天在回家的路上，心中涌出几行诗句：

观五子湖冰林有感

一抹冰蓝，几多莹澈
180 米深处的水，喷出地面
以冰林的形式，探究世界

极致的白，诉说水的纯洁

别样的造型，展现水的梦想

阳光爱上了你，用瀑布之光萦绕你

天空爱上了你，以纯粹之蓝衬托你

诗人爱上了你，用 360 度镜头捕捉你

我想，如果以现代人的商业思维考虑，五子湖也建一座张贤亮在宁夏建成的电影城，这儿的一切就充分发挥它的功用了。单就那座孤独的亭子，就够拍许多武打和离别场景了，更别说人迹罕至的原野，许多导演苦苦寻找的苍凉可是这儿固有的气质啊！

2017 年 12 月

白云之上那一抹绿

10 月 18 日早晨，越野车在昆仑山中盘旋环绕，仿佛大海中行驶的一艘小船，轻盈迅捷。

转过一个山头，眼前豁然开朗，深蓝的天空中漂浮着大朵大朵的棉花云，棉花云时而幻化为奔跑的动物，时而幻化成飞翔的大鸟，给巍巍昆仑增添了无限灵气。此刻，被飞雪洗得洁净清凉的莽莽昆仑在深秋明媚的阳光下显出几分秀气和妩媚。

在雪山顶上，大朵棉花云之间，有一片四四方方的“云”凝然不动，紧紧依偎着钢铁大桥。这就是昆仑山中最高的一座哨卡——云端哨卡，海拔 4868 米。站在山下，仰望哨卡，只见天上大朵的棉花云和山顶的积雪在蓝宝石般的天幕上互相追逐嬉戏。唯有这片“云”岿然不动，牢牢守护着天路大桥。

因为海拔高，云端哨卡不但含氧量很低，而且特别冷。从山脚到山顶目测也就一二百米，可我们却气喘吁吁地走了十几分钟。进入哨卡，首先看到一个小战士笔直地站在观察室，一动不动地看着对面的大桥。我问小战士，他要这样站多久，小战士说要站 2 个小时。顿时心下感慨，我们在海拔 2800 米的城市站半个小时都觉得很累，小战士在海拔 4800 米的云端哨卡一站就是 2 小时，这需要多大的毅力和耐力呀？看着这些“90 后”、“00 后”小战士稚嫩的脸庞，疼爱怜惜之情油然而生。

执勤支队负责人说，新战士入伍第一件事就是练军姿，站岗是新战士的第一项任务。不过在云端哨卡站岗和别的地方有所不同，身子要微微前倾，脚后跟要轻轻着地，否则，站半个小时，战士就会因缺氧失明，继而晕倒。观察室后面宽敞的大厅里，战士们别出心裁地辟出了一个绿叶包围的小会客厅。其余地方全部是盆栽植物。一个个长方形的白色花盆里种着芹菜、辣椒、菜花等容易成活的蔬菜。几个红艳艳的小辣椒在枝头已经干瘪了，战士们依旧没舍得摘下来。可见，这儿的蔬菜不是用来吃的，而是战士们在看够哨卡外面光秃秃的山岭后缓解眼睛疲劳的绿植。

战士们端上来几杯刚泡的茶水，我端起来一喝，水温温的，茶叶半天泡不开。支队负责人解释，这儿海拔高，他们买来的饮水机在这儿没法用，因为饮水机一直在烧却总也烧不开。后来才知道这儿海拔太高，水的沸点在七十多度，没办法，他们只好调整饮水机的沸点，只能喝烧不开的温吞水了。

正当我们为战士们的艰苦环境唏嘘时，云端哨卡的班长商顺亮却说："虽然这儿海拔高，生活很艰苦很单调，但是我们的玻璃哨卡在大雪纷飞的时刻却很浪漫，我们坐在室内一片绿色之中，观赏从天而降的大雪飘飘洒洒的情景感觉非常震撼，非常美。室外漫天白，室内一屋绿。"

从云端哨卡下来，我们驶往另一支队。

汽车在山中沿着简易土路盘桓行驶，突然，一幅中国地图在我们眼前时隐时现。该支队驻扎在一个山洼里。下了车，营房门前的山坡上，一幅巨大的中国地图赫然映入眼帘，地图中间是"祖国在我心中"六个大字，地图两边是一副对联，上联是：天天守护天路；下联是：步步印证责任。原来，这幅地图是2006年部队在此驻扎后，战士们从山上捡来石子，用小锤子砸进山坡拼成的。灰色石子代表国土，红色石子代表边疆，黄色石子围成字。一幅再平常不过的中国地图，在莽莽苍苍的昆仑山中，以这样的形式出现，不禁令人心潮澎湃热血沸腾，我们可亲可爱的战士戍守天路，心系祖国。当我们安享岁月静好，可曾想到，有多少人在为我们阻挡危险？突然想起网络上很流行的一句话：哪有什么岁月静好，不过是有人替你负重前行。

到营房不久，有同伴惊呼："火车来了！"大家迅速站在隧道边，举起相机纷纷对准了飞驰而来的火车。火车，随处可见，可在万山之祖昆仑山中飞驰的火车显得格外威武雄壮。绿色火车头带着不可侵犯的气势呼啸着钻入隧道，驶向远方拉萨。

我们在营房的玻璃温室里吃午饭。这儿的玻璃温室和三岔河玻璃温室一样都被战士们打理得十分精巧细致。面积很大的温室里不但有花有绿植，还有书架、书桌，烧烤炉、烤肠炉、爆米花机以及沙发藤椅、小圆桌等，也就是说，在海拔 4648 米的部队营地，战士们将玻璃温室打造成了他们休闲娱乐的绿色氧吧。

说起他们的绿色氧吧，不能不为战士们的聪明才智竖起大拇指。10 月 17 日，当越野车从满城黄金叶的格尔木穿过，在荒凉冷寂的茫茫戈壁滩急驶一个多小时后，当我们一行八人的眼睛已适应戈壁滩的荒凉冷寂，进入三岔河部队玻璃温室的刹那，看到满目绿色，每个人都发出了意料之外的惊叹。这不是我们常见的一般大棚蔬菜温棚，而是战士们精心打造的艺术家园。

瞧，三七花的叶子将玻璃温室的每一面墙遮挡得严严实实，正在盛开的一串串白色三七花散发着独特的清香；一盆盆吊兰悬挂在空中，长长的枝叶垂挂下来，一朵朵精巧雅致的兰花在不为人注意处悄悄绽放；一人多高的隔墙墙面做成了无数伸出来的小花盆，像一双双大手，托着清一色碧绿多肉的圆叶兰，绿叶中间开满了星星般的小红花；中间大块地方则种满了芹菜、香菜、西红柿、辣椒、黄瓜、菜花等各种蔬菜。而且每个玻璃温室都有沙发和茶几，几把藤椅围绕的玻璃小圆桌以及大屏幕电视、鱼缸、鸟笼等。坐在玻璃温室喝茶聊天或者安静地看书，真有身在江南的感觉。

我们在两天的采风活动中，欣赏了驻扎在青藏铁路线上部队所有的玻璃温室。据悉，这是西北几省武警总队开展的引智工程。格尔木驻扎部队的战士们用自己的聪明才智在海拔最高处精心打造的绿色氧吧获得了一等奖。

向守卫青藏铁路的、新世纪最可爱的人致敬！他们在戍守边关保障铁路安全畅通的同时，也用自己的聪明智慧和勤劳双手不断改善和适应着恶劣的自然条件。中国军人，是保家卫国守卫和平的人，更是创造奇迹的人！

2018 年 10 月 20 日

穿越银色的梦

数次来到察尔汗盐湖，无数次心跳加速。蓝幽幽绿莹莹白生生的察尔汗盐湖啊，你的美让人无法描述，你的价值令人无法估量。

2018年10月27日清晨，格尔木作协组织的“诗意追寻，探访盐湖——本土作家进企业”活动启动。20名格尔木本土作家兴高采烈坐上大巴车，一路欢歌笑语来到察尔汗盐湖。

作为格尔木人，尤其作为一个媒体人，我曾经无数次来到察尔汗盐湖。然而，每一次到来都会有新的发现，每一个新的发现都会让我热血沸腾。察尔汗，不仅是聚宝盆中的聚宝盆，而且是高原蓝中的高原蓝。不仅有浩瀚之美，孤独之美，宁静之美，更有动人心魄的色彩之美，举世无双的财富之美。

今天，我不想说面积5856平方米、中国第一、世界第二的大盐湖那水天一碧，可远观而不可亵玩的神秘之美；也不说大盐湖为格尔木、为青海、为国家创造了多少财富。我只说察尔汗盐湖新发现的“百里生态水景线”。

好一个“百里生态水景线”啊！当我们的大巴车进入盐湖腹地，顺着用“盐”铺就的光滑平坦的道路向前行驶时，我们的眼前出现了两个截然不同的世界。左边水天一色的湖面，各种水鸟野鸭高声鸣叫，呼朋唤友追逐嬉戏觅食，湖面上莺啼鸟唱，好不热闹；右边水天一色的湖面如绫罗般光滑闪亮，寂静无声。举目远眺，远处湖面上矗立着几间厂房和工业设备，一条长长的红白相间的彩色管线给湛蓝的湖水镶上了一道美丽的花边。

一路之隔，为什么两边湖面截然不同？答案是：左边是淡水湖；右边是盐湖。淡水湖繁衍生命，湖面充满生命活力。盐湖储满宝藏，蓝宝石湖面下孕育的是耀人眼目的雪花银。

透过车窗，我们看到左边淡水湖上，一排排不知名的水鸟仿佛训练有素的军人，排着整齐的队伍扇动翅膀，贴着水面欢快地向前滑行，而一对对色彩斑斓的野鸭则剪着水波游来游去，优哉游哉。

震惊于一路之隔反差巨大的两个湖。我们大喊着让司机停车。可是，当我们下了车欲与水鸟有个亲密接触时，警惕的鸟儿们已经飞远了，站在遥远的湖中心回望怅然若失的人类。它们是对的，这个世界，贪婪的人类是不可信任的！

车继续往前走，突然，几只天鹅映入眼帘。雪白的天鹅伸着修长的曲颈，静静地浮在深蓝的水面上，观察判断着侵入它们家园的人类是否有攻击行为。有同伴说："天鹅都是成双成对的，终其一生只有一个伴侣，其中一个遇难了，另一个就会孤独终老。"听了这话我心头一震，寂寞天鹅美。凡高级动物，都是孤独的，寂寞的，他们独守一处，默默地完成自己一生的使命。对伴侣忠贞不渝，对后代十分负责。不媚俗，不从众，其行为方式比人类都更值得尊敬。

不是"天上无飞鸟，地上不长草"吗？为什么如今却成了鸟的天堂？环境好不好，唯有大自然的精灵——鸟儿说了算。而察尔汗盐湖的"百里生态水景线"上，众多鸟儿飞翔的身影和清脆的鸣叫足以说明，这儿的环境确实不是以前的样子了。

转了一圈，我们顺着盐湖回转。天呐，虽然盐湖波平如镜，寂静无声，然而，碧蓝天空下湖边雪白的盐粒和不时跳入眼帘的自然结晶的盐花，同样让我们惊叹，惊叹大自然的神工鬼斧，巧夺天工。无以表达心中的激动和惊讶，我们便在湖边一尘不染的"白雪中"翻滚着，跳跃着，欣赏着；捧起盐粒抛洒着，欢笑着，畅想着……

这雪白的盐粒，这宝石般的盐湖蕴藏着多少国家高精尖技术的原材料。我突然想起了察尔汗盐湖科技功臣李小松（他组织实施了国家西部大开发首批十大项目之一的年产 100 万吨氯化钾项目，实现了利用光卤石生产氯化钾的反浮选冷结晶工艺高技术产业化，成果整体达到世界先进水平，部分达到国际领先水平，填补国内多项空白，使中国钾肥生产技术实现跨越式发展……），我想起了瑞士手表，想起了日本制造，想起了工匠精神。多么希望，中国第一的察尔汗盐湖多出几个李小松；多么希望，中国制造成为全世界信赖的一张名片。

哦，察尔汗啊察尔汗，此前你是生命的禁区，是财富的象征，如今，你却穿越银色的梦，成为生命和财富的绝唱！

五　新城旧事

住地窝子的那些日子

1. 地窝子是我们的家

1970 年冬天，我们作为海东移民被政府迁移到格尔木阿尔顿曲克，成为格尔木的第一代农民。母亲说，我们到达格尔木的那一天恰好是冬至。

那时我还小，隐隐约约记得是冬天，我们全家人坐了 4 天的大汽车来到格尔木，迎接我们的是一溜埋在土里的房子——地窝子。

地窝子，顾名思义，就是从地面挖下去一个深坑，地面再砌上五六十公分的土墙，上面搭上几根胳膊粗的木头，木头上覆盖一层竹帘和一层薄薄的泥巴。然后在东边（格尔木一年四季刮西北风，所以屋门基本朝南或者朝东）斜斜地挖出一个梯形通道，挂上厚厚的门帘，就是一个遮风挡雨的窝。这是政府为了迎接格尔木第一代农民，临时搭建的简易房，也是第二代地窝子（第一代地窝子直接从地面挖下去一个深坑，上面用竹帘牛毛毡之类盖住，很容易被马牛羊等动物踩踏破坏）。40 年前的格尔木一年四季只刮风不下雨。所以，尽管躺在地窝子的土炕上可以望见天上的星星，但是它冬暖夏凉，是我们初到格尔木的栖身之所。

虽然是简易房，每户人家也只有一间（不管家里有几口人）。每间地窝子二三十平方米，卧室厨房客厅都是这窝。一溜地窝子 20 户人家，后来我们住的地方就叫 20 间。我们家八口人在一间地窝子里住了一年多，后来父亲在地窝子后面打土坯又盖了两间平房。

话说到达格尔木的第一天，初来乍到，最令人兴奋的是每间地窝子里都放着一只宰好的羊，一袋面粉，一捆柴火，还有一斤白糖。在老家时，因受旱灾严重，没有充足的口粮，一直吃糠咽菜的农民哪里见过整只羊还有白面啊。兴奋之余，母亲赶紧找来三块大石头支起锅灶，点火架锅。父亲卸了羊肋条，当晚就煮了满满一锅肉，一家人美美地吃了平生第一顿手抓羊肉，晚上，母亲舍不得倒了羊肉汤，就在羊肉汤里下面片，一顿香喷喷的手抓羊肉和一碗羊肉汤面片就让我们轻而易举喜欢上了这个荒凉的地方。母亲迅速在地窝子里用土块盘了炕，铺上草，再铺上从老家带来的厚羊毛毡和厚厚的粗布被子。又在地窝子门口砌了一个大锅台，架上大铁锅，地窝子就成了我们温暖的家。从此，我们就过上天天吃羊肉的幸福生活了。

安顿好住宿，划分好生产队，农民就开始了开荒种田。在种出粮食之前，每个月政府都会供给羊肉、面粉、白糖、红糖，还有给孩子们打虫子的宝塔糖。父母亲还有哥哥姐姐等成年人开始参加生产队的劳动。孩子们就像脱缰的野马开始在无边无际的戈壁滩上的沙柳丛中捉迷藏玩游戏。直到第二年盖了教室，所有适龄的孩子就上学了。

后来，通过历史资料我才知道，1970 年冬，当时格尔木县委县政府为了响应国家“工业学大庆，农业学大寨”的号召，决定从青海的东部农业区搬迁农民到格尔木发展农业生产，所以先后从乐都搬迁农民到小灶火，接着从湟中县鲁沙尔和升平乡各迁 25 户农民，后又从西宁朝阳区迁 5 户菜农，共计 80 户到格尔木阿尔顿曲克发展农业和蔬菜种植。他们就是格尔木的第一代农民。

2. 吃羊肉长大

20 世纪 70 年代，格尔木农业才开始起步，在荒滩上开荒种地谈何容易。虽然每年都在开荒，扩大种植面积，但是每年的收成都不好。那时，我们生活的所在地叫阿尔顿曲克自治区（简称哈区），是农牧业合在一起的，农民种地，牧民放羊。每年年底，每家都会按工分多少分得一定的面粉和羊肉。我们家因为劳动力多，挣的工分也多，所以每年分得的面粉和羊肉相对也多。只是粮食收成不好，面粉总不够吃，好在羊肉多，从来不会饿肚子。

每年秋季，生产队打下的粮食按照每家每户的工分所得，分钱分粮。生产队羊群中老弱病残的淘汰羊也按人头分到每家每户。我们家 8 口人，一年能分到二三十只羊。二三十只羊要在两三天之内全杀了，然后将羊肉用刀切割成长条风干后，装进麻袋挂在房顶上。爸爸和哥哥两个人负责宰羊，妈妈和 3 个姐姐负责将羊分解成小块，悬挂在院子里的铁丝上风干。羊肚子和羊肠子烫洗干净后也要风干储存起来。而羊头和羊蹄子则集中起来拿到砖瓦厂，让烧砖的师傅烤好（当然，要送给烧砖师傅几只羊头作为报酬）。每隔两天，妈妈就会煮上一锅羊肉作为我们的主食。很长一段时间，也就是在进入 20 世纪 80 年代包产到户前，羊肉，一直是我们赖以生存的主食。

因为面粉少，为了不饿肚子，大家想办法多储存肉食。那时哥哥一年四季在山里放羊，为了防备狼的袭击，牧羊人手里都有枪，哥哥会用枪打一些野马野牛什么的拿回家来以补充食物的不足。于是，我们的主食就天天都是牛羊肉和油饼（羊油油饼或者牛油油饼）。隔三差五的，妈妈煮一锅肉放在盆子里。煮肉后凝固的羊油牛油则集中起来，经过熬炼再凝固，用来炒菜炸油饼。羊油和牛油油饼凉了就凝固了不好吃，所以，每天要放在炒菜锅里熥熥才能吃。我们饿了就拿一块煮熟的羊肉，顺着肉丝的纹理一丝丝撕扯下来放进嘴里，羊肉既是我们最好的零食也是充饥的食物。

总之，在我的记忆中，我是吃着羊肉长大的农民。吃羊肉长大让我们身体强壮；吃羊肉长大，让我感觉格尔木的羊肉是天底下哪儿都比不上的美味佳肴。

3. 打柴火

20 世纪 70 年代，每到冬闲时节，打柴火是每个家庭的一件大事。一年四季烧火做饭都需要柴火，而格尔木人的柴火就是戈壁滩上生长了几十几百上千年的红柳根。此项活动直到 20 世纪 80 年代初，才被格尔木林业站叫停，烧柴由红柳根变成了煤炭。

话说打柴火需要准备很多事情。七八个身体强壮的男人从生产队借来十几峰骆驼，然后是绳子、钢钎、镢头等挖掘用的工具。女人们则要准备给出门打柴的男人几顿相对丰盛一些的食物。

冬天昼短夜长，打柴的人凌晨四五点起床，六点就出发了。干活的人将打柴的工具绑在骆驼身上，然后给谁家打柴，七八个男人就集中在谁家吃饭。

打柴这几天男人们起早贪黑干活，要吃大苦下大力，劳动强度很大。所以女人们在家准备的伙食就格外丰盛。轮到我家打柴，妈妈总是半夜就起来，煮羊肉是少不了的，还得用有限的面粉炸油饼，扯拉面，用平时节约下来的萝卜土豆粉条做熬饭。

我之所以到现在还记得打柴火的事情，是因为小时候很期待打柴火的日子。那几天，不但能吃到好吃的，而且父母亲对家人格外温和热情。

吃完了早饭，妈妈在一个旧茶壶里放好茯茶、盐、花椒，然后用一个干净的布包装上焜锅馍馍挂在骆驼身上。到了中午，男人们点火烧茶，吃着馍馍，喝着熬茶就是午饭。

天黑透了，有时候甚至到半夜了，打柴火的男人们才牵着扛满柴火的骆驼回来了，借着满天星斗卸下柴火，骆驼牵到生产队的场院里吃草料休息。男人们就在搪瓷脸盆里用热水洗脸洗手，然后惬意地坐在烧得热乎乎的炕上，围着一张炕桌喝着酽酽的熬茶，等待着女人们端上香喷喷的手抓羊肉，然后才是大家期待已久的羊肉面片（青海男人晚上不吃面食等于没吃饭）。

新打来的柴火都是刚从沙土堆里挖出来的红柳根，是湿柴。第二天早晨，母亲天不亮就起床，将新打来的柴火挨着院墙整整齐齐垒成一个柴火垛。柴火垛经过风吹日晒，很快就干透了。还是母亲，每天晚上出工回来就开始劈柴。那些柴火就像母亲手下的面团一样，被母亲随意劈砍成均匀的长条形，整整齐齐码放好。做饭的人，先用麦草将火点燃，然后放上几块干柴，用风箱吹吹，很快红柳根就熊熊燃烧起来，一顿饭眨眼就做好了。

晚上睡觉的时候，母亲将羊肉放到锅里，倒满水，烧开，撇去肉沫，然后放盐和花椒。灶火里再放上几块很大很硬的红柳根，让火慢慢燃烧，直到成为灰烬。第二天早上起来，灶火里还有余温，锅里的羊肉已经煮好。大家洗完脸，捞起羊肉，舀上肉汤，就是现成的早饭。

因为戈壁滩缺水，红柳在生长过程中极尽所能伸展枝条汲取地下水，所以，红柳的根须在沙土底下延伸得很长很长。而且，有的年份雨水多，有的年份雨水少，红柳根屈曲盘绕，生长缓慢，非常结实，是根雕的好材料。

时间进入21世纪，作为记者的我采访了很多爱好根雕的人，这些人都是看上红柳根的可塑性，出钱买来红柳根。因为从20世纪80年代，国家意识到破坏原生植物对环境具有致命的不可恢复的永久破坏性，土地沙化十分严重，所以，严厉禁止老百姓挖红柳根。现在的红柳根一部分是以前采挖的，一部分是在开荒过程中偶尔挖出来的。所以，很多根雕爱好者的红柳根都是花钱买来的。

红柳是灌木，具有很强的防风固沙作用，一棵沙柳堡就是一座防沙小山。然而，20世纪50年代到80年代，格尔木农垦军垦和农民在开荒种地时砍伐了大量的红柳根，同时，生活用柴也是红柳根，导致格尔木原始的红柳根遭到大量毁坏，这是格尔木沙尘暴频发的根本原因。后来，格尔木农村的燃料就由柴火转变为煤炭，然后又是煤气和电磁炉。新能源清洁便利，改变了老百姓传统的烧柴习惯。现在提起“打柴火”，除了中老年人，恐怕没几个人知道这事了。

4. 美丽勇敢的哈萨克族姑娘

住地窝子的日子之所以丰富多彩，还有一个重要原因，那就是一个生产队的社员不仅有汉族人，还有一半是哈萨克族人。因为哈萨克族和汉族语言不同，生活习惯也不同，就有了很多有趣的事发生。不过哈萨克族的男人基本在放牧，在生产队干农活的都是女人。哈萨克族信仰伊斯兰教，他们不会在汉族家庭吃饭，但是，我们却常常可以吃到他们的烤全羊、酸奶疙瘩、炸油饼之类的特色食物。

妈妈和很多哈萨克族的妇女关系特别好。妈妈很会做针线活，一些哈萨克族妇女常常央求妈妈给自己的孩子裁剪缝制衣服，或者给她们的孩子做棉鞋棉袄。为此，妈妈得到的回报也很多，一块酸奶疙瘩、几个油饼等，我最喜欢吃哈萨克族的酸奶疙瘩。

最让我记忆深刻的还是学校里发生的事情。当时哈萨克族学生和汉族学生是同校不同班的，我们和哈萨克族孩子只有下课后才能在一起玩。经常接触哈萨克族孩子，学会了很多简单的哈萨克族语言，当然学得最快的是骂人的话。

那时，父亲在生产队当饲养员，每天晚上，都要去给生产队干活的马、牛、骆驼等牲畜添加饲料。那些牲畜抢着吃草，常常会你咬我踢地打架，父亲很生气。这时，如果我用哈萨克族语骂几句，这些牲畜就乖乖地听话了，很奇怪的！到现在我也没弄明白，为什么这些牲畜能听懂哈萨克族话呢？

哈萨克族是一个能歌善舞的民族，几乎每个孩子会跳舞，左右平移脖子、前后扭动肩膀、弹冬不拉等。所以每年过“六一”儿童节，看着哈萨克族姑娘甩着长长的辫子跳着优美动人的舞蹈，哈萨克族小伙子弹着冬不拉扭动着身体跳舞，就格外钦佩他们聪明的头脑和柔软的腰肢。

哈萨克族初二班有一个姑娘，长得特别秀气，舞跳得也好，汉话说得更好。这个哈萨克族姑娘有一个汉族名字，叫海霞。她不说话的时候，两只深褐色大眼睛骨碌碌地转着，自来卷的咖啡色刘海覆盖着宽宽的前额。不用说一句话，她就能让所有人深深地喜欢上她。

让人难忘的不是海霞优美的舞蹈，也不是她的美貌，而是她的勇敢。因为海霞喜欢汉族初二班的陈树军，而且勇敢地说了出来，并坚持不懈地向陈树军表白。那时，别说学生谈恋爱了，就是成年人也没有自己谈恋爱找对象的。男生女生很少说话。而哈萨克族姑娘海霞却在一天课间操后，在通往厕所的路上堵住汉族初二班的陈树军，给了他一封信，明确表示她喜欢他。

陈树军是部队子弟，每天穿着一身洗得干干净净的旧军服。长相英俊，学习也好，是每个姑娘心中暗恋的对象。当他收到哈萨克族姑娘的求爱信后，吓得不知道该怎么办，就上交给了老师，于是这件事就成了全校公开的秘密。几乎一夜间所有的人知道了海霞喜欢陈树军。

既然已经公开了，海霞干脆不管不顾，每天课间操做完后（课间操休息时间是 30 分钟）都在通往厕所的路上等着陈树军，只要看见他，就旁若无人地交给他一封信。后来陈树军不敢在课间操上厕所了，海霞就把信交给陈树军最好的同桌小虎，让小虎转交给陈树军。

我不知道老师是怎么处理这件事的，那时我还小，不懂得男女爱情的事，就感觉海霞很美很勇敢。后来，陈树军没上完初三就转学了，到内地上学去了。海霞也被州文工团招走了，我不知道后来他们是否有联系。但是，我知道陈树军虽然将情书交给了老师，但是他心里也是喜欢海霞的，因为有一天课间操，有个男生骂海霞厚脸皮时，陈树军当即和那个男生吵了起来，我就知道他的内心应该是喜欢海霞的。

这是我小时候第一次接触到关于恋爱的话题，所以印象深刻。不知道那个勇敢美丽的海霞和英俊潇洒的陈树军是否还会想起他们“敢冒天下之大不韪”的初恋呢，反正我常常会想起。

5. 鬼来了

小时候我最喜欢的除了看小说，就是唱歌跳舞了。每年的“六一”儿童节，学校都会举行运动会和文艺演出，而参加文艺演出的是每个班选出来的能歌善舞的学生，这些学生在“六一”前两个月就开始排练节目。当时，这个校文艺队是我最向往的地方。

上小学时，我舞跳得好，学舞蹈也快，看见老师给文艺队的学生教舞蹈，我趴在教室外的窗户上看上几遍就会了。哈萨克的传统舞蹈动作，比如转动脖子、扭肩膀等动作我也是一看就会。不仅如此，我看了两遍歌剧《白毛女》，白毛女的芭蕾舞步就学会了。上学的时候，我常常踮着脚尖走到学校，放学了，踮着脚尖走回家。为此，我的鞋子总是脚尖先烂，妈妈做鞋的时候总会在脚尖处放好几层布；歌剧《马兰花》看了两遍，里面的唱段我能从头唱到尾。所以我们班同学和老师公认我是能歌善舞的，于是班主任老师就向音乐老师极力推荐我到文艺队。

没想到去了文艺队，漂亮的音乐老师只看了我一眼就让我回去。我知道是因为我长得不好看，老师不肯要我，我就十分伤心。回家看见妈妈就哭，妈妈说：“你们老师不懂，搽上胭脂就好看了。老师不让你跳，你给我跳。”于是，每天晚上放学回家，第一件事就是，在成为我家厨房的地窝子里，给妈妈和姐姐跳那从窗户上学来的舞蹈。那些日子，我家的地窝子被我踮起的脚尖踩得坑坑洼洼的……

因为音乐老师的拒绝，我没成为文艺队的一员，就渐渐转移了跳舞的爱好，开始更喜欢唱歌了。有一天，我看一本短篇小说集，有一篇小说写的是周总理接见过的一位女歌唱家每天早上起来要到外面练嗓子。我灵机一动，我也要练嗓子，心想只有练好嗓子才能唱好歌。每天早上妈妈天不亮就起来做针线活，我就和妈妈商量，让她起来也叫醒我，妈妈点煤油灯做针线活，我就爬到房顶上练嗓子。妈妈一口答应了。

于是，每天早上天不亮的时候，我被妈妈叫醒，站在房顶上，对着东方鱼肚白开始放开嗓子喊起来。因为我不知道歌唱家是怎么练嗓子的，就下意识地放开嗓子“啊……哦……”的大声地叫喊着。

这一喊就是一个多月。有一天下午放学，我像往常一样背起背篼到地里拔草。走到地里，发现几个年龄比我大的姐姐围在一起窃窃私语，我也悄悄地凑了过去，只听见她们在说：“知道吗？我们这儿鬼来了，每天早上都在房顶上叫喊呢！明天早上你们早点醒来听着……”我一听顿时面红耳赤，赶紧悄悄溜走了，从此再也不敢练嗓子了。

6. 月光下的歌声

一直记得这样一个夜晚，明月高悬，清风拂面，我跟着当饲养员的父亲到生产队的牲口棚里给牲口添草。父亲在前面走，我在后边跟着，走到用来秋收后打麦子的光溜溜的麦场上，看着天上明净的月亮，感受着耳旁清风的抚爱，突然之间，我就放开歌喉唱起了《我的祖国》：

一条大河波浪宽，
风吹稻花香两岸，
我家就在岸上住，

听惯了艄公的号子，

看惯了船上的白帆……

悠扬清亮的歌声袅袅地飘荡在静谧的夜空。马儿停止了吃草，静静地凝视着前方；夏虫停止了鸣叫，悄悄地侧耳倾听；明月停止了脚步，好奇地俯瞰着人间。

平时我们姐妹在家唱歌父亲是绝不允许的，在老一辈青海人的思想观念里，认为女孩子在家唱歌是没家教的表现。唱歌应该是放羊娃的专利。只有放羊娃在山里放羊的时候，孤独寂寞了才会唱歌，一个大姑娘家的在家里唱歌不成体统，所以我如果不小心在家里小声哼唱两句，只要被父亲听见了，他一定会狠狠地说："别唱了，放羊娃一样！"吓得我赶紧噤声。

可是那天晚上，在明净的月光下，在徐徐的清风中，在光溜溜的场面上，父亲不但没骂我，居然也静静地聆听着我的歌声。

我想，其实每个人都爱音乐，因为，唯有音乐才是全世界通用的语言呀！

远去的阿尔顿曲克

傍晚时分，天阴沉沉的，听着音乐《斯卡布罗集市》忧伤的旋律，一幕幕如烟的往事掠过心田。

卡凯姆

又一次想起了那一大片麦田，绿油油的麦苗平铺在深邃湛蓝的天空下，灿烂的阳光万花筒般照耀着天地万物，大自然一片生机勃勃。我绕了很大很大一个弯往学校走。如果走直线，家和学校之间只有十分钟的路程。然而家和学校之间是一大片绿油油的麦苗，如果直走，就会踩坏麦苗，守青（看护麦田）的人是生产队最凶悍的哈萨克族老人卡凯姆——这是每个孩子心目中比大灰狼还可怕的人，晚上有小孩哭闹，只要妈妈说一声："悄悄的，再哭，卡凯姆就来了！"保准孩子立马噤声。如果我们怀着侥幸心理悄悄走近麦田，卡凯姆准会从地底下钻出来大吼一声，吓得我们屁滚尿流，撒腿就跑，瞬间跑得无影无踪。

于是，从春种到秋收，从家到学校的这一段路就必须绕一个大圈，这就有了我心目中最美的一条小路，这是我的秘密，其他孩子都不喜欢绕远路，上学放学想方设法抄近路。我之所以喜欢绕远路是因为其中一段路是林荫道，我尤其喜欢这片小树林。每天上学放学，我都会在小树林里磨蹭很久。我会爬到大树的最高点，在树梢上晃来晃去，或者偷偷地从高处观察树下的小伙伴们在干什么，然后，在他们走近大树的时候，突然从树上"哧溜"一声滑下来，吓他们一跳；或者用嫩柳枝做柳笛。选择一段粗细均匀的柳枝，在两寸左右的两头用小刀将树皮割开，然后用手来回搓，当树皮和树枝“骨肉分离”，将柔韧的柳树皮捏扁，一个柳笛就做成了。小伙伴们一路吹着柳笛跑着走着，那高高低低的柳笛声十分悦耳，而吹着柳笛回家是一件多么惬意的事情啊！在树身上刻下一个小小的名字，过几天就去看看长大了没有，看着自己的名字随着小树长高而变得“张牙舞爪”，心里有一种别样的冲动，当然还会躺在沙枣树下，闻着花香，做着无边无际的美梦……

卡凯姆有一个儿子叫稀糊头，十三四岁的模样。母亲说，之所以叫他稀糊头，是因为他长大了，头还没长结实，用手摸，稀软。稀糊头每次看见女孩子都会笑眯眯地吹口哨，我也怕他。心里总在想，他有那么凶悍的爸爸，是不是天天打他？把他的头打烂了，所以才那么稀软。还想，他有一个那么凶恶的爸爸，他怎么能笑得出来？

瑛巢

20 世纪 80 年代，我成了一名乡村女教师。

因为从小热爱阅读，所以我喜欢独处。因此，在学校教书的日子，为了有一个安静的读书环境，我特意挑选了乡村学校那间腾出来的煤房，用白灰粉刷一新后，简陋小屋成为我心爱的“闺房”，这间小屋被我命名为“瑛巢”。因为那时正在读《石评梅传》，我就模仿评梅的“梅巢”给自己的宿舍起名“瑛巢”。

在“瑛巢”居住的几年是我一生中读书最多，成长最快，也是最快乐、丰富、宁静的一段岁月。宁静中有丰富，丰富中有成长，成长中有喜悦。那间小屋里，一盏橘色的台灯陪伴我阅读中外文学名著，我贪婪地吮吸着知识的养分；陪伴我读完了汉语言文学课程，系统地汲取了绚烂瑰丽的中国传统文化精华，背诵了很多唐诗宋词；陪伴我阅读了每一期《读者》中每一篇闪烁着真知灼见、启人心智的好文；陪伴我读完了三毛、琼瑶、亦舒的文章……

“瑛巢”完全是根据我的审美装扮的。一张名为《爱之梦》的半裸半躺的美女油画贴在床铺正中央的墙上，一顶雪白的蚊帐一年四季环抱着我的单人床，粉红系列的被褥床单总是叠得整整齐齐，洗得干干净净。床边一张学生用的课桌，洁白的桌布绣着淡绿花朵，这是我的书桌。书桌上靠墙摆着我常看的书，桌洞里是我最珍爱的杂志，床底下的纸箱子里也放满了我的精神食粮。靠床的桌上，一盏橘色台灯伴我度过无数美好愉悦的夜晚。床的另一侧，我用五个纸箱子组合成一个“高低柜”，然后用一块淡绿色“的确良”布裹住，高低柜上一个漂亮的酒瓶里插着几枝“干枝梅”，那干枝梅白里透红，美艳至极。走近细看，原来是 3 枝长短不一的黑刺枝，插满了被揉碎的大小不一的白色泡沫塑料，那红白相间的干枝梅其实是泡沫塑料涂上红墨水产生的效果。这瓶艳丽的“干枝梅”让我的闺房兼书房蓬荜生辉，充满无限生机和活力。

在“瑛巢”的每一个夜晚都是愉快充实的，有悦耳的音乐相伴，有柔和的灯光相陪，我读书，练字，写作，备课。在明月升起的夜晚，悄无声息走到室外，徜徉在花木扶疏的校园里，一个人静静地赏月，轻声背诵着古今中外那些经典的咏月诗词。哦，那些迷人的充满诗情画意的夜晚啊，永生难忘！

春江花月夜

那个如世外桃源般宁静的校园，坐落在村子的最中间。高高的围墙将校园与村庄隔开，水桶粗的树木整齐排列着围绕在校舍周围，小花小草穿插在大树中间。无论春夏秋冬，每到夜晚，整个校园或沐浴在明净清亮的月光中，或沉浸在如墨玉一般黑得发亮的夜色里，宁静清幽、洁净芬芳。

看书眼睛累了，走出“瑛巢”，静静地站在一棵大树下，抬头看漫天星辰，感受微醺的风儿轻柔地抚摸我的脸庞。此时此刻，夜如一块巨大透明的墨玉，轻盈地包围着我，清新的空气中弥漫着青草麦苗的清香。璀璨的星光下，夏虫唧唧的叫声不时传来，我被催眠一般静立不动，怕一丝丝的响动会惊扰了夜的透明和宁静。

月儿升起来了，无论是上弦月、下弦月，还是日渐丰盈的月或者是满月，我都会欣喜地发现她们就像姑娘冰清玉洁的脸。一弯月牙挂在西天，仿佛一个思念中姑娘的脸，因为思念，她日渐消瘦；因为思念，她郁郁寡欢；因为思念，她静静地忧伤地等待着心上人。日渐丰盈的月也自有她的风情，仿佛丰肌玉骨的美人，莹润娇媚，款款深情，风情万种。满月是贵妃的美，回眸一笑百媚生，六宫粉黛无颜色。没有人可以比拟的美。

在这样的夜晚，那首全唐诗的压卷之作《春江花月夜》总在我脑海萦绕：春江潮水连海平，海上明月共潮生。滟滟随波千万里，何处春江无月明。江流宛转绕芳甸，月照花林皆似霰。空里流霜不觉飞，汀上白沙看不见。江天一色无纤尘，皎皎空中孤月轮。江畔何人初见月，江月何年初照人。人生代代无穷已，江月年年只相似。不知江月待何人，但见长江送流水。白云一片去悠悠，青枫浦上不胜愁……

不知道为什么，读了那么多唐诗宋词，最喜欢的还是这首《春江花月夜》。喜欢它的空灵，喜欢它的高邈，喜欢它勾画出了我眼虽未见、灵魂却领略过无数次的春、江、花、月、夜的纯净和美妙。这首诗意境之空灵、联想之丰富、措辞之优美、节奏之明快、哲思之奇妙都超乎了人们的想象，却又使人们在某个悠远深邃美好的感情点上产生强烈的共鸣。

我想象着，在遥远的1200多年前的那个春天，出门在外的张若虚目不转睛地看着海上冉冉升起的一轮明月，看到月辉下春天的大江波平浪静，江边盛开的花草树木静静沐浴在牛乳般的月辉中，做着澄澈洁净的酣梦，此情此景令诗人心潮涌动，遐思万千，于是挥笔写下了这首流传千古、脍炙人口的《春江花月夜》。

诗人可曾想到，1200多年后的某个满月之夜，在地球之巅的一个乡村学校，一个女孩子遥望月亮想起了他，默诵着他的诗想象着他的模样，想象着那个身穿唐装、才华横溢的诗人沉浸在春江花月夜中如痴如醉的憨态。同时，因为这首诗，我明白了文学的意义。经过1200多年，当我读到这首诗时，无论身在何处，心灵都会涌起快乐幸福美好的感觉，眼前都会出现诗人昂首望月的身影，我想这大概就是文学的魅力吧！

乡村的夜，墨玉般的夜，纯净得没有一丝杂质，浪漫得不带一点伪装。这样的夜晚，酝酿一切美好，酝酿世间最美的风景。

马家奶奶的院子

一

千禧之年，我和儿子成为马家奶奶院子里的两位新成员。

之所以选择这个院子，是因为院子里种满了各种各样的花。从春到秋，马家奶奶院子里的鲜花不断，满院鲜花一院香啊。于是，最东头的一室一厅就成了我们娘俩的栖身之地。很巧，第二年春天，马家奶奶的院子里飞来了一对燕子，就像小学课本里描写的一样，燕子的羽毛乌黑闪亮，剪刀一样的尾巴修长灵活。这对燕子在马家奶奶的院子里徘徊了几天后，把家安在了我家的房檐下。做出这个决定后，这对燕子就开始从河滩衔泥做窝。它们非常勤劳，每天飞来飞去，嘴里衔着软泥，一点一点地垒着它们的小窝，从不偷懒。

大约一个星期，燕窝建好了，口小肚子大。一个小泥点一个小泥点完美无缺地衔接成一个整体，好像是用燕子专用的小小瓦片盖起的华丽大厦。建好了窝，两个燕子十分惬意，它们站在院子里晾衣服的铁丝上，欣赏着它们的劳动成果，唧唧喳喳地商量着什么，互相怜爱地梳理着彼此的羽毛。

没过多久，其中一个略小一点的燕子，显然是雌燕，就开始孵小燕子了。她每天在窝里孵蛋，大一点的雄燕就飞来飞去地找食物喂给燕子妈妈。院子里的每个人，包括我和儿子密切观察燕子的一举一动，说话做事小心翼翼，不敢有丝毫的夸张举动，唯恐吓跑了我们尊贵的邻居——可爱的燕子一家。

这年马家奶奶六十五岁，在海西州马海农场放了一辈子羊，退休后住在格尔木昆仑北路原农场家属院。老伴去世后，为了增加收入，马家奶奶效仿院子里其他人家，在单位原有两间住房的基础上又向外拓展新建了几间大房子。然后又自己打土坯围了一个很大的院子。这样，她住新盖的大房子，将原来单位建的房子出租。于是，马家奶奶的院子里就多了两家人。一户是我和我儿子，另一户是朵儿和她妈妈。一个院子三户人家相处得十分和睦友好。

马家奶奶不是一个人，她和所有中国奶奶一样照看她的孙子孙女。她的孙子和孙女十分稀罕两只飞进自家院子的小燕子，每天都要跑来看看燕子，给燕子行注目礼。大约过了两个星期，一个阳光灿烂的午后，燕窝里出现了 6 个小燕子。这些小燕子身上光光的，没有羽毛，它们闭着眼睛，嘴巴尖尖的，“吱吱”地叫着向燕子爸爸和妈妈要食物。燕爸爸和燕妈妈每天忙忙碌碌地飞出飞进，跑出去找食物，然后嘴对嘴地喂小燕子。

小燕子慢慢长大了，6 只小燕子都长出了羽毛，而且一个个圆滚滚胖乎乎的，特别活泼可爱。燕爸爸和燕妈妈却瘦长瘦长的，十分苗条。燕爸爸和燕妈妈一有空就耐心地教6个小燕子学习飞翔的技术，先是让小燕子飞到院子里晒衣服的铁丝上，然后又从铁丝飞到院墙上，一遍又一遍，直到6只小燕子都学会了飞翔……

飞来飞去的燕子一家人，让马家奶奶的院子充满了无限活力和快乐。

二

初到马家奶奶的院子，看到马家奶奶的两个小孩子——7 岁的俊俊和 5 岁的秀秀比同龄孩子瘦小，而且不爱说话。不久我就听说了很多关于这祖孙仨的故事。

马家奶奶一辈子嫁了两个男人生了四个孩子，三男一女。大的两个孩子留给了前夫。后面生的两个孩子是天上地下两个极端，大儿子很懂事很听话，特别体贴孝顺父母。而小儿子尕木哥，也就是俊俊和秀秀的爸爸，是马家奶奶的奶干（青海话，最小的孩子），也是她的心肝宝贝，却是一个从来不让她省心的混世魔王。小时候就调皮捣蛋，十六七岁时和一帮混混打架，慌乱中将一个和他年龄相仿的小伙子捅伤被判坐牢。因为量刑太重，马家奶奶连续十几天在司法部门静坐，表示不服。结果引起了相关部门的重视又重新调查案件重新量刑，马家奶奶成功为儿子减去几年刑期。

然而，小儿子仿佛生来就是和母亲作对的，并不体谅母亲的一颗拳拳之心。出狱后仍不思悔改。马家奶奶心想，给儿子娶了媳妇或许他就收心了。于是，她将自己省吃俭用一辈子的积蓄拿出来，托人跑到老家给儿子娶了一门亲。

还好，有了一个漂亮的媳妇，又有了一儿一女两个孩子，尕木哥安稳了很多年，并且学会了开挖掘机。每年都有施工队找他，只要他愿意，也能挣不少钱。然而，尕木哥有了钱，骄傲自满，得意忘形，一颗心就开始不安分。他先是留恋大呼小叫吆五喝六的酒场，继而出入声色场所，每年挣的钱十分之一都不愿意拿回家。刚开始，媳妇一把眼泪一把鼻涕苦口婆心地规劝。渐渐地看清了丈夫的本来面目，她便不再幻想。因为牵挂着两个孩子，她没有提出离婚，而是将两个孩子扔给奶奶，自己到饭馆打工挣钱去了。

那年冬天，俊俊五岁，秀秀三岁，出外干活的尕木哥回家时，居然带着一个女人，且明目张胆地住到了一起。媳妇跳着脚大骂尕木哥混蛋流氓挨千刀的，被尕木哥三拳两脚打回娘家。马家奶奶气得哮喘病心脏病一起发作，住在马海的大儿子听到消息将母亲接走。家里就剩下了尕木哥和他的两个孩子。

平时都是别人伺候他的尕木哥什么时候照顾过孩子？出门在外干活，有人管吃管住。回到家里，母亲媳妇洗衣做饭好吃好喝照顾他。如今，家里只剩下他和两个孩子，他顿时傻眼了。炕是凉的，家里火炉也灭了，一个家像冰窖一样。尕木哥又冷又饿待不下去了就出去找他的酒肉朋友，将两个孩子锁在冰冷的屋里。有时一天回来一趟，给俩孩子带点吃的，有时好几天不回来，俊俊和秀秀又饿又渴又冷。俩孩子每天趴在用大钉子钉死的木头窗户上，焦急地盼望着大门打开，可是那两扇大门永远锁着，好像被铅焊住了一样。

俊俊和秀秀肚子饿得咕咕直叫，饿极了，俩孩子就喝凉水。还是饿，俩孩子哭一阵，睡一阵，睡一阵，哭一阵。焦急地盼望着、等待着被爸爸气走的奶奶回来。可是，奶奶在大柴旦，她听不见俊俊和秀秀的哭声和叫声。邻居奶奶听见孩子的哭声和喊叫声，艰难地翻过院墙从小窗户里塞点吃的，但是俊俊比秀秀大，他把吃的全抢去塞进自己嘴里，秀秀抢不上，好几天没吃东西，饿得没有力气哭也没有力气叫了。

就在秀秀感觉快要饿死了时，她想起了奶奶，奶奶说人死了就上天堂了。她想，如果我死了就可以上天堂了，就不会饿了，不会冷了，不会害怕了。秀秀躺在床上，想着自己就要上天堂了，居然感觉不到饿了。她也不害怕，躺在冰冷的炕上闭着眼睛想着天堂的幸福。

不知过了多久，迷迷糊糊中，秀秀听见了奶奶焦急地呼唤她的声音。奶奶在叫她！她慢慢睁开眼睛，看见了奶奶哭得红肿的眼睛。奶奶被吓坏了，如果再不吃东西秀秀就完了。马家奶奶赶紧点火做饭，做了一锅稠糊的白米饭，还没来得及炒菜，白米饭就被俩孩子抢着吃光了。奶奶做的饭真香啊，秀秀说，她永远忘不了奶奶那天做的白米饭，因为那是她此生吃过的最香的一顿饭！

原来，秀秀的姑姑听说俩孩子被反锁在屋子里很多天，就给马家奶奶打电话叫她赶快回来，再不回来，恐怕就见不到俩孩子了。马家奶奶不顾大儿子的极力阻拦，迅速搭车回到格尔木。从此，马家奶奶再也不敢轻易离开俊俊和秀秀了，她知道自己生了一个畜生不如的儿子，如果她不管，俩孩子很可能就没了。俊俊和秀秀也明白，只有奶奶最疼他们，没有奶奶他俩就没好日子过！

后来，尕木哥和媳妇离婚了，两人谁也不要孩子。俩孩子自然都扔给了马家奶奶。尕木哥每年都被老板叫去到工地开挖掘机。每年春天尕木哥一走，我们的幸福日子就开始了。马家奶奶院子里的花开始次第开放；到南方过冬的燕子飞回老窝繁衍子孙；孩子们上学，我和朵儿妈上班；马家奶奶每天坐在院子里看家赏花，在花园里除草捉虫，每个进出院子的人都面带笑容，快乐的笑声时常回荡在马家奶奶的院子里。

从暮春到深秋，马家奶奶的院子里开满了花。粉红的碧桃、粉白的杏花、富贵牡丹、喜盈盈的八瓣梅、黄灿灿的金丝莲、红艳艳的刺梅花、层层叠叠的大丽花，还有月月开放的月季花，等等，各种各样的鲜花此开彼落，连绵不断，引来许多蜜蜂蝴蝶蜻蜓在花丛间飞来飞去。马家奶奶最喜欢花，她最惬意的事就是坐在院子里喝着熬茶久久地看花。看着看着，她觉得自己也变成了一朵花，明媚鲜妍地盛开在阳光下，清风中……

三　朵儿妈

马家奶奶的院子里还住着一家人，朵儿妈一家。朵儿妈是一个年龄和我相仿的单亲妈妈。她的职业就是给房子刷白灰。

朵儿妈是一个长相清丽、气质不俗的女人，虽然没多少文化，但是悟性很高，很有个性。朵儿妈和丈夫感情非常好，为此，丈夫去世很多年里，她独自带着儿子女儿生活，虽然很艰难，但没有再嫁。

朵儿 7 岁那年，朵儿爸去世了。

那年秋季开学，视若掌上明珠的朵儿要上学了。这天，朵儿爸拿起给女儿买的新书包、新文具，带朵儿去报名。看着当初盼星星盼月亮盼来的如花似玉的女儿水汪汪的大眼睛扑闪扑闪地看着他，朵儿爸对女儿的怜爱达到了极点。他心里暗暗发誓，一定要多赚钱，供女儿和儿子上小学，上中学，上大学。让自己的女儿和儿子和所有城里人一样，过上体面富足的生活。

那个寒冷的秋天，朵儿爸感冒了，他不听妻子和同伴的劝阻，吃了两片药就开着大车往拉萨运货，车到五道梁，朵儿爸感觉头脑昏昏沉沉，随即又吐又泻，不久就不行了。同伴赶紧在半道截了一辆小汽车将他拉到拉萨医院，然而医生已无力回天了。朵儿爸在临终前说："我舍不得我媳妇，我舍不得我的一双儿女……"

朵儿爸的突然离去，让朵儿妈猝不及防，她懵懵懂懂地像做梦一样，不相信这是事实，不相信丈夫已经离开她和一双儿女。她不吃不喝躺在床上，清醒的时候，她恨苍天不带她走，恨朵儿爸离她而去，她不想独自活着，她要追随朵儿爸而去；闭上眼睛，她看到朵儿爸坏笑的脸庞压在她的脸上；躺在床上，她感觉朵儿爸就在她身边挡着她，不让她下床；从沙发边经过，她感觉朵儿爸还像以前一样一把将她拉到怀里；从门里进来，她感觉朵儿爸躲在门后准备吓她——所有他们曾经嬉闹的场面浮现眼前，无论她走到哪里，都有朵儿爸的身影，她无法忘记他，总觉得他就在她身边。她神思恍惚，心不在焉，一双儿女的哭声有时让她清醒，但是很快就又进入她自己的世界。她的老母亲守在身边，千呼万唤，希望女儿醒过来，可是朵儿妈总是在梦游之中。

朵儿爸走了已经整整一百天了，朵儿妈也在生死迷离中恍惚了一百天。父母双亲的泪水，一双儿女的呼唤，终于唤醒了梦中的她。当她清醒过来，确实知道朵儿爸已经永远离开她时，她一下子蒙了，今后怎么生活？一双儿女怎么养活？她苦心经营的小商店已经关闭，今后的生活靠什么维持？反复思索后，朵儿妈来到建筑工地当小工，并很快学会了粉刷乳胶漆。朵儿妈本是农村出生，她的吃苦精神让她很快在建筑行业站稳了脚跟。她默默地干活，每天早出晚归，艰难地拉扯着两个孩子，并让孩子们都上了学。

因为朵儿妈忙着早出晚归干活挣钱，家务事就自然落在了朵儿身上。八九岁的朵儿每天放学回家都要扫地抹桌子，和面揪面片，洗洋芋炒菜，还要照顾比自己小一岁的弟弟。到朵儿 10 岁时，她做家务活已经像模像样了。

四

在马家奶奶的院子里，我和儿子住了将近五年。五年时光中留下了很多难以忘怀的记忆。2007 年，我们在市区买了房子，离开了马家奶奶的院子，离开了和我情同姐妹的朵儿妈和可怜的马家奶奶。

后来，随着城市规划的需要，昆仑北路农垦集团总厂家属院全部拆迁，马家奶奶的院子和这个总厂家属院完成了它们的历史使命，一起消失了。

此后，因为思念马家奶奶和朵儿妈，我也常常打听她们的消息，马家奶奶在房子拆迁后搬进新居不久就去世了。俊俊被大伯接到马海上学。秀秀被母亲接走了。尕木哥和人打架受伤后，因伤口没有及时处理感染严重而去世。朵儿嫁人后和丈夫到深圳开饭馆，弟弟也打工挣钱，朵儿妈安享晚年。

我常常想起马家奶奶院子里的花，想起马家奶奶坐在家门口看满院子鲜花盛开的惬意；想起马家奶奶吃力地为两个孩子洗衣服时满脸的汗珠；想起那一窝飞来飞去的燕子；想起马家奶奶、朵儿妈和我一起坐在院子里聊天吃水果的幸福时光……

2018 年

受伤的童年

我曾问过很多老师，在学生离校很久之后会记住哪些学生？大部分老师回答是好学生和差学生，学习中等不惹事的学生最容易忘记。而在我的脑海里常常想起并久久难忘的却是那些父母过失给孩子带来严重伤害的学生，这些学生往往不是学习成绩最差也绝不是学习成绩最好的，而是最不引人注意的“中间派”。我时常无端地想起他们无助又无奈的眼神，我为自己无力帮助他们而心怀愧疚。

一　小马

我知道，小马的父亲老马很有生意头脑，是一个大老板。她的母亲兰花却是一个老实木讷甚至懦弱的农村妇女，为她的男人生了四个孩子，却一生未得到丈夫半点尊重和爱护。20 世纪 90 年代中期，喜欢冒险的老马来到戈壁新城格尔木，抓住西部大开发的机遇，做生意挣了不少钱。到了 21 世纪初，老马已经是格尔木三角地区很有名的大老板了。每天围绕在他身边的不但有急切想发财的男人，更有时髦靓丽的女人。

随着财富的增多，老马渐渐变了，十天半月不回家是常有的事，回家后便横挑鼻子竖挑眼。几个孩子看见父亲回家都躲得远远的，只有唯一的女儿小马仗着父亲的宠爱还能和父亲说几句话，或者从父亲兜里掏点钱塞给母亲。

后来，老马在外面有了一个年轻漂亮的小情人。他将自己初到格尔木时盖起来的几间平房留给妻子。并许诺妻子，以后让她每月领工资。然后就和兰花离了婚，另置房产和情人享福去了。兰花每月领着几百元低保金（这就是老马所谓的“领工资”），加上几间平房的租金，艰难地支撑着一个五口之家。老马威胁妻子不许嫁人，并提出条件，只要她不再嫁人，他会隔三差五给她一些生活费，等孩子们长大，他会负责为三个儿子娶妻。否则，她和孩子们一分钱也别想拿到。

兰花，这个软弱可怜的女人，从结婚那天起，就认定男人是她的天，是她的地，即使男人毫无顾忌地践踏她的尊严，她依旧百依百顺，不敢有丝毫反抗。靠着每月微薄的低保金和有限的房屋租金艰难地拉扯四个孩子，而且从30多岁独守空房直到现在。

20多年过去了，小马长成大姑娘了。她说：“我为自己有那样一个父亲难过，但更为妈妈难过，妈妈一辈子太苦了……”小马说她多次劝妈妈勇敢地走出去追求自己的幸福。可是，胆小怕事的母亲说什么也不敢跨出这一步。从小到大，小马不知道为父亲的霸道、母亲的懦弱流了多少泪。

也是因为妈妈，小马从小学习异常刻苦。她知道，女人唯有读书才能改变命运，才能经济独立。而她只有考大学这一条路。为此，她上完小学，父亲不打算让她继续读书时，她仗着父亲对她的宠爱，一把抓住父亲的山羊胡子，质问父亲：“为什么不让我继续上学？”父亲有点恼恨地说：“你一个丫头家，长大了也是嫁人，读那么多书干什么？”“丫头不是人吗？你不喜欢丫头干嘛生我？你不让我上学，我就自杀。”小马据理力争，父亲这才妥协。

好在小马的父亲有三个男孩只有她一个女孩，好在她的父亲确实疼爱她，她终于读完高中考上了大学，如今成为一名国家公务员，她终于如愿以偿经济独立了。然而父亲留给她母亲和他们兄妹的伤痛却始终留在他们心灵的底板上，永远无法抹去。

二　小青

小青的爸爸因为偷盗被抓，妈妈被迫到处打零工挣钱，维持一家四口人的生活。一个女人带着三个孩子，其生活之艰难可想而知。为此，小青仇视所有幸福的孩子，那种仇视一切的目光令人不寒而栗。我曾一次又一次到他家，了解小青的成长环境，和小青妈妈交朋友，鼓励小青为了自己的未来，为了妈妈的希望，也为了给弟弟妹妹做个好榜样，好好学习，乐观面对眼前的困难。

小青父母都是青海海东人，本来在老家从事农业生产，虽然手头紧张，但总算吃穿不愁。可是，后来小青爸爸看到同村人纷纷离开家乡出外闯荡，一个个都发家致富了，他也坐不住了。和小青妈妈变卖了家里值钱的东西来到格尔木打拼。初来乍到，一切都要从零开始，小青父母没文化，只能干一些体力活。时间久了，小青爸爸觉得干体力活不仅苦累，而且挣钱少。于是，就开始了小偷小摸的营生，今天偷一辆自行车，明天偷个窨井盖，渐渐地胆子越来越大，开始到草原和农村偷牛偷羊贩卖。

后来，他盯上了离市区较远的一个村的养牛专业户，这个养牛专业户有几百头牛。在一个寒冬腊月、滴水成冰的雪夜，小青的爸爸约上几个老乡，偷偷钻进村子。用事先准备好的加了毒的羊肉，药死了养牛户家看家护院的两只大狗，然后悄悄赶走了牛圈里的十几头牛。等到这家人清早起来发现十几头牛不见了，便顺着雪地上的脚印追到市区，虽然脚印在车水马龙中没了踪迹，但是，小青的爸爸还是被抓进了监狱。

可怜小青的妈妈，一个那么好强的女人，却因为丈夫走上歪路受尽了磨难。三个嗷嗷待哺的孩子，逼迫着小青妈妈在城市每一个建筑工地打零工，然而建筑工地常常开不出工资。无奈，她只好到饭馆洗碗，饭馆的工资虽然很低，但每月总算能领出来一部分，而且她还能时常拿回家一些剩菜。那些剩菜，让正在长身体的孩子们缺油少肉的胃得到一点慰藉。她的一双手，因为常年在水池里洗菜洗碗，被浸泡得粗糙肿胀通红。在不干活的时候，她总是将自己的一双手藏在袖子里或者衣袋里，和人说话时双眼从来不敢直视他人，但她的脊背总是尽量挺直，我常常从她硬生生挺起的脊背感觉到她内心无限的悲哀和挣扎。

我问小青妈妈为什么不改嫁？她沉默良久："我走了，小青爸爸就没有盼头了。"

我常常摸着小青的头鼓励他："小青要帮着妈妈让弟弟妹妹好好长大。妈妈那么辛苦，就是想让你们兄妹仨长大了有个好的前程。你不能让妈妈看不到一点希望呀！”苦口婆心地教育，小青渐渐有了改变。

我知道现在的小青也该长成大小伙子了，但我不确定他是否走了正路。

三　小田

小田更是一个不幸的孩子。父母离异后，母亲带着他另嫁他人，生下他同母异父的妹妹后，继父又生病去世了。母亲承受不了一连串的打击，性格开始变得暴躁，情绪焦虑，精神恍惚。甚至，在心情烦躁的时候经常取下腰间皮带狠抽小田，小田的身上腿上常常淤青不断，紫痕斑斑，伤痕累累。但是他从来不会告诉别人这些事情，依旧尽心尽力照顾妈妈，照顾妹妹。因为他知道，这个世界上只有妈妈才是他和妹妹唯一的依靠。

小田的母亲说起来也是一个很有能力的人，不仅脑瓜聪明，长相也很美，更重要的是她会做生意，并且在本世纪初，女人很少开车的年代，她居然会开车，这让我对她刮目相看。田母做什么生意我不太了解，好像是倒油之类，总之听说很有钱，每月有一万多元的进项。这在我看来，属于大款一类的有钱人。

连着两次婚姻失败，田母心情非常糟糕。她自觉是一个不祥的女人。她受不了家中没有男主人的生活，可又担心会给男人带来灾祸。在极度的矛盾焦虑中，她常常情绪失控，拿儿子出气。打完了又开始后悔。日子在这种周而复始的矛盾焦虑中推进。小田眼看着妈妈歇斯底里的状态日甚一日，就劝妈妈再找一个叔叔，或者家里有了成年男人，就会多一些温暖和幸福。

在儿子的支持鼓励下，田母又认识了一个单身男人，也带着一双正上小学的儿女，两个单身男女带着两双都上小学的儿女组成了一个六口人的大家庭。

六口人的大家庭要和睦相处谈何容易啊，四个孩子之间很快就出现了不可调和的矛盾。但是，两个大人的感情挺好，他们不愿意分开。于是田母为小田和妹妹另租了房子。于是，十二三岁的小田便承担起了照顾六七岁妹妹衣食住行的责任，他带着妹妹一起上学、放学、做饭、洗衣……

想象不出，小田兄妹俩的日子是怎么过的，他说，妈妈每个星期会来看望他们，给他们洗洗衣服做顿饭，给他们一周的生活费。可是小田毕竟只是一个十二三岁的孩子啊，正是需要父母呵护照顾的年龄，我想象不出两个孩子是如何一天天熬过那些漫长可怕的夜晚……

结果，小田初中未毕业就辍学了，那样的家庭环境，想让他学习成绩好，实在是难为他了。后来小田到一个饭馆当起了学徒。而他妹妹在哥哥的照顾下，读完了小学中学，最终考上了大学。

我常想，如果每个孩子都有权利选择自己的父母，那么这些孩子会不会选择他们今生的父母？如果，每个父母在不确定能否给孩子一个幸福的成长环境前主动放弃为人母为人父，那么世间是不是就不会有这么多令人心疼的孩子？

如果你承担不起起码的责任，就不要制造生命来到这个世界吧！

六　五彩生活

春衫著破谁针线

八月的一天，沿柴达木路西行，突然看见绿化带内，一个男子坐在石桌边缝补衣服，一颗柔软的心一下子就被什么击中了。我猜测着这个男人一定是干体力活的，一定是出门在外打工的，一定是妻子不在身边的。衣服破了，没有人为他缝补，只能在劳动间隙以自己笨拙之手缝补起来。

以前读古人无名氏的《青玉案·年年社日停针线》，其中讲过一个为了生计离别恩爱妻子的男人衣衫破了却无人缝补。因此想起了在家时常为他缝补衣衫的妻子。人们莞尔一笑的同时体会到这个出门男人思念妻子的深情。“春衫著破谁针线，点点行行泪痕满。落日解鞍芳草岸。花无人戴，酒无人劝，醉也无人管。”多么可怜的男人，花无人戴，酒无人劝，醉也无人管。原来厮守在妻子身边是多么幸福的事；给心爱的妻子戴一朵花是多么幸福的事；妻子劝丈夫多喝一杯酒解解乏是多么幸福的事；丈夫喝醉了，妻子端茶倒水伺候着是多么幸福的事。而这些平常日子里常见的幸福，在离开妻子后就成为奢望，这更增加了客居他乡的游子对家的思念，对妻子的思念。

我不知道这个自己缝补衣衫的男人有没有“点点行行泪痕满”的无奈和心酸，我只是看到一个大男人自己缝补衣衫时忍不住有点难过，猜测着如果他的母亲、姐妹、爱人看见他自己用长满老茧的笨拙的双手缝补衣衫，会不会心疼得落泪呢？

2013 年 9 月 5 日

电影明星陪伴的青春岁月

偶然在一位网友的空间看到昔日的电影明星照片，顿时，脑海里浮现出那些电影明星照片陪伴的日子。我的 15 岁到 20 岁，人生最美好的一段岁月是在电影明星照片的陪伴下度过的。

从上初中的时候起我就特别喜欢看杂志《大众电影》，看到里面漂亮的女明星（对男明星反而不太在意）就喜欢得不得了，左看右看看不够，看着看着就感觉女明星就是我，我就是女明星。同时幻想，如果我是女明星，这件事我会怎么做，那件事我会怎么处理，等等，无限想象力全用在这些虚无缥缈的梦幻上。每个晚上躺在被窝里我都会在无边无际的幻想当中进入梦乡。

16 岁的我到了市区上高中，住校。每天晚饭后，拿着历史地理课本到操场背书。有时候就会绕到教学楼后边垃圾堆里翻拣，看看有没有同学扔掉的电影明星的书皮，如果有，就欣喜若狂地拣出来，仔细地将明星整个儿身体或者脸庞用刀片裁下来，然后粘在语文、数学或者物理课本里，每天上课的时候，总要对着明星看一会儿，就像在看心上人一样快乐。

物理老师是一位脸庞白皙，身材丰腴且很有韵味的女老师。有一天上物理课，讲完课布置作业的时候，她随手拿起我桌上的物理书，书里正好贴着一张山口百惠的近照。我害怕老师会骂我不好好学习，天天看这个能考一百分吗？当我涨红脸等待老师骂我的时候，却看到老师微笑地看着山口百惠，然后翻到布置作业的那一页，布置完作业，老师又看了一眼山口百惠才将书还给我。那天，我一直在猜测，老师也喜欢山口百惠呢？还是在给我留面子，没骂我？

那时候的电影明星有陈冲、刘晓庆、山口百惠、姜黎黎、张瑜、肖雄、李秀明、王馥荔，等等，每一个明星都是天然的美人，都有自己独特的风采，不像现在的明星，一律的锥子脸，一模一样的眉眼脸型和身材。因为喜欢，我看见同学手里有杂志《大众电影》，就从同学手里借来，一中午不吃不喝也要将杂志逐字逐句看完，然后下午意犹未尽地还给同学。

明星自然都是长相美丽，穿戴时尚的。而我上高中的时候，两条换洗的裤子，都是又短又小贴在小腿上，而那时正在流行直筒裤，看到城里同学穿着笔挺宽松的直筒裤，我的短腿裤让我在同学面前实在是抬不起头来，在我强烈建议下，妈妈只好给我的两条裤子都接上了半截灰色裤腿。

就这样，一条绿裤子上接了一段灰色裤腿，一条蓝裤子上也接上了半截灰色裤腿。虽然裤脚长了，可是一条裤子两截颜色，更让我羞得在班里抬不起头来。然而，你越羞愧得无地自容，老师越是每次进门都将怀里的一沓作业本扔给我，让我发给大家。我只能机械地将本子一本本放在同学桌子上，却没有半分勇气抬起头来看一眼同学的脸（所以高中同学，除了身边的几个，大部分同学我没记住）。

最要命的还有呢，就是每天早上出操的时候。第二节课一下，全校师生都要集中在教学楼前做广播操，我站在队伍里，感觉后面所有的同学在盯着我的裤子，我恨不得地上有条缝让我钻进去，藏起来。每一天短短十分钟课间操，对我而言，都像一个世纪一样漫长。

高二那年，三姐要结婚了，因为想着三姐有一件橘红色上衣我很喜欢，她结婚了，那衣服就是我的，我居然掐着指头盼望着三姐结婚。

没有漂亮衣服的女孩子，就像黑白照片，尽管图像清晰，却没有动人色彩。除了看着电影明星瞎想，还能做什么呢？

2014 年 5 月 7 日

化腐朽为神奇

一天，从电视上看到一个雕玉师傅化腐朽为神奇的故事。

故事是这样的，一个雕刻玉石的工匠，有一天在逛玉市时花了一百元买了一块玉。回来后发现这块玉上有很多絮状物，看起来很“脏”，这位师傅很沮丧，不知道这块玉该雕刻成什么才能物尽其用。但他没有扔掉这块玉，过了很久，他又拿起这块玉反复观察琢磨。看到玉石上雪花一样的絮状物，突然，他灵光一闪，这位能工巧匠想起了唐代著名诗人刘长卿的古诗《逢雪宿芙蓉山主人》中的最后一句“风雪夜归人”。他想，如果把玉石上的絮状物雕刻成漫天飞舞的雪花，那么，一个头戴斗笠的老人在风雪之夜冒雪回家这个意境岂不妙哉?

多好的创意啊，一块不值钱的玉石因为这个创意而价值百万。

这个故事给我很大的启发。从此，我常想，每个人每件东西都有可能化腐朽为神奇。前提是，要将每个人每件东西的内在价值挖掘出来，充分发挥他（她、它）独有的优势，取长补短，就有可能创造奇迹，化腐朽为神奇，变不利为有利！

2009 年 3 月 3 日

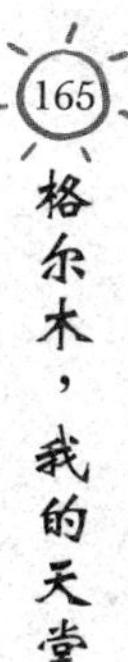

烟灰状态

不知道是在哪本杂志上读到过这么一个词，“烟灰状态”，从此，这个词就刻入我的脑海。因为我确信，我在烟灰状态下感觉最舒服！

烟灰状态，我的理解就是身体和思想像烟灰一样处于放松状态。烟灰，是松散的、舒服的，轻轻一吹，四处飘散。我喜欢烟灰状态，无丝竹之乱耳，无案牍之劳形，身体放松，思想也无拘无束，什么都可以想，什么也都可以不想。没有什么必须做的事情，也没有什么必须说的话，不必全副武装，甚至脸上的表情也可以随心所欲，不必面带微笑，不必昂首挺胸，不必风一般轻快走路，也不必言谈举止样样得体。

我最喜欢在烟灰状态下听着音乐看书。音乐必须是舒缓的，悠扬的，或欢快或忧伤，但是，曲调一定是轻柔的；文章，可以是小说，也可以是散文、传记或者是杂文，无论什么文章，只要能吸引我读下去的我认为都是好文章。

烟灰状态下，听着音乐，读着文章，喝着茶，窗外射进来的阳光轻轻悄悄地亲吻着室内窗台上的花、书架上的书、我的茶杯和红色高背转椅上的我，阳光的亲吻让我有一刻的恍惚和迷醉，然后他又轻巧地爬上东边贴着壁纸的墙，最后，留恋地张望一下室内熟悉的一切，绝尘而去。周围突然就暗了下来。此刻，抬眼看着窗外夕照下穿着橘红轻纱的高高低低的楼房，不知自己身在何处，在天堂？在人间？抑或是人间的天堂？真愿意就这样地老天荒。

烟灰状态，我最幸福的状态！

2012 年 1 月 7 日

热 炕

进入三九天后，感觉屋子里特别冷，临睡觉前就特别想念小时候睡的热炕，有一天晚上将电褥子铺到床上插上插头，当被窝被电烤得暖烘烘的时候，钻进被窝，顿时又一次享受到了小时候睡热炕的感觉。

我想，每一个在青海农村长大的人都会记得睡热炕的幸福。虽然土炕上铺着简单的羊毛毡和线毯，被子也只是一床粗布的羊毛被子，但是，因为土炕里塞满了慢慢燃烧的麦草或者牛粪、羊粪，到了晚上，只要拉开被子，暖上被窝，过一会儿，被窝就暖烘烘的，舒服极了。

小时候的冬天，几乎每个星期，附近的2个部队电影院都会放电影，约上左邻右舍的姐妹去看电影，那也是一件非常幸福的事情。那种精神上的享受，简直就像喝晕了一样如痴如醉。而每次看完电影往家走的时候，手脚冻得常常失去了知觉。这时候，只有一个念头，赶紧回家钻被窝。

回到家里，匆匆扒光衣服，赤条条钻进被窝，啊，暖烘烘的被窝不知道有多舒服，冰凉的手脚很快就暖过来了，幸福的感觉一点点漫过心堤。想着电影里唯美的画面、悦耳的音乐、曲折的情节，很快就进入了甜蜜的梦乡。那种满足感和幸福感，简直无法形容。

虽然在城市生活已经很久了，但是，对乡村的热恋非但没有减少，反而越来越深。每次到了农村，看着农村宽敞的农家院，宽敞的客厅，宽敞的满间炕，还有房间里满满的阳光，心里眼里全是羡慕嫉妒。

内心里十分向往的家是这样的：有一个宽敞的农家大院，大院里有一个小温室，种着几畦青菜；有一个小花园，种着许多容易养活的鲜花；有一个鸡窝，养着十几只土鸡。最好再有个猪圈，再养一只猪，可以过年杀年猪；有几间宽敞的房子，房子里有一个大大的能烧热的满间炕（现在的热炕都是水泥抹平的，比以前干净多了）；有一个家用电器俱全的大客厅，可以招呼客人；有一个放满了新书旧书的书房，一把舒服的椅子，我可以坐着晒太阳看书；当然还必须得有一个大书桌和电脑，我要练书法写文章呀！还有什么？当然还有几个聪明可爱的孩子和一个互相信任依靠的爱人。

由热炕想到农家院，由农家院想到一生的梦想。梦想终归是梦想，此生恐怕没有实现的可能了。

2014 年 1 月 15 日

喜欢阳光灿烂的日子

喜欢阳光灿烂的日子，喜欢万里无云的天空。尽管脸蛋上布满高原红，尽管高原的阳光紫外线强烈灼人皮肤，耀人眼目。

喜欢阳光灿烂的日子，喜欢阳光穿过玻璃窗一点点洒满房间，轻轻悄悄亲吻着房间里每一样洁净的物件。尽管高原干旱少雨，尽管那么多人喜欢雨雪霏霏。

喜欢阳光灿烂的日子，喜欢仰着脸儿盯着明灿灿的太阳，探究它何以如此明亮，如此不知疲倦地将热量源源不断地输送到人间。尽管阳光总是让我暂时失明，尽管我也担心强紫外线将我的脸蛋晒出雀斑。

喜欢阳光灿烂的日子，喜欢在阳光下独自行走，喜欢背对着太阳看书，喜欢阳光灿烂的午后，鸟儿在枝头快乐地鸣叫。尽管每月花很多钱买防晒霜，尽管每天出门都要准备防晒用品。

喜欢阳光灿烂的日子，喜欢蓝蓝的天上白云飘，喜欢阳光下孩子们的嬉闹，喜欢背对着阳光看一本闲书。尽管暖暖的阳光总让我打瞌睡，尽管阳光很快就转移脚步。

喜欢阳光灿烂的日子，喜欢一抬头就看见远方昆仑山披着白纱，喜欢阳光下大自然的每一寸肌肤，喜欢阳光的干净、明丽、温暖。

喜欢阳光灿烂的日子！

2013 年 1 月 5 日

享受一个人的时光

早上六点习惯性地睁开眼睛，想想昨夜的梦，伸展一下四肢，想起今天是周末就又闭上了眼睛。七点左右完全清醒，不想赖床，于是穿衣起床。打开电脑，看新闻，浏览网友们精彩的空间动态。八点洗漱，吃早饭。九点出门前往儿童公园晨练。

快步走到公园，老远就看到公园门口熙来攘往，早市上买卖人占据公园东墙外一长溜马路。公园门口的空间，右半部分被众多妇女占据，跳着欢快的广场舞，左边是很多男人在打陀螺。一边是节奏欢快的舞曲，一边是打陀螺的“啪啪啪”声，生活的美好有趣由此可见一斑。

进入公园就看见二三十个中老年人在古筝悠扬的旋律中表演太极操，太极操那一招一式看似简单，学起来着实挺难。

正对着大门口的一个被高大树木围拢的平台上，是一些跳拉丁舞、交谊舞的中年人，那翩翩起舞的男女，那优美的身姿令人忍不住要多看一眼，美中不足的是，很多美女戴着口罩，遮挡了脸上表情，有点煞风景。

平台左侧是健身器材，很多人在健身器材上健身，或者在空地上打羽毛球、蘸水写毛笔字。与此遥遥相对的右侧，一个亭子周围是一些练习太极拳的中年人。这些人有的是初学者，一个动作要重复几十次也不见得到位；有的太极拳打得出神入化，柔中带刚，刚柔相济。于是，很多人驻足模仿，试着练习，不练不知道，一练才知道，原来看上去那么简单的太极拳居然有这么多道道啊！

十一点半，晨练结束，走出公园，这时大门口晨练的人们陆续走了，早市上人还多，买了几样水果和蔬菜，快步回家。

十二点到家。收拾房间，拖地抹桌子。然后，倒一杯奶茶来到阳台的椅子上，正在盛开的对对红默默凝视着我，我也静静地看着她。相看两不厌，唯有对对红！

顺手拿起窗台上的2003年《读者》看起来。

阳光从毫无遮拦的窗户射进来，有点晒，起身坐到椅子前的脚凳上，将背对着窗外的太阳，头伸到阴凉的屋子里继续看我的《读者》。

下午两点，暖洋洋的阳光照得人眼睛睁不开了，放下书，头一歪，躺在小床上，立刻就进入梦乡。

两点半悠悠醒转来，翻身坐起来，沏了一壶铁观音，又从床上拿起长篇小说《荆棘鸟》读起来。

五点半，眼睛疼，站起来活动活动，看看花，给花浇水。走进我的房间，打开电脑，搜出电视剧——韩剧《检查公主》，看起来。精彩的电视剧常常令我会心大笑。

晚上十点，关电脑，洗漱睡觉。

跟那些上厕所需要人陪、逛街需要有伴、一个人就不做饭、旅行喜欢男朋友全程陪伴的女人比起来，我这个喜欢独自行动的女人会显得有点古怪。其实，我的个性并不孤僻，也喜欢交朋友，但是真心喜欢一个人的时光。也许因为性格中天生不怕孤独，不以独处为苦，而且缺乏耐心又不喜欢等人，所以我常常独来独往，一个人做很多事情。

我有个女朋友，是不喜欢独处的人，孩子上大学走了后，每天晚上回家，如果老公不在家，她就会坐立不安，一个人不知道要干点什么。“我将电视声音开得很大，让电视陪伴我。或者就给同学朋友打电话聊天，或者发信息让老公早点回家。反正我一个人待不住，感觉很无聊，我受不了一个人在家。我不知道你一个人这么多年是怎么过来的？”

其实，如果你害怕孤独，如果你喜欢依赖，如果你不能独立，如果你觉得自己一个人不能活得好好的，那么你就会错过生活中的许许多美好。

独立、不依赖他人的人不仅可以少麻烦别人，自己也更能体会生命的美好。一个人虽然会遭遇生病时无人照料的凄凉，也会有做噩梦惊醒，一个人对着天花板发呆的落寞，但是更多的时刻是自由与充实。

一个人自由自在，随便窝在一个房间或床上安静地看书；可以按照自己的口味做自己喜欢吃的饭菜；可以随便穿衣服而不必在意是否得体，可以只看自己喜欢的节目而不必顾及他人感受……

周国平说："我天性不宜交际。在多数场合，我不是觉得对方乏味，就是害怕对方觉得我乏味。可是我既不愿忍受对方的乏味，也不愿费劲使自己显得有趣，那都太累了。我独处时最轻松，因为我不觉得自己乏味，即使乏味，也自己承受，不累及他人，无需感到不安。"

我亦如是！

2013 年 4 月 1 日

洗洗涮涮过大年

马上就过年了，这几天每天都是忙忙碌碌地收拾家，买东西。先是擦玻璃，擦完玻璃，家里一下子就亮堂了。然后开始洗洗涮涮，窗帘、沙发巾、电视布、床单、被罩、枕巾、拖鞋……一句话，所有能洗的洗了，该擦拭的也都擦拭干净了。中午回家，一推开门，啊！明媚的阳光从窗户射进来，家里窗明几净，温馨亮堂，心里顿时充满了喜悦。

于是就想，难怪祖先流传下来这样的谚语："腊月二十三，打发灶家娘娘上了天，擦擦洗洗扫扫满屋满院，焕然一新过大年。"这是很有讲究的呀，窝了一个冬天的人们因为寒冷，因为天短，开始偷懒，很多该洗的没洗，该扫的没扫，家里留下不少卫生死角，趁着过年全部打扫干净，在洁净清新的环境里开始新一年的畅想和奋斗，这是多么有必要啊。

突然就想起刚结婚时到孩子他爸爸的老家，山东泰安农村过年的情形。那是 1991 年的春节。过年了，却看不到妇女洗洗涮涮、打扫卫生，而是家家户户都在摊煎饼，买蔬菜之类，蔬菜倒是准备了不少，可是除尘洗涮的活动几乎没有。

这我就不习惯了，还是青海人的想法，感觉过年首先要把家收拾干净了才像过年。

于是，我们将老房子粉刷一新，糊上粉色顶棚，擦亮玻璃，洗干净床单被罩，新买了沙发、书桌，并且在堂屋门和后窗户之间挂上一串彩色风铃，只要有风吹过，就会有"叮叮咚咚"悦耳的铃声响起。八仙桌后边的长条几上养了几盆吊兰、对对红等花，屋里顿时变得明亮温馨。

年根儿，赶年集时我去买辣子。卖辣子的人说，今天没带好辣子，因为我们本地人不爱吃辣子，不过我家里有好辣子，晚上我给你送去吧，你告诉我你家住哪里就可以了。这些买卖人都是本村人，所以我一点也不担心，就告诉他我家的地址。

傍晚，买卖人来了，一进门，嘴巴张得大大的，毫不掩饰他的吃惊："我刚从胡同进来，看大门还是以前的老旧大门，以为走进了全村最穷的人家，没想到里面却是全村最漂亮的一家。"

买卖人的话一点不假，好像是习惯，当地女人没有收拾家的概念，被子天天堆在床上，被头黑乎乎油腻腻的。窗户不擦，桌上灰尘也从不擦拭，所以没有谁家是窗明几净的。初到山东，是在夜里，就着昏暗的煤油灯（农村常停电），我坐在夫家破旧肮脏的沙发上，心里一片冰凉。心想，我怎么嫁了一个如此穷困潦倒的家呀！后来，时间久了才明白，原来这儿家家户户都这样。夫家还算是村里过得好的人家。

言归正传，经买卖人一宣传，我们家顿时出名了，很多人慕名来看我的家，我们的小院里每天都有人出出进进，让我想起了三毛在撒哈拉被人参观的漂亮的家。

不过榜样的力量还是蛮大的，因为我发现我们那个胡同里的人家开始叠被子了，而且有的被子上还会苫个花头巾什么的。

家是我们安身的地方，只要感觉舒服自在就好，不需要多么华丽，也不需要多么宽敞，但是起码的干净整洁还是必要的，因为洁净的家让人心情愉快。况且，从健康角度考虑，也应该保持干净整洁。不管怎样，我是喜欢家里窗明几净的感觉。

2011 年 1 月 29 日

元宵节断想

俗话说："小年大十五"，确实如此，每年的格尔木到了正月十五就格外美丽热闹，从正月初七八开始，来自四川自贡的花灯师傅就展开手脚，拿出看家本领，制作十五花灯，各乡村各单位的社火也在局部地区上演。

往年格尔木十五的花灯都是分派到各单位制作。各单位领到任务或者到商店买几个红灯笼交差，或者交给几个心灵手巧的职工去做，刚开始还好，大家都精心准备，慢慢地兴趣就不大了。今年挂了拿下来，明年继续拿这个旧灯笼交差。这样灯笼就不新鲜了。

这几年格尔木经济飞速发展，正月十五赏花灯也成了群众性文化盛宴，为了出新出彩，政府就请外地师傅来做，外地师傅做的花灯一年比一年好，每年都会有亮点。去年的灯挂在两处，一处在盐湖广场，一处在中心广场。因为盐湖广场虽然面积大，但是地方偏僻，人少，所以今年花灯全部摆放在中心广场，让格尔木市民饱了眼福。

社火也是年年更新，去年是百对工人跳伦巴，花车美女；今年是滑轮飞转，街舞夺目。当然传统的耍龙舞狮，威风锣鼓不可少。总之每年都有新的看点。

俗话又说："中秋云遮月，十五雪打灯"，这话还真不假，2010年的中秋节可不是云遮月吗？这不，正月十五果然雪打灯了。上午到中心广场看社火演出就感觉天气出奇得冷，最后因为实在冻得受不了就提前回来了，下午居然飘飘洒洒下起了雪，晚上自然不敢出去看灯看烟花，因为新铺的大理石在下雨下雪天特别滑，好在正月十四晚上仔细欣赏了每一盏灯，总算没留下遗憾。

2011年2月18日

男孩子，女孩子

我发现一个规律，家有男孩子的人喜欢女孩子，有女孩子的人就喜欢男孩子。我家是一个儿子，自然喜欢女孩子了。

我家男孩子喜欢军事，上网看的是原子弹、导弹、军事地图，美国军事、中国军事，反正全部是与战争有关、与军事有关的事情。

看电视，永远是战争片，如《雪豹》《亮剑》《特警》。总之，凡是战争片都喜欢，而且看得很入迷。

女孩子就完全不同，外甥女忙起来，常常将7岁的女儿月月放到我这里玩，月月来了第一件事就是穿上我的高跟鞋在镜子前走啊看啊，小脚丫踩着我的大鞋子转来转去，其乐无穷的样子，高跟鞋过完瘾就开始对我的化妆品研究起来。

有一次，晚上她爸爸妈妈有事，又将她带到我这儿，她穿着高跟鞋玩了一会儿，不玩了，拿着我的化妆品一一问我这个干啥的，那是干啥的，问完了，就开始在我脸上实验开了。

我当时正忙着看电影《非诚勿扰2》，没工夫搭理她，月月就闹着让我蹲下来，以便她能在我脸上涂抹。为了安心看电影，我蹲下来将脸对着她，眼睛则盯着电脑屏幕。

月月开始在我脸上涂脂抹粉。擦粉、画眉、抹眼影、涂口红、梳头、戴发卡，一切工作完成，她兴奋地拿过镜子让我看。哇，浓妆艳抹的一个女人，鲜红的嘴唇，鲜艳的发卡，白白的脸庞，活脱脱一个电视里的媒婆形象，哈哈哈……

我永远忘不了那个柔软的小手在我脸上触动的温馨。

童 年

窗外传来罗大佑的《童年》，我顿时被某种熟悉而又醉人的气息所迷惑，我在哪儿？我的那些舒适又迷人的日子哪儿去了？

恍惚中，我似乎来到了童年的时光。

那是20世纪70年代末80年代初，我在阿尔顿曲克学校上学。每年都是班里的学习委员、班长，到了五年级，居然成了全校的少先队大队长，每个周三活动日，我都要将全校少先队员（包括五个班的小学和三个班的初中少先队员）集合起来搞活动。想起小时候，每天都在为班里的大小事情操心着，像个小大人一样尽职尽责。

我和玫瑰还有严三个人的家住在最远的西村，每天早上天刚亮，我和玫瑰就相伴着走到10里外的学校上学。严的哥哥姐姐在城里上班，他有一辆自行车。一路上，我们迎着东方冉冉升起的朝阳，心中充满了万丈豪情，感觉自己的未来一定是不平凡的。每天走路上学玫瑰都会让我唱歌，我就放开喉咙边走边唱，唱完一曲又一曲，第一首歌必然是童年，歌词自己随口乱编，比如：

池塘边的杨树上
蚊子在嗡嗡地叫着夏天
操场边的秋千上
只有蝴蝶停在上面
黑板上老师的粉笔
还在拼命唧唧喳喳写个不停

等待着下课
等待着放学
等待游戏的童年
供销社里什么都有
就是口袋里没有半毛钱
周小江和严丫头（男生外号）
到底谁抢到那只宝剑
隔壁班的那个男孩
怎么还没经过我的窗前
嘴里的馍馍
手里的小说
心里朦胧的童年
……

唱啊，唱啊，在我一路歌声中，我们来到学校。

中午，大部分时间不回家，啃着馍馍，喝着凉水，一顿饭结束了。

有一天，还没到中午，我的馍馍就吃完了，咋办呢？天气热不想跑回家。放学了，离家近的同学们都走完了，我也无精打采往外走。突然，我的眼前一亮，严的桌子里放着一大块焜锅馍馍，我一下子计上心来，拿起馍馍就跑出去找他，他还在压水井上打水呢，我笑眯眯地对他说："你拿这么大一块馍馍能吃完吗？"他腼腆地低下头不出声。我当着他的面开始用手一块一块掰着吃起来，他看着我讷讷地说："你不给我留点啊？"看着他可怜的样子，我掰下一大块给了他。他赶紧说："不要这么多，少给我点。"突然，我就莫名其妙地喜欢上了这个害羞的被我们全班同学叫丫头的男生。

有一天中午回家了，下午往学校走，天气好热啊，我用柳条编了一个草帽顶在头上，手里还拿着一枝柳条，突然听到"叮铃铃"的自行车铃声，回头一看，是"丫头"，我说："带上我吧？"他不说话，自行车却慢了下来。

跳到自行车后座上，感觉凉飕飕的，特别舒服。

自行车很快就走到前边一片麦田边上，麦田里有几个女人在拔草。“丫头”说：“你下去，别叫人看见了。”我说：“好，你也下来，我推着车子。”“丫头”乖乖地下车，并将车子给了我，我推着自行车一溜小跑然后骑上车飞一样跑了。

“丫头”在后边喊了几声也就作罢。

到了学校大门口，我放下自行车，跑进教室，过了半个多小时，“丫头”闷头闷脑地推着自行车进来了，全班男生都在嘲笑他：“人家女生走路都来得这么早，你骑着自行车还跑到后头了，真是个地地道道的‘丫头’。”“丫头”看我一眼，啥话没说就回到座位上。

下午放学回家，玫瑰依旧让我唱歌，我看着西边烧红的彩霞，嘴里唱着《童年》，内心却是无边无际的幻想，幻想着被晚霞染红的昆仑山里住着穿着霓裳的神仙，幻想着我也能穿上西边云霞一样美丽的霓裳。

走着走着困得眼睛睁不开了，就将头放在玫瑰的肩膀上一边走一边睡。一会儿她也瞌睡得走不了了，我们俩就到公路边的沙地上背靠背睡觉，暖洋洋的沙子，是最舒服的床啊。

不知道过了多久，“丫头”在学校玩够了打仗的游戏骑着自行车回家，看见我们俩在公路边睡得那么香甜，他两只手抓起两把沙子就洒在我和玫瑰的脸上，被惊醒的我和玫瑰这才一路小跑着回家。

童年，金色的童年啊，一去不复返了！

2011 年 3 月 18 日

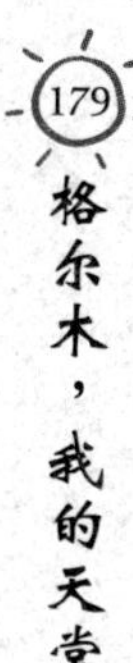

水

漫步大街小巷，两旁绿化带内开始有了流动的水，虽然是混浊的水，虽然是慢慢地流动，但是，树木经过一个冬天漫长的等待，终于等来了生命之水，它们该是欣喜万分了。

喜欢水，喜欢水流的样子，小时候每次在田间水渠看到水在流动，心情就特别好，一方面是因为妈妈说看见水头会有好运，另一方面是本身就喜欢水流动的样子。

你看，那水，就像一条机灵调皮的蛇，蜿蜒前行，见缝插针，只要感觉有一处洼地就赶快跑过去占领，占据了洼地就向高处进攻，慢慢地缓缓地，不知不觉地就占领了他想要的每一寸地方。

水，生命之源，人离不开水，可是水多了也会发洪水，闹洪灾。就像爱，爱是生命之源，可是爱多了就乱了。所以水和爱都是生命中不可缺少的东西，但是，不可以泛滥，否则，自食苦果。

2011 年 3 月 31 日

清明踏青不见青

今天约了几个朋友去踏青。

我们坐着公交车来到我最爱的地方——郭乡千亩林。这儿树木尚未发芽，但是青草芽已经探出头来了。我惊喜得像小时候一样，慢慢揪着草芽儿，嘴里不由自主地喃喃自语：“韭芽韭芽长长……”虽然远看绿草芽在向阳的一面这儿一片、那儿一片地绿了，但是近看依旧不很明显，这应该就是“草色遥看近却无”了。

即便是枯草，即便是未长叶的树木，也是那么令人愉快啊，宁静的树林，潺潺的水声，宁静中孕育着蓬勃的生命力，孕育着郁郁葱葱无边无际的绿色海洋。

黑白相间的不知名的鸟儿在树上愉快地啼叫，蚊子飞来飞去，拼了命地往人身上叮咬。漫步在林间，发现很多树木被砍伐了，留下的大多是不成材的歪脖树，或者枝桠乱飞用不成的树，直溜溜能用的树木被可恶的自私鬼砍伐了很多。摸着一个个被砍伐的树墩，我的内心无比悲痛。同时想起了“木以不材得终其天年”这句古话，不由得长叹一声，真的是塞翁失马焉知非福啊！

树木的好处想来人人都懂得，树木能涵养水源，净化空气；能隔离噪音，美化环境；能制造氧气，调节气候，等等。地球有了植物才美丽，自然界完美的生物圈让地球充满无穷活力和无限的可能性，可是许多人为了一己之私利随意砍伐树木，真是可恶至极。什么时候，人类才会敬畏自然，尊重大自然的法则呢？

在树林里聊会儿天，吃点东西我们就回来了，回来时朋友们站起来就走，没有要带走垃圾的意思。但是我坚持要带走垃圾，朋友们看我那么固执，只好顺从我的意思。

我们总是埋怨环境不好，可是往往忽略了从自己做起，不要随便丢弃垃圾，如果我们人人都养成不随意丢弃垃圾的好习惯，哪儿还会为到处乱扔的垃圾皱眉头生气呢？

热爱树木，保护环境，让我们从自身做起。虽然内地来的朋友说格尔木是“清明踏青不见青”，但是现在不见青青绿叶，不代表永远不见，戈壁的春天相比较内地而言总是姗姗来迟，让我们耐心等待吧！

2011 年 4 月 4 日

最美家乡话

参加一个会议，会议的最后自然是领导讲话，这位领导是青海人，讲的是青普话，当讲到创建国家卫生城市、创建国家健康城市的时候他举了个例子，大意是做饭时穿上护裙的意思吧，领导说："穿上护大襟……"我一听"噗"笑了，不是因为领导说的是青海话，而是感觉"护大襟"这句话是那样的亲切而久远。

这是久违了的一句话啊。"护大襟"是青海话，指小孩胸前的护巾或者做饭时穿的围裙之类。小时候经常听到大人们说起，不知道从什么时候起就再也没听见过了。那天，居然在一个会议室听到了一句纯地方方言，很意外的亲切。

一个傍晚，下班了，好几个同事在办公室聊得很投机，这时，一个男同事站起来准备走了，我说："着啥急啊，聊会再走呗。"这位同事是一个青海人，他说："走了，回去晚了媳妇嘎家俩。"我听到"嘎家"一词，顿时，不可遏止地大笑起来。"嘎家，嘎家，嘎家……"我一路走一路默念着这个词。"嘎家"，我知道它的意思是"絮叨"的意思，但是不知道这个词出自何处，如果说"护大襟"从字面了解是保护衣服不被弄脏的话，"嘎家"从字面是无法解释的。

我的父母辈骂人"傻"爱说"纣世"，从前也不知道"纣世"出自何典，后来读石葵的《西海雪鸿集》，才知道是商纣王一样昏庸无道的意思。商纣王是一个穷奢极欲、残暴无道的昏君，所以青海人说"纣世"，意思是和商纣王一样"傻"的意思。

最美不过家乡话，虽然现在的孩子们不爱说方言，认为说方言老土，可是母语是我们从一出生就听到的语言，是根深蒂固的、流淌在血脉里的亲切，只要不是粗鲁骂人的话，每一句都听着是那样亲切顺耳。

母语，无法言说的亲切！

2011 年 4 月 12 日

梦中瑞士

有一个瑞士网友，不是瑞士土生土长的，而是从青海湟中走出去到瑞士定居的。因为对家乡的思念，他从网络里找到青海土著的我，常常聊天，以慰思乡之情。

我本来对瑞士一无所知，只知道瑞士表很精确，价格不菲，环境很优美，还有就是，很多有钱人把钱存到瑞士银行，瑞士是中立国等。对瑞士的国情我一无所知。因为和这位网友的聊天，我渐渐知道了一些有关瑞士人的生活情况。

这位同乡在瑞士开了一家饭馆，平时由于时差的原因（大约相差7小时），我和他上网时间很难碰到一起，可是每到周末，我们就能在网上见面。我就纳闷，周末你怎么不做生意呢？在国内，周六周日正是大家消费的时刻，正是商家挣钱的时候啊。可是他说，在瑞士周六周日是法定休息日，每个人必须休息，否则政府会强制休息，周末所有的商店、饭店等经营场所关门，只有火车站这样的特殊行业才营业。所以到了周末，到火车站买东西，价格比平时高很多。

他说，在瑞士，没工作，政府会一直提供生活费直到你有工作为止。让你参加免费的技能培训，语言听说能力的培训等。找到工作后，收入达到瑞士平均生活水平了，政府就取消生活费了。在瑞士，没有特别富裕的人，也没有很穷的人，即使是公务员，为民办事也是开着私家车的……

在瑞士，家长没有权利惩罚孩子，如果听到孩子哭声，邻居就会报警，警察会以虐待孩子为名起诉家长；在瑞士，人们对别人隐私不感兴趣，即使你是艾滋病患者，也没有人感兴趣，更不会另眼相看，没有人会对别人的事特别关心。瑞士的环境特别好，每个人都是环保主义者，谁如果乱丢垃圾，鄙视的目光就会追随你……

我没去过瑞士，但是听着这位网友的描述，好像那儿是世外桃源，不知道是不是真的非常美好，没有身临其境，只靠耳闻有点不相信。但是，对欧洲的向往好像更深了。

哦，梦中瑞士，但愿有一天我真的能够一睹你的风采！

2011 年 4 月 17 日

有福之人不用忙

最近由于瘦肉精的原因，很久没买猪肉了。只吃牦牛肉，可是，有一天一个朋友说牦牛肉也不一定就好，很多草原上不明原因死去的牦牛被商贩便宜买回来再高价卖出去，所以，牦牛肉也不一定就是好肉。

听了这话，我开始左右为难，不吃肉呢，从小吃肉长大的，哪能一下子就戒了？吃肉呢，猪肉也不好，牛肉也不好，那吃什么呢？

儿子说，干脆不吃肉了，咱俩素食，一方面减肥，一方面省钱，我一听，好吧，那就权当是减肥了。过完年自觉胖了不少，实在该减肥了。

可是没过几天，我就坚持不了了，天天素食，我不知道怎么做饭了，怎么做都不好吃，坚持了一周，周日下午实在熬不住了，就叫儿子出去买肉，儿子不肯，还想坚持，可我实在不想做没肉的饭，没办法，儿子出去买了半斤卤肉，才算压下馋虫。

心想，今天无论如何也要去买点肉了，就买大格勒乡土猪肉，不管怎么样，比街上的肉好点。可是早上写东西，没时间上街，想着下午出去买回来，中午侄子就打电话来，说家里杀猪了，要来给我送肉，让我在家别出去，我一听高兴了，心想，这叫有福之人不用忙啊。家里的肉才是正儿八经的土猪肉，吃一口不知道有多香，哪像街上买的，叫人心惊胆战的。

过了一会儿，正在我压米饭时，侄子进来了，提着一条猪腿，我一看，妈呀，你是不是搞错了，怎么一条猪腿都拿来了，那你们吃什么呀？侄子说，前几天刚杀了一头猪，家里冰箱放满了，没地方放了，所以杀了这只猪，就是想分给亲戚们吃了（我知道是因为没饲料喂了，所以哥哥才把几头猪都杀了）。

我一听，赶紧接过来，大卸八块把冰箱也塞满了。

哈哈哈，这才叫有福之人不用忙啊，可以幸福一段时间了！

2011 年 4 月 19 日

音乐的魅力

今天在市教育局李积宽的办公室有幸亲耳聆听了他弹奏的几首钢琴曲，心中似乎才真正明白了什么是音乐，以及音乐的无穷魅力。听着那行云流水般的钢琴曲，看着那一双熟练灵巧的手在琴键上翩翩起舞，我有如痴如醉的感觉，那感觉真是好极了。

刹那间，脑海就浮现出小时候第一次听见军号声时迷醉的感觉。那时我还小，也不记得具体有多大了，反正记得一个夕阳西下的时刻，妈妈正在炕洞前煨炕，我在一边踢毽子，突然从夕阳烧红的天边传来一阵特别悦耳的声音，我顿时像被施了魔法一样被“钉”在地上，手里拿着鸡毛毽子，痴痴地听着大气都不敢出。

后来，几乎每天都能听到军号声，依然喜欢静静地谛听，直到声音消失。一直不知道这声音是从哪儿来的，幻想着西边火烧云里藏着很多神仙，是神仙在奏乐。

后来，上学了，才从部队来的同学那儿了解到这是部队的军号声。同学很奇怪，我怎么会对军号声那么喜欢，其实，我喜欢一切有旋律的声音，只是在20世纪70年代，人们根本没条件听到音乐，所以唯一能听到的有旋律的军号声便倍觉喜欢。

因为喜欢音乐，小时候，我特别喜欢住在姐姐家。因为姐姐家所在的生产队每到中午和下午收工的时候就会在大喇叭里放音乐。“蝴蝶泉边”“妹妹找哥泪花流”“绒花”“九九艳阳天”“婚誓”“芦笙恋歌”等歌曲就是从那时候起牢牢占据我的脑海的，让我百听不厌。也是从那时候起，听着音乐或歌声干家务，我的心情就会非常愉悦，一直到今天，这个习惯有增无减。

上初中时，有一天中午放学回家，二姐早上和好的面发了，二姐夫让我蒸馒头。我心里不悦，将馒头蒸在锅里，就锁上门回到自己家。一进门，父亲说："家里人都去干活了，你回来得正好，赶紧做饭，干活的人回来就能吃上热乎饭。"我走进厨房，耳边没有每天都能听到的歌声，顿时，就像丢了魂一样难受。愣怔了一会儿，从厨房跑出来，以二姐家炉子上蒸着馍馍，我不回去，蒸锅会烧坏的理由飞快地跑到二姐家。

1984年当了老师，第一件事就是攒钱买收录机。买了收录机生活就变得格外有色彩。因为从小被父亲禁锢的缘故，我已经习惯独处，人多了心里就烦，所以当大家都是两个人一个宿舍的时候，我自己一个人收拾了学校的煤房作为我的宿舍。

我将黑乎乎的煤房粉刷一新，一张单人床围上雪白的蚊帐（不为挡蚊子，只为好看）。床头用两个纸箱子摆成高低柜的样子，上面铺上一块果绿色的确良桌布。在低柜中间摆放了一个漂亮的酒瓶当花瓶，花瓶里的花是我自己制作的——将白色的泡沫塑料揉碎了，插在一段黑刺果树枝的小刺上，泡沫尖上还涂了红墨水，远看活脱脱几枝干枝梅；一张学生课桌同样铺上果绿色桌布，就成了我的书桌。一盏橘色的台灯，一沓书本，一个收录机。这就是我的快乐小巢。每当夜幕降临，收音机里音乐如水般荡漾在静谧的宿舍，我沏上一杯茶，拿上一本杂志或小说，几个小时不知不觉就过去了，那种幸福和快乐是纯粹而干净的，令我难忘。

我从小喜欢音乐，但是一直不知道亲耳聆听音乐家演奏音乐是怎样的效果。因为身在高原，一直没机会倾听一场音乐会。还常常想大城市的人听一场音乐会花那么多钱，何必那么奢侈呢？不如在家看电视，或者听录音。而在今天，当上天给我机会让我亲耳聆听了现场演奏的钢琴曲后，我内心是无与伦比的感动和幸福。

音乐，是上帝赐给我们的天籁，也是最佳的礼物，至少对我是这样！

2011年4月22日

关于生日

看到 QQ 空间朋友们送的生日礼物，知道又是一年生日到了，可是究竟哪一天是我的生日，说实话，我也不知道！

刚开始办理身份证，乡政府工作人员登记具体出生年月时，父亲说我是阴历 3 月 17 生的，母亲说是阴历 3 月 18 生的，究竟是哪一天，两个人争执不下，工作人员就以父亲的话为准，给我写上 3 月 17。

现在网上流行什么星座，而星座是以阳历为准的，于是，为了知道我是什么星座，我找了个万年历开始查，查来查去，我发现我出生的这一年有两个 3 月，多了一个闰 3 月。母亲说我出生时，已经春暖花开了，我猜想我出生在闰 3 月，我查闰 3 月 17 应该是阳历的 5 月 8 日。这只是一个猜想，究竟哪天是我生日，不确定。多少年有一个闰 3 月也不确定。所以我没有生日可过。

哎，草民一个，所以从来没过生日的习惯，不会像一个朋友说的，她的一个同事一年要过好几次生日。我是几十年也没过一次生日。一是不确定哪天是生日，二是不习惯过生日。

不过生日，人照样会老，虽然自己内心感觉也就是 30 出头，可实际上已经 45 岁了。自己都不相信已经这么老了，小时候天天盼着长大，25 岁生了孩子，知道自己是个准大人了。从此，不敢以小自居，时时处处告诉自己是成年人了，是孩子他妈了。

过了 30 岁，更是以为自己老得不行了，对年轻人羡慕不已，羞于向别人说起自己的年龄。可是到 40 岁时，我才发现 30 岁是多么美妙的一个年龄段，而我居然不曾留下哪怕一丝一毫的浪漫情怀。

现在我已经不在乎年龄了，管他多大呢，别人说我年轻，不管是真是假，我开心一笑。不再害羞地躲避，不再自卑地掩藏，不再自我否定，而是勇敢地展示自我，不再封闭自己，什么都会尝试，什么都觉新鲜。拉丁舞、肚皮舞、锅庄舞、健美操样样尝试去跳，流行歌、经典老歌、情歌、校园歌逮着机会就唱。如今我又开始跟着朋友学习轮滑。希望有一天我能踩着轮滑飞翔在蓝天下。

人生一辈子，很快就结束了，不必为自己套上那么多枷锁，自己认为是对的、喜欢的、热爱的，没有什么不可以尝试，再不尝试，是真的没机会了。

前半生默默无闻，一心只想做一个好女人，事事委曲求全，而得到的快乐少之又少。希望后半生我是一个精彩的快乐的幸福的女人！

2011 年 4 月 26 日

拿什么拯救你，孩子？

一个 7 岁女童，一个刚刚踏进校园、刚刚开始人生的小姑娘，如花蕾般含苞待放，如幼苗般正待长大，然而命运却在一瞬间给她判了死刑，她患上了恶性脑瘤（四脑室占位性病变，即髓母细胞瘤）。这就是格尔木某小学一年级的学生小敏。

2011 年元月，学校放寒假不久，一天，小敏不小心在自家地上滑倒了，从此就开始天天喊头疼，不爱吃饭，常常呕吐。父母怀疑是不是摔了一跤，摔成脑震荡了？心疼女儿的父母就带着女儿去医院检查，开始并没有任何心理负担，只是想帮孩子检查，自己落个踏实。于是带孩子到人民医院检查，可结果却让他们措手不及，检查结果竟然是孩子得了“脑瘤”！

其父母一下子蒙了，觉得不可能，怀疑是不是医生误诊？不敢怠慢，腊月二十九，父母赶紧带孩子到西宁复查，结果依旧是“恶性脑瘤”。医生说整个青海省只发现了两例这种脑瘤患者，要其父母带孩子到西安第四军医大学唐都医院看看。

抱着一线希望，他们去了西安第四军医大学。经过检查，医生说，根据髓母细胞瘤的生长特点，理论上手术不可能完全切除，手术根本切不净肿瘤细胞。而且医生告诉其父母：“做了手术，生命最多也只能延长几个月！瘤体会像韭菜一样，割一茬长一茬。如果二次手术，也活不了几个月……”

希望在一瞬间瓦解了，父母除了痛哭，不知道自己还能做些什么！

如今，小敏的眼睛已经看不见了，因为长大的脑瘤压迫她的视神经。除了眼睛看不见，她还常常呕吐，剧烈头疼使小敏常常趴在床上用膝盖抵着头，即使睡觉也不能躺下，只能跪在床上将头抵在膝盖上才能睡一会儿。尽管病魔在无情地折磨着这个可怜的孩子，然而只要稍微舒服点，她就会要求奶奶给她读课文。她是那么想读书，那么想和小伙伴一起背着书包去上学，可是，无情的病魔让这个可怜的孩子和她的亲人无可奈何。

拿什么拯救你，可怜的孩子？

让孩子养成阅读的习惯

我忽略了一件事，一件大事，那就是没让孩子养成阅读的习惯。

因为从小到大，我的父母从来没操心过我们兄弟姐妹的学习，也从不要求我们读书看报之类，而我们姊妹们学习都还好，都有阅读的习惯。所以，我以为一切可以顺其自然，从没有刻意想办法培养孩子的阅读习惯。可是，现在我发现，我一个酷爱阅读的人，我的孩子居然没有养成阅读的习惯，他的一生将会是多么单调贫乏啊？

我从十岁起就成了书迷，一天不读课外书，心里急得像猫抓一样，上学时，课本发下来，两天就看完语文课本里的文章。阅读的快乐陪伴我的童年、青年、中年，也会陪伴我到死的那一天。可是，我的孩子没有养成阅读的习惯，怎么会这样呢？

怀孕的时候，每天一闲下来我都会听着音乐看书，还美其名曰胎教。生了孩子没几天，我坐在床上，怀里抱着孩子，手里依旧拿着书，想着让孩子从小耳濡目染，知道阅读的快乐。妈妈着急地说：月子里看书，小心以后你眼睛疼屁股疼。

我的眼睛不疼，屁股也不疼，只是孩子也没有被耳濡目染养成阅读的习惯。从小到大，每次孩子让我讲故事，有时候嫌麻烦，我就打开电视让他看动画片，我自己拿起一本书在一边看书。

一直以为孩子还小，以后就知道读书的好处了。等啊等，现在终于知道，不是每个孩子都天生喜欢阅读的，孩子阅读的习惯是要家长用心培养的，比如，给孩子讲好听的故事，讲到精彩处停下来，让他着急，让他自己找书去看结果。或者父母每天都安排一定的时间和孩子一起阅读，慢慢地孩子才会养成阅读的习惯。

唉，当了那么多年的语文老师，让很多学生养成了阅读的习惯，自己的孩子却没有培养出来，真是失败，现在看到一本好书，我真的想和孩子一起分享，可是……

看来是没有机会让孩子爱上阅读了，因为他已进入高三紧张的学习之中，每天大量的习题尚且做不完，哪有时间阅读课外书呢？

遗憾！此生最大的遗憾！

男人？难人？

今天是助残日。最近接触了一些残疾人以及残疾人家庭，听说了各种各样有关残疾人的故事，心中颇多感慨。就开始考虑，当一个家庭遭遇灾难，男人，女人谁更坚强？谁更负责？谁更能持久地照顾受伤的亲人？

我发现更多的是女人在坚持。而男人面对灾难坚持一时可以，长久坚持很难。一对夫妇的孩子是弱智，妻子不愿意放弃孩子，丈夫却提出离婚，理由是不愿意永远背着这个沉重的负担。那么试问，这个负担应该由谁来背？创造孩子不是女人一个人的事，是男女双方两个人心甘情愿创造的（有的时候甚至是男人强加给女人的）。为什么孩子不健康了，男人就想逃避？

最近又看见一个孩子身体残疾，生活不能自理，母亲一个人艰难地带着孩子，而父亲离家出走，杳无音信，将病残的孩子留给妻子……

很多年前格尔木电视台播出一个节目，节目中的主人公对孩子的一片深情让我泪流满面，并且多少年过去了，我从未忘记这个人。他是格尔木部队的一名军官，他的女儿因为小时候一场疾病而失聪，这位军官十几年如一日，天天坚持锻炼孩子的说话能力，教孩子认字阅读，虽然工作加上孩子很劳累，相比别人少了很多悠闲时光，但这位父亲并没有因此放弃自己的责任，而是将孩子的每一点进步作为对自己的最高奖赏，这个男人无论到什么时候都是值得人们尊敬佩服的一个真正的大写的男人。

有一幅画面一直在我脑海里展现，这位军官每天一下班回到家就开始训练女儿说话。爸爸将女儿的手放在自己脖子上，然后大声说话，让女儿感知人说话时声带的震动，一句“爸爸”，要教无数次，女儿才能发出模糊的声音。但是，爸爸不气馁，一遍一遍地教女儿看嘴型，教女儿说话……

看着这位可敬的父亲不厌其烦地教女儿说话，带女儿郊游，教女儿认字，我从内心深处深深地敬佩这个男人，这是一个真正的男人，一个不推卸责任的男人，一个顶天立地的男人，一个如大海般深沉成熟的男人。有几个男人能做到这样？有几个男人面对不幸能勇敢地挑起重担？不是没有，但也绝不是每个男人都能或者想挑起这副重担。

人们都说男人即难人。是的，不可否认，现代社会男人的压力很大，男人很累。可是如果一个男人上不养老，下不管小，有了困难就想退缩，有了灾难就想逃避，只想自己轻松潇洒地过日子，不管不顾亲人骨肉，那么，试问这个男人还算是一个男人吗？一个连家庭担子都挑不起来，或者说不敢挑的男人，配有家庭，配有孩子吗？

很多男人真的不如女人，幼稚得可怕，脆弱得可怜，枉为男人，枉来世上一趟。

三五网友

每个有 QQ 的人都会有几个聊得来或者合脾气的网友，不会很多，也就三五个人。哪怕你的 QQ 上有几百号人，常聊的或者心里惦记的也就这几个人。这几个人是你比较信任的，聊天话题比较广泛的，或者性格脾气相投的，能听你倾诉却不会反感的。当然，有一个你倾慕喜爱的网友就更开心快乐了。

刚申请 QQ 号，学着上网是因为儿子的缘故。2005 年，我离婚了，开始和儿子过相依为命的生活。只有拼命工作才能给儿子和我提供好一点的经济条件，我开始常常加班加点，为了多挣点加班费。突然有一天，我发现儿子常常彻夜不归。刚开始很相信他的每一句话，他到同学家了，他到亲戚家了。后来发现给他的钱不知道怎么就没了，我开始细细询问；儿子也是不善于撒谎的人，很快就承认，他到网吧上网了。

天哪，网吧？网吧！那会儿一提起网吧，简直就像洪水猛兽，天天看到新闻媒体报道谁谁爱上网吧，荒废了学业，荒废了事业。怎么办？哭过，求过，教育过，毫无办法的情况下，我想我也上网吧，了解一下儿子究竟喜欢网络什么？

儿子给我申请了一个 QQ 号，然后教我怎么寻找好友，怎么加好友。坐在儿子身边，我开始加了几个好友，慢慢打字聊天，才发现，原来网络是另一个世界，是一个包罗万象的大世界，里面什么都有，什么都会找到。而且很多思想观点与我截然不同。然而不同怕什么？这不同的观点让我思考，让我重新建立了价值观。新颖的网络让我也渐渐喜欢，最后是离不开网络了。

刚学着上网，对方发过来一个玫瑰图片我会脸红，发过来一个咖啡图片会激动半天；说的都是大实话，不会编一句瞎话。也可能是刚开始毫无设防的诚实，从网上认识的几个网友关系一直比较好，互相坦诚，能够畅所欲言；虽然天南地北谁也看不见谁，虽然一个月甚至几个月也说不了几句话，但是，只要碰上了，说那么寥寥几句，彼此也能体会对方的心境。

有几个聊得来的网友真的是一件幸事，聊天也要看两人的性格脾气爱好修养学识等是否相投。一个不投机，聊天就难以继续，比如一个脾气不好，另一个肯定多一些包容；一个爱好文学音乐，另一个喜欢麻将扑克，那就没有共同语言；一个张口性爱，闭口男女，另一个更喜欢精神领域的享受，那就是话不投机半句多。

曾经读到这样一段话：网上最佳最乐最妙境界，则是智慧的较量。每一句，暗藏机锋，对方能够领会；每一个有意留下的空白，对方能够填补；每一段迂回婉转，曲径通幽，对方偏能穿插其中，应对自如……棋逢对手，将遇良才，每一个字，如一朵花，在心中开放；每一句话，如一泓清泉，在心中流淌。较量的风停雨歇，两颗心之间自然牵起了美丽红丝线。多少痛苦，要向对方倾诉；几多欢乐，要与对方分享；说不尽的绵绵情话，诉不尽的滚滚衷肠……

网上之交，实际是心灵的相撞，只有素质相近、品性相近、修养相近的两人才能走近，雅趣才能接近，心灵才能贴近，所谓物以类聚，人以群分，在网上最为分明。

当然，上网久了也会碰到恶心的事、伤心的事、难过的事。但是，总的来说，好多于不好。如今我对网络已不再好奇，也很少聊天，即使上线，大部分时间也是隐身，无话可说，或者找不到棋逢对手的感觉。更多时候已经不喜欢说什么了。即使如此，每天打开电脑依旧会登上 QQ 看看谁在线。这也是一个习惯吧。

当初上网是为了了解儿子动向，没想到网络却带给我无尽的宝藏。如果说网络可以毁灭一个人，那么我也可以说，网络会成就更多人的梦想。网络就像一个珠宝顽石掺杂的大盒子，你想从中取得什么完全取决于你的思想品德和学识修养。

网络、网友是珍珠，是垃圾？全靠自己来甄别，所以练就一双慧眼很重要。

没电也幸福

今天是周六，天气很冷，早上出去练习轮滑，一个人很没意思，过了一会儿又来了一个人，因为广场在搞建设，有很多打混凝土留下的小碎石子和电线，我被电线挡住摔了一跤，好在是双膝双手着地，并无大碍。

回到家中，没电。干什么呢？收拾完家，想着既然没电就看书吧，翻开抽屉看看，有好几本书都是我年轻时最喜欢看的，有《琼瑶自传》《罗兰小语》《第二次握手》《三毛作品集》等。

打开《琼瑶自传》，这本书我从年轻时就看过无数次，无论走到哪儿都会带着。翻开一看便不能停止，整整一天，一口气读完了长达250页的《琼瑶自传》。这是琼瑶所有作品中最让我喜欢的一本书，还有一本就是她的《窗外》。

这本书前半部分是有关琼瑶的童年，讲述琼瑶跟随父母在兵荒马乱的岁月逃避战乱的经历。琼瑶以细致入微的笔触描写了一家人在抗战期间几番生离死别，几番传奇团聚。读来如身临其境，时而泪雨纷飞，时而开怀大笑。后半部分是讲过琼瑶在台湾读书、初恋、高考、自杀、写作、结婚生子的过程，读来心情沉重，并心生感慨，任何成功都不是一种偶然，而是多少年的沉淀积累努力的结果，琼瑶也不例外。

我们这一代人，尤其是女人，是读着琼瑶小说长大的。我年轻时酷爱读书，琼瑶小说出一本买一本，几乎读完了琼瑶所有作品。最喜欢的还是《琼瑶自传》和《窗外》，因为这两本书是琼瑶真实生活的记录，所以读来更觉亲切。

之所以喜欢琼瑶，一方面是感觉她的写作风格独树一帜，另一方面喜欢她的成长经历。在我最佩服的四个才女（琼瑶、三毛、林徽因、石评梅）中，琼瑶算第一。

十八岁读琼瑶和今天读琼瑶感觉完全不同，单纯的十八岁还不能认识很多生命中的无奈和沉重。经过了 20 多年，今天重读此书，我才深刻理解了琼瑶的思想内核。凡是女人都爱做梦，爱情梦是永远不变的主题。

琼瑶，不管别人喜欢你还是讨厌你，我自始至终都喜欢你，理解你，你是我的偶像，是我永远无法达到的巅峰。

没电居然也很好，让我过了一个愉快而幸福的周六。

刷街初体验

今天是星期天，我第一次刷街。

早上 6 点就醒来了，犹豫着要不要去刷街呢？轮友们（我自造的词，意思是玩轮滑的朋友们）天天说刷街多好多好，我也有点心动，可是昨晚征询儿子的意见时，儿子说："你的技术还不熟练，上街有危险，还是以后去吧，这次别去了！"想到这儿，我转身又睡了。

回笼觉还没开始呢，轮友老大的电话来了，我不再推辞，迅速穿好衣服，洗把脸，没忘吃一个馒头，怕半路上饿了回不来。

7：30，我们在儿童公园会合，总共四个人，轮滑老大、我、小虎、小熊。换上轮滑鞋，我跟在老大身边开始慢慢走，八一路可真不好走，很多小石子，路况也不好。我小心翼翼地好不容易走出八一路，上了滨河路，路好很多，很快滑到了将军楼公园门口，轮滑老大和另两个年轻人显得很轻松，我已经累得到处找台阶想休息一会儿。可是找了半天，没找见，只好在将军楼门前的球形石头上坐下来。

大家休息拍照，等盐湖集团的通勤车走过，我们又开始沿滨河路往北滑行。滨河路真不错，路面平整，打扫得也干净，路两边也没见垃圾什么的，马路两边绿化带大多是红柳，园艺师用生命力顽强的红柳栽出了一个个别致的小花坛，修剪整齐的绿绿的红柳丛中是一株株新栽的菊花苗和八宝景天。想一想几年前刚建的滨河路周围全是沙石，没想到才两三年就绿化得这么好，心里由衷地感慨，我们的家园越来越美了！

言归正传，因为滨河路路况好，加之身边轮滑老大一直在言传身教，所以我走得还算顺利，一直到了城北村环城路口，我们停下休息，这时，另一个轮友——苏，打电话问我们在哪儿，告诉他我们的具体地点，我们就在那边聊天，边拍照，边等苏。

苏和我前后脚学的轮滑，但是因为他很勤奋，又有灵性，进步很快，什么单腿滑、倒退滑都会，而我只会往前滑行，其他什么都不会。

苏很幽默，看着不爱说话，一说话就会让人发笑。而且，我发现所有玩轮滑的人里，苏是最爱惜轮滑鞋的，每次滑完准备回家时，他总是将自己的轮滑鞋擦了又擦，擦得亮闪闪的才装到轮滑包里。看他那么爱惜鞋子我就脸红，我一个女人还不如一个大男人仔细。

苏来了，我们开始往回滑，这段路滑着真舒服，因为路况真的很好。走到柴达木路西头，发现这一段路也比较好，可是我已经是筋疲力尽了，在柴达木路和滨河路交界处我们休息了一会儿，起来时我竟然又摔了一跤。勉强滑到中山路和柴达木路十字路口，我脱下轮滑鞋走回家了。

今天第一次刷街，我感受到轮滑的魅力，正如轮滑老大说的，强健身体就到户外练习刷街！听着音乐，看着美景，悠哉游哉，妙不可言啊！

写到这儿，不能不感谢一个人，那就是轮滑老大。因为没有他的鼓励，我不会去刷街；没有他的一路照顾，我不会顺利回来；没有他的言传身教，我不会进步很快；没有他的耐心照顾，我也没勇气玩轮滑。所以再次谢谢轮滑老大。听说每次刷街总有垫后的人，而轮滑老大总是走在最后，照顾滑行最慢的轮友，而且每次出行他负责拍照摄像，回来又将照片视频上传到群相册或者发表到网上，而他做这些事却不求丝毫的回报。这种精神、这种行为不是每个人都能做到的。老大，向你致敬！

这是我的奖状

今天，儿子回来开心地对我说："妈妈我被选为优秀班干部了，你得给我写一封推荐信，我要争取全市优秀班干部评选，你就把你儿子好好夸一番。"听了这话，我十分欣慰，从小到大，儿子从来没拿回家一个奖状，今天，儿子终于获得一个荣誉，多么来之不易啊。

儿子获得荣誉让我突然想起我小时候的一件事。我刚上一年级的时候，因为带妹妹耽误了两年，上学时我已经8岁了。可能是因为上学是我渴望已久的事情吧，所以我的功课一开始就非常好，不用老师费心，不用父母操心，从一开始上学，大考小考基本是满分，而且音体美之类的副课也都是在90分以上。所以我上学期间是年年拿奖。

第一个奖是在一年级得的"三好学生"奖。一年级的第二学期，"六一"儿童节那天，我不仅戴上了红领巾，而且获得了一个"三好学生"奖状。文艺演出结束后在回家的路上，已经上三年级的三姐和我商量，她说："你戴上红领巾了，还拿了奖状，我什么也没有，回家阿大阿妈肯定会骂我的。把你的奖状或者红领巾给我吧，就说是我得的。"不知道是因为害怕三姐，还是别的什么原因，反正我答应了她的要求，可是鲜艳的红领巾我怎么也舍不得给三姐，就把我的奖状和奖励的笔记本给了她。

回到家，我和三姐就在父母面前邀功，我戴着红领巾在父母面前晃来晃去，父母看见我的红领巾，十分开心。三姐拿出我的奖状和笔记本给父母看："这是我的奖状！"父母看见三姐得奖了更是高兴，因为三姐学习一直不太好，作业本上小×连小×，然后老师气急了，通篇打一个大×。因为父母没文化，也没办法辅导，所以，只有一声叹息。这次居然得奖了，父母自然开心得不得了，虽然嘴上没说什么，但是脸上全是笑。

晚上，哥哥回家了，拿过奖状和笔记本仔细看，然后用手指捣了三姐一下说：“还说是你的，你看看写的是谁的名字？”三姐一看哥哥认出名字了，又羞又气，哭了。我却很开心，因为我的奖状和笔记本又回到了我的手里。

现在想起这事就要笑，我和姐姐怎么就没想到，那上面写着我的名字呢？

什么是美女

妈妈生活的年代是一个物质极为匮乏的年代，吃饭穿衣这些事都需要女人细心安排，巧手做出。所以，那时谁家娶个心思细腻、心灵手巧的女人，那真是一家人的福分，她会把一大家人的生活安排得井井有条。这家人即使日子穷点，儿女也不至于衣不蔽体，食不果腹。因为巧女会利用她的巧，想办法为儿女做吃做穿。这个心灵手巧的女人在大家眼里就是美女。因为这样的女人不仅让丈夫和孩子们身上穿着利索，自己身上也收拾得利索干净。

如今的社会不然，物质极为丰富的现代社会，人们不再要求女人会做饭会缝衣了，很少看见女人拿起针线做针线活了。偶然的一天，当我看见一个年轻的女人拿着针线在给孩子缝衣服时，不知道触动了哪根神经，感觉那个女人好美，那么有女人味，那么温柔，她身上闪耀着唯有女性才有的动人光环。

什么是美女？现代人所说的美女是外表光鲜靓丽的女人，哪怕她自私狭隘、内心龌龊，哪怕她胸无笔墨、张口粗话，哪怕她四肢不勤、五谷不分，哪怕那一双洁白细腻的小手从未沾过油盐酱醋，只要她有一张迷人的脸蛋，有一副婀娜的身姿，这就是美女。

什么年代有什么年代的审美标准，什么样的女人是美女，各个年代的人说法是不一样的，曾经的铁姑娘是大家学习的榜样，现在的铁姑娘会吓跑一大堆男人。曾经的女人以勤劳能干获得认可获得夸奖，现在的美女以手无缚鸡之力、以柔弱无骨获得青睐。时代不同，对女人的要求亦不同。归根结底，这个社会是男权社会，男人有什么样的审美，女人就照着男人的审美塑造自己。

所以，我想我是一个老旧的女人，有一个古老的审美，看见一个年轻的女人在给孩子缝补衣服，居然会心动，居然认为她很美，因为从她身上我看到了年轻时的妈妈，看到了我自己。

其实，缝缝补补的日子，不是劳累，是幸福。因为一件衣服经过妈妈的巧手，再破的衣服也成新的了。儿女对妈妈的信任和崇拜难道不是从这一点一滴的小事建立起来的吗？一顿香喷喷的饭菜，一件被妈妈洗净缝好的衣服，给孩子多少安心，多少温暖啊！

也许，我的审美，我的思想过时了，但是不太容易改变，我喜欢勤劳的美女，喜欢女红好的女人，喜欢洗衣做饭的女人，喜欢善良宽容能理解他人疾苦的女人，喜欢尊老爱幼的女人，而不是单单外表光鲜靓丽的美女。

当然，我不是男人，我这种思想完全基于我是一个普通的女人。

拒绝“无奶”奶茶

一个在消费者协会工作的朋友说，千万别喝无奶的奶茶。因为在市场检验中他们了解到，一杯奶茶，在经营者手中经过加入像奶一样的白色粉末或膏状物，加上所需要的水果口味的有色粉末等，兑上水（喝凉的加凉水，喝热的则加热水），加现成的黑色珍珠颗粒进行搅拌，然后封口，一杯珍珠奶茶就做成了。一杯少则2至3元，多则4至5元，有的高达8元的各种口味的奶茶几分钟就搞定了。

现在的人们手里有点钱了，消费习惯也随之发生变化，喝茶、喝水不仅要口感好还要赶时尚，逛街休闲时渴了累了来一杯奶茶，既方便解渴又时尚。因此，格尔木大街小巷经营奶茶、果茶的店铺应运而生。但是，当人们大口品尝不同口味的奶茶时，是否想过此奶茶是否含奶、是否有利于健康？又有谁会想到自己喝的所谓奶茶其实不含奶，而是用奶精、果精、香精、糖精、白糖勾兑而成的，是对身体无益有害的呢？

珍珠奶茶起源于台湾，正宗的珍珠奶茶是采用奶、冰糖或白糖、红茶、纯净水和用木薯粉制成的“黑珍珠”调配而成，含有丰富的蛋白质，有较高的营养价值。但目前市场上有些摊贩为降低成本大量使用替代品，用奶精（植脂末）代替奶，用甜蜜精、糖精代替白糖和冰糖，用果味精代替果汁，不仅没有营养，而且对身体健康有害，如使用的香精中含有苯甲酸钠等防腐剂，过多食用会妨碍钙的吸收，并使肝功能受损；喝了劣质的人工合成色素饮料后，色素在人体中需要30年左右的时间才能排尽；就奶精而言，奶精是氢化植物油、糊精、酪蛋白酸钠、抗结剂等成分的混合物，其脂肪含量达20%~75%，热量比淀粉还要高，进入人体后，不仅不能增加营养，还会产生对心血管危害很大的反式脂肪酸。

另外，部分珍珠奶茶的营销人员对封口机、一次性茶杯及原材料的卫生把关不严，使得奶茶成了有害细菌繁殖的温床。而且长期喝奶茶将会对心血管造成伤害和诱发糖尿病……

听了朋友一番忠告，心里就很不舒服……

做针线活

旧时，青海农村女子出嫁，婆家人首先要考察的是这个女子针线茶饭手艺如何。如果出嫁后送给婆家人的鞋子鞋垫做得好，就说明新娘子针线好；结婚三天后，新娘子要下厨房，给全家人做一顿长面（因为青海属于高寒气候，只适合种植春小麦，而春小麦因生长期短，面粉不够筋道。所以，女人们做面食很费心思），如果新娘子擀的长面又薄又匀，吃起来筋道，说明新娘子茶饭好。针线茶饭好了，新媳妇自然受到婆家人的敬重，否则，公婆看不起，加上小姑子捣乱，新郎自然心头不悦，新媳妇的日子就很难过了。

为此，我的父母就按照这条旧时习俗从小教育我们。丫头们从七八岁就开始学习做饭，十岁左右学习针线活。我的大姐二姐就是严格按照这种习俗教育出来的。大姐二姐十七八岁嫁到婆家，虽然都没有婆婆，但是，因为在娘家已经完全学会日常生活技能，所以很快就担当起负责一家人吃饭穿衣穿鞋的重担，在婆家日子过得游刃有余。

三姐上完初中也回家务农了，在家务农的几年时间，母亲很快就给三姐补上了针线这一课，三姐嫁过去针线茶饭均拿得下，日子过得也很滋润。

轮到我呢，因为上完学就参加了工作，基本没有跟母亲学做针线活的时间，所以针线活根本不会。但从小学做饭，所以啥饭都会做，做得好不好另当别论。

可能是因为缺了做针线活这一课吧，我特别喜欢做针线活。不知道是因为遗传了妈妈的基因呢，还是手闲得慌，只要闲下来，我就想拿起针线做点什么，虽然做的针线活不是很好。从来不喜欢戴金戒指银戒指的手，却喜欢戴顶针。

做什么呢？以前是织毛衣，孩子上学前穿的衣服基本是我手织的，各种毛线编织出来的上衣、裤子、帽子、鞋袜。里面穿的毛背心，外面穿的毛大衣，什么都能织。一套小孩子穿的毛衣裤一个礼拜就织出来了。

刚结婚时，因为给他织了毛衣毛裤、背心什么的，被他的同事朋友家人赞叹不已。后来，人们不喜欢自己手织的毛衣裤了，喜欢机器织出来的均匀好看的各种羊毛衫了，我也就不再织毛活了。

年轻时，如果有人找我聊天，为了不浪费时间，我就一边织毛活一边聊天。现在只有有了大块时间才会做针线活，比如休假在家。我不喜欢到处去玩，喜欢坐在沙发上，看着电视或者听着音乐，手里做点针线活，绣鞋垫，织披肩。感受生活的宁静惬意，感受一个女人双手的巧妙，一个假期居然可以做出不少活呢。

有时候，电视节目不好看了，我的耳朵就下班了，手里忙着做针线活，心思跑到天涯海角，很多陈年旧事浮上心头，很多以为遗忘的事情窜入脑海，好的坏的，以前的事情，现在重新审视，就会发现随着时光流转，各种是非恩怨都会烟消云散，曾经以为很重要的，现在看来，都是过眼烟云。反而是那些不曾珍惜的点点滴滴，想起来依旧温暖我心。

女人，做点针线蛮好的！

看电影《可可西里》有感

昨晚到广场转一圈，看到广场露天电影演的是《可可西里》。发现是演格尔木的，就耐心地站着看完了这部令人心灵颤抖的电影。

电影以尕玉记者的目光，再现了保护藏羚羊的志愿者在可可西里追捕猎杀藏羚羊的犯罪嫌疑人的十几个日日夜夜。艰苦卓绝的追捕，恶劣环境的考验，没有经费的无奈，工作设备的简陋，无一不显示出我们国家在保护环境上的严重滞后。

鲜血淋漓的藏羚羊一个个倒在屠杀者枪下，剥皮子的人迅速剥下藏羚羊价格不菲的皮子。高额利润，又是高额利润的刺激，让一个个淳朴的农民变成了眼珠血红的屠杀者。

看这部电影，听着我最熟悉的乡音，内心一个声音在呐喊：什么时候我们才能真正重视环境保护？给每个人补上环境保护这一课？环境保护的重要性究竟有多少人真正明白？

有个成语叫人定胜天，人能够胜天吗？不，绝对不能！人类如果不遵循大自然的规律，必遭大自然的惩罚。

然而应该让更多的为官者补上环境保护这一课，如果为官者不重视环境保护，不知道环境保护的重要性，不知道食物链为何物，不知道破坏大自然会带来怎样的恶果，而只顾着眼前利益，只管自己的政绩，那么我们的子孙后代必将唾骂他们的先人，那么世界末日也就来得更快更早。

又一次想起当年在那个村子当老师时，每个冬天，每个班主任都要带着学生到树林里找些干树枝以备冬天生炉子用，我反反复复强调学生不可以破坏树木，告诉学生树木对地球的重要意义，只允许他们捡些干枯了的小树枝用来点火，不能乱砍活着的树木。

可是，每年冬天，依旧有很多活着的树木湿淋淋地被别的班级学生拉回学校，而校领导视若无睹。我也只能是一声叹息，因为我没有权利要求别的班学生不要砍伐树木，不要破坏环境。

在这一点上，我更喜欢有宗教信仰的人，比如，藏族不吃鱼、不砍树、不吃飞禽、不吃狗肉、不吃马肉、不在湖里洗澡、天葬等习俗，无形中就是在保护环境。更重要的是他们敬畏大自然，这是非常宝贵的。

在我的心目中，一个人无论学问多深，无论官做得多大，如果没有环境意识，没有大局意识，没有长远眼光，那也只是一个糊涂人罢了！

可恶的蚊子

昨夜，一只蚊子骚扰我半宿，气煞我也！

睡眠正酣，一只蚊子嗡嗡嗡在耳边飞来飞去。睡意朦胧中，静等蚊子停在脸上，我一巴掌打死。

可是，该死的蚊子怎么也不肯落下，飞来飞去，在我耳边嗡嗡呱噪。睡着了，它来了，醒来准备消灭它，它又走了，反反复复。

心想，奇怪，格尔木已经很少见到蚊子了，这只蚊子从哪儿来的呢？而且即使有蚊子，也是向来只在白天出没，怎么现在晚上出来偷咬人呢？

思绪又回到 20 世纪 70 年代初，我们刚从海东地区迁移到格尔木时，格尔木的大个儿蚊子首先给人一个下马威。那时，格尔木的蚊子又大又多，被蚊子咬一口，立刻红肿痛痒，鼓起一个大包。格尔木曾经的十大怪里就有一怪："三个蚊子一盘菜"，可见那时蚊子有多大。

记忆中，我好像没怕过蚊子，只记得那时每到傍晚，成群结对的蚊子在每家房门口聚集成一个很大的圆球飞舞翻滚，人一经过，这个圆球就跟着，好像要把人吃了一样。小伙伴们个个手持一把草在自家房门口点燃，噼噼啪啪，蚊子烧死一片。这个游戏对我有十分的吸引力，每天傍晚我都会用麦草拧成一个长长的草绳，点燃，看蚊子纷纷掉在地上，十分开心。

蚊子对我无可奈何，被蚊子咬了，吐点唾沫抹上就好了。妈妈和婶子就缺乏对蚊子的免疫力，那年她们拍了一张照片（是工作队的人拍的），照片中妈妈和婶子都被蚊子咬得面目全非，眼睛肿成一条缝，脸蛋肿得就像嘴里噙着一块糖，嘴唇肿得像非洲人。

当年，因为格尔木夏天蚊子太多太毒，很多被政府迁移来的海东农民又回到了山沟沟里，宁愿受穷，也不愿意吃着羊肉白面却被蚊子咬。

有一句歇后语，高射炮打蚊子——大材小用。可你听说过飞机打蚊子吗？格尔木的蚊子就是被飞机灭了。不知道从哪年起，每到春天，蚊子开始活动的时候，格尔木就开始用飞机超低空洒药灭蚊。就是因为年复一年的飞机灭蚊，现在，格尔木城里已经很少见到蚊子了。

昨晚，不知道从哪儿飞来一只蚊子，居然尝试喝我的血。我知道，想喝血的蚊子是母蚊子，心想你悄无声息地落在我身上喝饱了走了就得了，干嘛非得在我耳边嗡嗡叫唤呀，你一叫唤，我心里就难受，本能的就要反抗，不打死你，我怎么能睡得香呢？

终于，这个母蚊子选好我脸蛋最丰满的地方，一口咬下去，“啪”！说时迟那时快，我一个巴掌下去，干脆利落就消灭了它。可怜我的半边脸呀，被我自己打得火烧火燎。

哈哈哈哈，没有蚊子的骚扰，我睡了个好觉！

一双鞋垫的深情

如果你有几个农村亲戚，如果你经常和他们来往，你总会收到一双或者几双做工或精致或粗糙的鞋垫，我也是。

一双鞋垫，看起来很不起眼，但是饱含着主人的一片深情。以前我收到鞋垫，看着上面做工精美的图案，心里充满感激，但是没有过多想鞋垫的意义。

从两三年前开始，休假的时候我自己给自己找点活干，就将一些不用的棉布洗净晒干，打成袼褙，铰了几双鞋垫做起来，感觉自己做的鞋垫比街上买的结实耐穿又吸汗。于是，一到休假时，就铰几双鞋垫，画上花样，抓紧做完。看着因为天天被针扎的粗糙了的大拇指食指，看着五颜六色的鞋垫，心里有一种满足感。

在纳鞋垫的过程中，我就开始细细想着鞋垫的意义，突然就明白了，为什么农村姑娘看上一个小伙子就会送一双自己精心制作的鞋垫，当作定情之物。其实，意义很明显，这一双鞋垫她从一开始擦浆糊打袼褙时就已经在用心思考着，袼褙要打厚点，鞋样要铰好看点，鞋垫上画什么花样，用什么丝线，鞋边用什么颜色的布裹住，等等，一边想着心上人一边绣花，一双鞋垫做成了，仿佛幸福就离她不远了。

基于这种思考，我明白了一双鞋垫的深情。如果有人送你一双鞋垫，你千万不要以为那是稀松平常的一件事，你要想想她做这双鞋垫时内心寄托着多少无言的深情。即使不是有情人，即使是朋友之间、亲人之间送一双鞋垫，也包含着一份千金难买的亲情友情。

曾经看到过这样一句话，看一个男人是否幸福，就看他穿的鞋子，如果里面有一双结实而又做工精致的鞋垫，那么，这个男人一定有一个深爱他的女人。不管这个女人是男人的母亲、妻子还是姐妹。这句话不一定完全正确，但是也从一个侧面说明了，女人对男人的深情，很多时候就寄托在一针一线中。

无 题

听着纯音乐《夜色》，心中有一丝丝忧伤、一丝丝落寞和一丝丝无奈。人生在世，世事难料，多么像多米诺骨牌，一步错，步步错，一个偶然的事件身往就会改变一个人的一生。

这段时间，心情一直不太好，身体也出现微恙，心里就再一次考虑身前生后之事。

生命固然是美好的，每个人从降生那一刻起就努力生存，在好的不好的生存环境里努力适应，为了未来能立足社会学习各种技能。我也不例外，以为只要自己自强不息，未来就会幸福。现在想想，完全不是那么回事。人生充满了不确定性，就像多米诺骨牌，不知道什么时候，无意中碰倒了一个骨牌，就会引发一系列的连锁反应。谁也不知道自己会在什么时候、什么地方触碰到一个骨牌，而这个骨牌就将自己带到欢乐的巅峰或痛苦的深渊。

细想我的人生分为三个阶段，每十年为一个分界线。十八岁之前，生活平淡，衣食无忧，家教严格，形成了自尊自强又自卑的性格；十八岁到二十八岁是心理相对成熟的一个阶段，主基调是活泼快乐，爱憎分明，工作踏实，得到认可较多的一个阶段。此阶段学习能力很强，接受能力很快，工作顺心，生活愉快，应该是人生最美好的一个阶段。但是对人生的复杂、人性的善恶多变不甚了了。

二十八岁到三十八岁是我人生中最黑暗的一段时光。事业婚姻都不顺，这十年，我受尽了精神和肉体的双重折磨，这是一段不堪回首的往事。我宁愿得了健忘症，忘记那些无奈又伤痛的日日夜夜。幸亏从小养成了读书的习惯，书本给了我强大的精神力量，加上家人的亲情力量，我没有走上不归路。

人生中最有收获的一个阶段应该是三十八岁到四十八岁，这一阶段，思想渐渐成熟，心理不断强大。可以理性地分析自我，对待他人；理性地看待这个世界，思考普遍存在的问题；理性地接受不幸，化解伤痛；不再幻想，不再做梦；对任何事情都有了自己的思考；可以独善其身抽身事外，可以化解很多伤心难过；可以坦然面对大悲与大喜。

但是，听得多、见得多、想得多、经历得多，什么都了然也不见得就是好事，对人性的弱点、社会的丑恶了解得太清楚，这样的日子是没有纯粹的快乐的，每一份快乐都包含丝丝忧伤。

曾经以为全家人会永不分离，父母兄弟姐妹永远不会分开。现实是，亲人会一个一个离开。父亲已经离开我们十年了，哥哥也走了；曾经以为，一定会有一个爱我而我也爱的人在某个拐角等着我，与我携手白头，现在才知道，永远不会有这样一个拐角，永远不会有这样一个人。

罢！罢！罢！人生不过如此，生下来，活下去，长大了，走向强壮，四十多年转瞬逝去，渐渐发现自己不可逆转地走向衰弱。某个瞬间，突然就明白自己已不再是那个什么时候都精神抖擞、昂扬向上的某某了。此时，居然期盼着早点走向生命的尽头。

想起最喜欢的台湾作家三毛，她在四十八岁时用一条长筒丝袜结束自己生命的那一刻，她心里在想什么？是否和我一样，看透一切，万念俱灰？

这个世界就是这样，有阳光也有阴影，有微风细雨也有暴风骤雨，有刻骨铭心的爱情也有始乱终弃，有金钱至上也有视钱财如粪土。太多的渴望换来的是太多的幻灭，期待中的美好未来也只不过是衰老病痛，死亡离别。

活到今天才明白，永远不要期待未来，未来不可靠，享受眼前的清风明月才是真理！所谓：宠辱不惊，看庭前花开花落；去留无意，望天空云卷云舒。一切都顺其自然吧。我欣然接受命运赐予我的一切，一切的悲伤和欢乐！

女人　丈夫　家

在我的故乡格尔木市，常常会看到这么一家人：一辆毛驴车，车上一堆破烂乌黑的被褥中坐着一位头发蓬乱的胖女人。女人很爱笑，一笑就露出两个大板牙。她总穿一件男式大衣。这个女人一看就知道神经有毛病。她身边还有一个六七岁的小孩。小孩的性别谁也不知道，因为他（她）永远剪着小平头，衣服也是或大或小，总不合体，有时男孩打扮，有时又是女孩打扮。但小孩圆圆的脸上有一双非常机灵而活泼的眼睛，和他的母亲一样总是快乐地笑着。赶着毛驴车的是一个个子不高、黝黑精瘦的中年男人。经常穿着一身旧军装，虽不算很整洁，但显得很精神。这一家人常常是早上赶着毛驴车从郊区来到市里，晚上又赶着驴车悠然地回去。

当一家人赶着小驴车来到市区，男主人总是选一处较为人多的地段，将小驴车拉进马路边的树林里，卸下车拴好驴，安抚妻子坐在被伐去的树墩上，然后，便在路边两棵树上扯一块布，布上拴满气球，不远处架好气枪，他的生意就开张了。

不断地有人来到他的气枪前“砰砰”放几枪。我常想，人们光顾他的摊子，有多少是起了恻隐之心？抑或是由于好奇，来这儿看看这一快乐而又特殊的一家人？我就是其中的一个。我对打枪不感兴趣，但我常常长时间地不厌倦地看着这一家人：孩子快乐地跑来跑去，替父亲给气球充气，他的父亲则忙着换下被打烂的气球。女人笑嘻嘻地坐在树墩上，或是跟在男人身后，用手牵着男人的衣角。男人从不嫌烦，生意间隙耐心地哄着女人坐到树墩上去。不时，有过路的人或饭馆里好心的人给这一家送来一些吃食，男人总会先让妻子和孩子吃饱，剩下的才是他的。有时，突然间，女人就发病了，她一下子躺在地上，手脚抽搐，口吐白沫，这时，她的男人总是镇定地抱起女人，用手在女人脸上掐一阵。过一会儿，女人就醒过来了。丈夫便轻轻拍打掉女人头上身上的泥土和草屑，像哄孩子一样拿着吃食哄妻子，等妻子平静下来，他就又转身招揽顾客。他的那份从容，那份熟练，那份众目睽睽之下的平静和耐心，真叫人佩服，叫人感动。

严冬来临，毛驴车上的一家人在冬日的阳光下准备过冬取暖的柴禾。这时他们的孩子已上学了，那精瘦的男人在马路边的树林间用带铁钩子的长木杆往下钩干枯了的树枝，女人依旧傻笑着，穿着臃肿的棉衣，孩子般蹒跚地跟着男人，两个大板牙在冬日阳光下闪着光。这时，她的棉裤突然掉下来了，男人急忙扔掉木杆，迅速而熟练地给妻子穿好棉裤系好腰带，又轻声地哄着女人坐在背风地方晒太阳。然后，又奔跑着去钩那干枯了的树枝……

忽然间，我竟深深地羡慕起这女人，这个有神经病、傻乎乎、笑嘻嘻的有着两颗大板牙的女人。如果，我也是一个生活不能自理的疯女人，会不会有一个非常精神的男人耐心地呵护我，照顾我？

那一瞬间，我忽然明白了什么是爱情，什么是责任，什么是真爱，什么是幸福……

美丽富饶的大格勒乡

格尔木共有四个农牧业社，两乡两镇。往东走是大格勒乡，往西去是乌图美仁乡，往南走是唐古拉山镇，围绕城市周边的是郭勒木德镇。

本来四个乡镇农民收入差不多，年人均收入几千元。不过，因为郭勒木德镇离城市最近，有种植大棚蔬菜和到城里就近打工的优势，所以，郭勒木德镇农民相对来说收入好一点。可是，近年来，离城市一个多小时车程的大格勒乡却后来者居上，皆因政府推广枸杞种植的缘故。

现在城里人只要一听说谁是大格勒乡来的，就会下意识地问："今年你家枸杞卖了多少钱？"2010 年，大格勒乡农民因为种植枸杞，全乡人均收入达到 10000 多元。很多农民收入几十万元，除了在农村盖新房，也在格尔木市区买了楼房（供孩子们读书）。300 户农民，有 150 户人家买了私家车。

今天，侄女家贺新房，我再次来到大格勒乡。只见，绿树浓荫枸杞红，红瓦白墙菜花黄。车来车往农家院，欢声笑语喜洋洋。侄女婿说，现在的枸杞已经定价，每斤 35 元。预计他的十亩枸杞地能收入 20 多万元，去掉成本，可挣十几万元，侄女家四口人，人均收入可达 3 万—4 万元。

因为大格勒乡的枸杞个大、味甜、收成好，很多客商在此建立枸杞烘干厂、宾馆、农家乐。以往宁静恬美的大格勒乡成了客商云集、外来务工人员聚集的热闹场所，把大格勒乡广场开饭馆的回族老板高兴得合不拢嘴。他说，不早点订座，晚上就没座位了。

大格勒乡村口绿树掩映的小别墅也在紧锣密鼓的建设之中。这种别墅，上下两层，由政府投资一部分，农民自己出资一部分。建成后，又是大格勒乡一处风景了。

入迷 = 快乐

我发现一个人对什么事物入迷了就能体会出快乐。比如你对游戏入迷，你就会在打游戏的过程中获得快乐；如果你对美国大片入迷，看电影的过程就很快乐；如果一部小说让你入迷，那么阅读就是快乐的；如果你对摄影入迷，那么拍照的过程即使再艰难，对你而言也是快乐的；踢足球让人入迷，那么足球就是你快乐的源泉……

最近，因为看韩剧入迷，所以才考虑这个问题，什么东西或事物能让你入迷，那么这件事就会令你快乐。你对一个人入迷，你就体会到爱情的快乐甜蜜；你对写作入迷，你就体会到创作的快乐；你对轮滑入迷，你就会从轮滑飞翔中收获快乐，这大概就是所谓的不疯魔、不成活吧。

以前听一个朋友说，她的一个朋友跳拉丁舞入迷，甚至可以不要工作，天天泡在训练馆练习拉丁舞，当时感觉不可思议，不工作，没有生活来源，靠什么生存？现在想想可以理解，她从拉丁舞优美的舞姿中收获无与伦比的快乐和自信，她当然无法抗拒拉丁舞对她的诱惑了。

当然，入迷的事情也不可以没有分寸，比如，我看韩剧《天赐我爱》八十五集，整整花了我八十五个小时，一边看，一边心里着急，浪费时间可是罪过，看完这一部再不看韩剧了。

终于看完了，想想之所以喜欢看这部戏，无非是喜欢电视剧中讲述的浪漫爱情故事，喜欢女主人美丽的容貌和高雅的气质，喜欢戏里那种浓浓的礼仪和人与人之间的温情。

看这部戏，我居然喜欢一个不起眼的男配角——2 号女主角的爸爸，那个牙医。看见小舅子卷头发他也要卷头发；看小舅子演的电视剧哭得稀里哗啦；对妻子不满意就将她衣柜里的衣服扔到地上或者放到洗澡池里；小舅子送给他的钱夹他告诉老婆是一个漂亮的女病人送的……对没有父母的小舅子小姨子像自己的孩子一样关照爱护。怎么看都感觉这个男人可爱又可笑，由不得人不喜欢，真是太可爱了！

感觉纳闷的是，每次看电影电视剧，我总是喜欢一些配角而非主角。《幸福来敲门》中江路的姐夫就是一个，男主角实在不知道好在哪儿，可是江路的姐夫却让人感觉他是一个地地道道的好男人。

《天赐我爱》中的男主角完美得不食人间烟火，可是留给我深刻印象的居然是内心充满童真的牙医。所以我想，喜欢一个人不是他有多么优秀，而是他独有的特质打动了你的心。

唉，电视剧看完了，坐在电脑前，不知道要干什么，少了很多乐趣呀！

纠结焦虑一星期

过去的这个星期对于我来说是近年来少有的最为纠结和焦虑的一个星期。

原因是这样的，眼看冬日来临，小区物业检查维修暖气管道。上周六，在我们家检查暖气管道时赫然发现厨房地下居然成了一个大水洞，我以为是我们家暖气管子漏水造成的，让维修人员赶紧维修。可是想来想去，感觉不对，暖气只烧几个月。怎么会积下这么多水呢？下午，我跑到社区，给社区居委会上报此事。社区居委会很重视，赶紧派人来我家查看拍照。最后决定由我们住的这幢楼各住户出资，物业彻底检查厨房水患源头。

砸开地板砖，挖开两个大坑，物业查来查去，居然是邻居在几年前更换下水管道时，将他们上下四家的下水主管道在楼底打了个洞从我家楼底下穿过，因下水道堵塞，在疏通过程中捣烂了新换的PVC管子，于是主管道的水源源不断地在我家厨房地下泛滥，天长地久，不仅厨房地坪以下塌陷下去，而且被污水浸泡多年的墙体因潮湿导致墙皮脱落，为整幢楼房的安全埋下了隐患。

知道了水患源头，我的内心是气愤、焦急、无助……说不清是什么滋味了，这明摆着是欺负人嘛，凭什么偷偷摸摸将你们楼层的排污管道埋到我家楼底下？还在隔墙上打个洞？凭什么这样欺负人？

隔壁一楼住户心里很清楚这事，偷偷摸摸给维修人员塞上200元钱，让他们维修好迅速填埋。气愤不已的我找到社区要求隔壁一楼将排污管道挪走，挪到他们自己楼底下去，看在邻居的份上，给我造成的损失，我就不说赔偿了。

社区来调解，隔壁邻居百般推脱，找出种种理由不愿意在他们家大动干戈，不愿意挪出他们的排污管道。反复和我说，他们买一个质量特好的金属管子换上，保证以后再不漏水了。

此时我们家厨房已经挖得千疮百孔了，这几天里，我没办法做饭，儿子天天吃饭馆，我因为脱不开身（家里天天有维修人员出入）只能吃点馍馍和方便面充饥，家里乱得让人忍不住要落泪。

可是邻居就是不愿意挪出他们的排污管道，反复说着他的理由，气愤的我此时不敢说话，一说话眼泪就不争气地涌出来，正好妹妹从新疆旅游回来，到格尔木来接孩子，看我不争气的样子，就骂我没一点魄力，告诉我，这不是你的错，是他们的错，不需要商量。直接告诉他们，不肯挪出就堵死隔壁楼层的排污管道，看他们怎么办。

想着直接堵死隔壁楼层的排污管道，那么隔壁四家就不能正常生活了，我还是犹豫着。又给弟弟打电话想征求一下他的意见，没想到弟弟在北京出差。一听这个情况也很气愤，告诉我如果商量不通，就直接找人堵死他们的排污管道。

我想堵死排污管道之前还是要和社区说一声。当我给社区居委会说明了我的想法时，社区也着急了，这样岂不是矛盾升级？于是，社区赶紧调解此事。

连续几天的调解，隔壁邻居看我态度坚决，只好答应从我家楼底下挪出排污管道。我这才松一口气，找人换了我们自己的排污管道和自来水管子，因为挖开地道没来得及合上，害得我晚上不敢睡觉，怕小偷通过地道钻进来。

直到今天，厨房的一切才安排就绪，赶紧打扫卫生，收拾厨房，洗澡，心里一块巨大的石头终于落地了。终于可以睡个安稳觉了。

想想这一星期，内心充满纠结焦虑无奈无助，感觉好累好累，也悟出了那句老话：人善被人欺，马善被人骑。

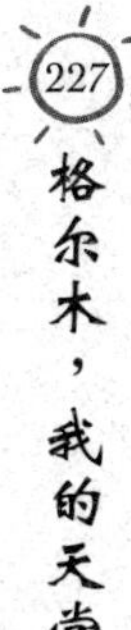

纸老虎

今天下班前，一个很久不联系的朋友说有点事找我，请我帮个忙给他朋友写个东西，推脱不了，只好答应。他到单位来接我，然后我到了他朋友所在地——三角地区移动公司分店。

正当我在询问店主（也就是朋友的朋友）需要我做些什么时，突然一个人手里拿着一个白色的手机骂骂咧咧地进来了，只见他一边骂，一边伸出手就想打人的样子。原来他的手机欠费停机了，上午来到营业厅，交了钱，营业员说下午就可以开通了，因为移动通信网络出现故障，没有及时开通，所以这人找到这儿发泄不满来了。

我的心顿时提起来，因为店里除了我只有两个人，父女俩。父亲（也就是找我帮忙的人）是一个残疾人，一条腿动不了；女孩子是这位残疾人的女儿。那人用手指着女孩子，凶狠地像要一口吞掉她一样。幸亏有半人高的台子隔着，否则我真担心他们会打起来，如果打起来，他父女俩可不是那人的对手。

正当我的心提到嗓子眼的时候，我听到女孩的爸爸打电话找人来帮忙。那个男人一听他在找人，用手指着店主说："你等着！"说着拿起手机跑出去也找人去了。

"打 110！"我赶紧给店主说。店主拿起手机给 110 打电话报了警。一会儿，那个男人还是一个人进来，依旧用手指着女孩子骂骂咧咧，瘦瘦的脸颊上灰尘满面，两条鼻涕随着他嘴唇的起伏一闪一闪的。几个人正在对骂，突然店主手机响了，店主接上电话说："一个酒鬼在我店里闹事呢，嗯，现在就在移动交费厅里。"挂了电话，大家的目光投向窗外，看见一辆警车缓缓开过来。

那个骂骂咧咧的似乎气疯了的男人一扭头看见了窗外的警车，他二话没说，拿起手机飞一般跑出店外，大家以为他会跑到外面找人去，却发现他沿着一条弯弯曲曲的小巷撒腿跑了。想想刚才那副不可一世的样子，看到警察居然吓成这样，我不禁“扑哧”笑了。

原来天下纸老虎还是蛮多的！

你从镜子里看到了谁?

如果有人问你从镜子里看到了谁？你会毫不犹豫地说，当然是我自己了！可是我常常从镜子中看到妹妹。

第一次从镜子中看到妹妹是20年前的一个暑假，我放假在妈妈家。有一天中午睡午觉起来，无意中抬起头来，看到妹妹就站在我对面，一瞬间，有点恍惚，她不是上大学还没回来吗？怎么在我眼前？仔细一看，不是妹妹，是我自己。因为穿着妹妹的一件桃红色束腰毛衣，竟然和妹妹一模一样。

以后我常常会有这种感觉，无意中从镜子里看见妹妹，圆圆的脸庞，小巧的眼镜，嘴角俩酒窝，妹妹的脸庞，妹妹的笑容，妹妹的双手，甚至发愁时皱眉的表情都是一模一样的。

自从妹妹长大成人，我和妹妹因为身高体重差不多，所以，常常互换衣服穿，这在某种程度上让很多不熟悉我们的人更加分辨不出哪一个是姐姐哪一个是妹妹，尽管我大了妹妹整整6岁。

有一次，儿子感冒，我带儿子到村卫生室打针，路过一户盖房子的农家，我听到十几个村民都把我当成了妹妹："那不是王某（大哥的名字）的妹妹吗？不是上大学了吗？啥时间生的孩子啊，这么大了？"另一个人说："你知道是哪个妹妹啊，王某有两个小妹妹长得一模一样，你根本分不清谁是谁，这个可能是教书的那个妹妹吧！"我在不远处听得清清楚楚，心中在偷偷发笑。

还有一次，侄子结婚，来了很多人，我们姊妹都在哥哥家。妹妹的女儿要解手，妹妹领孩子出去了，一会儿进来说："你的学生来了，把我当成你了，叫我王老师呢，我说我不是王老师，是王老师的妹妹，你的学生很诧异，你出去打个招呼吧。”

有一年，到妹妹家玩，我在妹妹家外面的花丛中摘花，过来一个男士叫着妹妹的名字和我打招呼，我知道他当我是妹妹了，笑着告诉他，我不是×××，而是她姐姐。妹妹的同事诧异道：“你们姐妹咋这么像啊？”

其实，我和妹妹还是有区别的，比如，我的脸是长圆脸，妹妹纯粹是娃娃脸，我个子比妹妹高3公分，我有腰身没腿型，妹妹有腿型没腰身。更重要的是妹妹比我小6岁呢，可是村里人硬是分辨不出谁是谁，每次回家看妈妈，几乎无一例外以为我是妹妹，总是问：“你从德令哈来看妈妈了吗？”以前我会解释，现在也懒得解释了，就说：“嗯！”

我自己也觉得奇怪，我们兄弟姐妹7个，怎么就唯独我和妹妹长得这么像呢？

幸亏我没钱

今天在报纸上看到某品牌不锈钢锅有81种锰含量超标，听到大家七嘴八舌地发表意见，咒骂着商家丧良心时，我又一次喊出“幸亏我没钱！”

“幸亏我没钱！”近几年，这句话我时常喊出。因为我确实没钱，所以很多东西在我看来是奢侈品的，我是不会花钱买的。前几年，新闻媒体爆出三鹿奶粉里有三聚氰胺，三聚氰胺是慢性毒药，长期摄取可能造成生殖能力损害、膀胱或肾结石、膀胱癌等。看到这则新闻，我由衷地喊出：“幸亏我没钱！”

儿子小时候特别喜欢喝奶粉，两三天就一袋奶粉，那时，收入低，加上有一个吃饭穿衣不量家底的丈夫，常常就没钱买奶粉，孩子9个月时，我就给他断了奶粉。每次孩子渴了追着我要“喝牛牛”（奶的意思）时，我只能用白糖冲点甜水给他喝。为此，直到现在依旧感觉对孩子有亏欠。那时，我可没想到奶粉里有三聚氰胺啊，想想可不是“幸亏我没钱”帮了我和孩子吗？

姐姐的一个朋友，因为很有钱，就买了大房子，并且精装修。结果住进去没多久，那家孩子因甲醛超标得了急性肾炎，把一家人吓坏了，到西宁经过及时治疗，孩子的肾炎病治好了，一家人却再也不敢住那精装修的房子了，只好便宜卖了。听到这家人的情况，我又在心里暗暗喊出：“幸亏我没钱，房子简单收拾一下，甲醛都未必有。”

去年网上爆出“瘦肉精猪肉”，让人们大吃一惊。很多人不敢买肉吃了，虽然我爱吃肉，但是，从小习惯吃牛羊肉，我吃牛羊肉多过猪肉。而且因为肉价节节攀升，加上素食主义朋友们的影响，我也渐渐减少了肉的摄入量，所以当听到猪肉里有瘦肉精时，我依然在想：“幸亏我没钱！”

2009 年的一天，和工商局一个朋友聊天，她说国内某品牌锅不错，有钱就买这个牌子的锅。年前看楼上一个主妇拿着一个该品牌的压力锅，心想，有钱人的炊具都是名牌啊。可谁知，没过几天，居然爆出该品牌“不锈钢锅锰含量超标”。我不得不说：“幸亏我没钱！”

幸亏我没钱，所以我很少在饭店吃饭，就少吃了很多地沟油；幸亏我没钱，常常自己动手蒸馒头、做饭，就少摄入掺入馒头的洗衣粉、硫黄；幸亏我没钱，我常常走路上班，不用开车，既锻炼了身体，也看到了很多别人看不见的风景；幸亏我没钱，我的生活简单又快乐，积累了很多别人不知道的生活小窍门；幸亏我没钱，让我体会到千千万万没钱人生活中的酸甜苦辣。

人们说钱不是万能的，没有钱却万万不能。依我看，钱够用然后略有盈余即可，不必太多。太多的钱未必给你带来幸福，有时候反而是索命的鬼。

田社坟上滚馒头

阴历二月二十八，阳历三月十八是春分。春分，青海人叫田社，这一天是青海人祭祀祖先的日子。因为这年春分刚好是工作日，很多上班的人不方便，于是我们就将祭祖的日子改在了周日。

我一直不明白青海人为什么不在清明节祭祀祖先，而选择在田社祭祖，问了好几个年长的人，也没有一个人能说出个所以然来。于是我查资料。原来这是老家湟中就有的风俗，即田社上坟，而不是清明上坟。

“田社”是什么节日？有人说是春社，也有人说是春分。其实田社是古代祭祀田祖即大地之神的节日，而春社则是祭祀春天之神（祈求赐子的禖神）的节日。至于清明，则是祭祀祖先的节日。古时候三节分开，各有所祭，后来逐渐演变合并为一个节日，在内地许多地方就选择清明节，而在西宁以及河湟地区却是田社。无论内地的清明还是青海的田社，古代三个节日的内容都在青海地区保留了下来。比如给祖先烧纸钱原是清明节的习俗，祭后土便是田社的内容，而放风筝以及馒头祭祀，祭祀完成后合族而餐，则是春社的形式。

以西宁为中心的河湟地区为什么保留了“田社”这一名词？这与历史上汉民族迁入河湟屯田，重视祭田祖有一定关系。后来祭祀禖神、田祖的观念淡薄，便形成了以祭祀祖先为主的风俗。田社的时间在春分前后，每年因立春时间不定，田社也没有固定时间。

田社上坟仪式是很隆重的，一个大家族全部成员要参加。由家族成年男子轮流做东，轮到谁，谁要出一头100斤以上的猪，用于祭祀，祭完后用猪肉做席（剩余的肉按户平分），请整个家族成员会餐。

这天，一个家族的人家家户户都拿着一捆捆火纸（用一百或者五十的大钞印过的就算阴票，也有用银元打出来的），多的人家买好几捆，少的也要十刀以上。每户人家还要蒸一副“献子”祭祖（不清楚是不是这两个字），所谓“献子”就是用发面蒸的开花馒头，一副“献子”有12个大馒头。这可是每个家庭妇女给大家炫耀自己好茶饭的一个大好机会，所以“献子”蒸得格外好。为了好吃好看，蒸“献子”的发面里掺了鸡蛋、清油、牛奶等，吃一口，又酥又香。所以祭祀过的“献子”大家互相争抢着往家拿。各家女主人看见自己蒸的“献子”被大家抢，也倍觉有面子。

田社这天，要为坟头添土，同时也为后土（立在坟后的一块石头）添土，在坟前要摆上大量的馒头、果品、肉、鱼、鸡、酒等祭品，点燃纸钱，全族人一起跪拜行礼。

祭毕还要滚馒头，这是每年祭祀最重要的一件事，尤其孩子们最期盼的就是这个时刻。由年长者在坟头斜着支一个圆桌，其他人在下边呈半圆形跪着。年长者每次拿两个馒头（“献子”）从倾斜的圆桌上滚下来，一共三次。据说馒头滚到谁的怀里谁就得到祖宗赐福，有好运。没媳妇的，在年内会娶到称心如意的媳妇；正在求学的，会学业大进，考上理想学校，等等。

我的一个侄子因为去年祭祖滚馒头时，馒头滚进他的怀里，去年一年挣钱很顺利。于是，今年祭祖时，他买了一只羊祭祖。在家族坟地，当祭祖的猪、羊、鱼、果品、“献子”一起摆在供桌上时，那活羊被一个人抓着，另一个人用一壶水一边浇在羊头上，一边嘴里念念有词（无非是希望老祖先保佑儿孙挣钱顺利，大富大贵之类），那只羊被凉水一浇，头摇晃着，侄子一看羊摇头了很高兴（表示老祖先很高兴），于是就地宰杀了羊。

馒头滚完，祭祀宣告结束。全族人开始聚餐。吃肉喝酒，猜拳嬉笑，直到酒醉兴酣，方才摇摇晃晃地回家，此情此景，正如唐代诗人王驾的《社日》所言：“桑柘影斜春社散，家家扶得醉人归。”

关于心理素质

我常常感觉我的心理素质不好。

这主要表现在我不能勇敢地展示自我，在大庭广众之下讲话会紧张、慌乱、害羞，词不达意，遇到重大事情容易出现脑子暂时性的“短路”，等等。我一直认为这是天生的，没想过要调整锻炼自己的心理素质。

从小到大，我的学习一直很好，可是，上课时，我从不敢举起手来回答老师的问题；我还是一个能歌善舞的人，可是，除了自己偷偷唱歌跳舞之外，我从不敢向人展示自己的才艺。当老师后，我才有了给学生展示自己歌喉的机会，但也仅能如此。面对同龄人，我依旧胆怯自卑。

可是，近年来，我眼看着以前和我一样羞羞答答的中年妇女在担任了社区主任后，经过几年的锻炼，无论在什么大领导面前汇报工作都能做到不慌不忙，不卑不亢，我不得不对她们刮目相看，同时想到，心理素质是可以锻炼的，只要自己想办法不断地找机会有意识地锻炼自己的心理素质，是可以让自己心理强大起来的。

为此，今年格尔木开展昆仑之星才艺大赛的广告发出来后，我就在思考，我能报什么？唱歌？跳舞？乐器演奏？统统不行！看来看去我选中了朗诵。

之所以选中朗诵比赛，第一是因为自己喜欢诗歌朗诵；第二，自觉有点基础；第三，不就是找个机会在大庭广众之下说话吗？于是，在报名期限的最后一天我强迫自己报了名。

自从报名参加朗诵，我就开始寻找合适的朗诵文章和音乐。找了很多文章，也听了很多人的朗诵，最后就锁定电台主播左旗的声音，我天天听左旗朗诵和左旗关于朗诵知识的讲座，然后我精心挑选了一篇艾米丽·勃朗特的诗《忆》，在大提琴曲《缠绵往事》音乐的伴奏下，我的朗诵如泣如诉，自认为还不错。在办公室我为同事们朗诵了一遍，大家也都给予很高的评价。于是我天天听天天背。

终于到了上台朗诵比赛了，因为害怕一紧张就忘词，我便用夹子拿着原稿上台（其实，我是背会了的）。真的上台了，好像也没太紧张，可是一阵风吹来，翻得我的诗篇哗哗乱跳，我一只手摁住手稿，另一只手拿着话筒，心慌意乱……

结果，海选没过！

不过，锻炼心理素质的目的已经达到了，我发现我面对大众说话不再心怦怦乱跳，呼吸也不再那么急促了。虽然依然不是从容不迫！

好人多磨难

看一档法制节目，一个刚满一岁的婴儿被人贩子从父亲的怀中抱走，从此这位父亲没过一天的安生日子。痛苦、自责、愧疚如影随形地跟着他。

他开始了漫长的寻子路，上海、北京、四川……因为人贩子是四川人，他就到四川人打工最多的城市去寻找，因为人贩子是在建筑工地干活的，他就到各城市的建筑工地干活。整整十三年，他从未停下寻子的脚步，寻子路上的艰辛，他没说一个字，然而我早已了然。

看电视时，我的泪水一直在流，遏制不住地汹涌奔流。儿子不解，为什么我总是为一些不相干的人流眼泪。是的，表面上看，这些人真的和我不相干，然而人的感情是可以共鸣的。这位父亲对儿子深厚的感情，对儿子的愧疚和自责，千方百计、想方设法要找到孩子的决心和我的妹妹对女儿的感情不是一样的吗？

妹妹的女儿芊芊患脑瘫 12 年了，12 年来，妹妹怀着对孩子愧疚、自责的心情和妹夫艰难地带着孩子四处求医，一旦打听到哪儿的医生能治孩子的病，夫妻俩就不辞劳苦带孩子去治疗。

然而，芊芊的病不但没有好转，反而越来越严重，后筋越来越紧，孩子脖子总是被扯着后仰。2010 年底在兰州康复医院做康复训练时，医生说，孩子在抽风，必须天天吃药控制抽风。因为孩子天天吃药，胃越来越差，而且脖子后仰也越来越严重。4 月中旬，妹妹妹夫带孩子到成都医院去看，医生却给孩子直接判了死刑：孩子是扭转痉挛，比脑瘫还厉害，最终孩子将被折磨得头和脚连在一起，扭曲变形痛苦而死……

乱箭穿心是怎样的滋味？心碎成片又是怎样的感受？我想也不过是此时妹妹的感受吧，当听到电话中妹妹忍了又忍的低声啜泣，我的心仿佛在油锅里煎炸……

如今，孩子被越绷越紧的后筋牵扯着，整夜整夜疼痛难忍，痛苦不堪，妹妹妹夫看着孩子忍受巨大的痛苦，没听医生的劝阻任其发展，而是想办法到处联系，要给孩子做手术——割断后筋。可怕的后果，巨额的费用，像一座大山压在妹妹妹夫心头……

看着电视节目中别人的辛酸艰难，想着妹妹妹夫忍受的巨大痛苦，我的泪水总是不停地奔涌而下……

为什么人间有这么多苦难，为什么好人总是更多磨难？

信任的力量

有一天中午下班走进小区，我看见一个卖蜂蜜的人推着一辆三轮车，车上摆满了蜂蜜和蜂王浆。走过去随便看了看。卖蜂蜜的老人极力推荐他的蜂蜜。我说："身上没带钱，下次吧！"可是老人不管不顾，拿了一瓶沙枣花蜂蜜和一瓶蜂王浆就塞到我怀里。嘴里说："你不认识我，我认识你，没钱不要紧，下次给我就行。"我说："你不怕我赖账啊？"老人嘿嘿笑着说："谁赖账你也不会赖账，我相信你。"

为了不辜负老人的信任，下午我就到银行取了钱，准备见了就给他。

不知道别人怎样，就我个人而言，信任的力量大于制度或奖惩的力量。

五六岁时，在我还不懂得什么叫信任的时候，就已经体会到信任给我的力量了。

那时候，母亲好不容易在父亲那儿磨半天口舌要来一点布票和钱，要买布给儿女们做件衣服。可是她将要来的布票、钞票经常压在枕头底下，第二天匆匆出门干活就忘记了。而每次在我叠被子扫炕的时候发现了，会小心翼翼给妈妈放起来。

第一次，妈妈很紧张，回家翻箱倒柜到处找，没找见，然后问我，是否看见粮票、布票了？我说，看见了，我给你放起来了。妈妈如释重负，吃饭时，把她碗里的羊肉夹了好几块给我。

可能是妈妈开心的样子、给我碗里夹肉的行为让我体会到妈妈很高兴我这样做。以后每一次，无论妈妈忘记什么东西，只要我在家，一定会给她放好，包括针头线脑、钱呀布票以及手钳子、改锥之类等一切有用的东西，因为我喜欢妈妈对我的信任。

有一次，听到妈妈对和她一起干活的生产队的妇女们说，我家四丫头很会操心，我把啥东西丢家里，她都会给我收拾好。锅盔放在大锅里，她也能一会儿烧烧，一会儿烧烧，还知道什么时候翻过来，烙出来的锅盔焦黄……

父母亲一辈子从来不当面夸奖我们，所以那次无意中听到母亲在夸奖我，我心里怦怦乱跳，幸福得要跳起来了。

从此，我给母亲操心琐碎的事情就更认真了。

在班级里，作为班长、学习委员的我每天早上到校第一件事，就是把全班同学的家庭作业本收齐，拿到老师办公室。为了不辜负老师的信任，我总是想办法把每一个同学的本子都收上。

直到今天，对我而言，信任的力量依旧大过制度或奖惩。一项工作，如果领导因为信任交给我，我一定不会辜负他的信任。

4月份下西宁学习，回来时，因为是晚上10点的车，而我到火车站比较早，就坐在西宁候车室开始了我最喜欢做的事——观察每一个从我眼前走过的人。我发现一个很年轻的藏族女人怀抱着一个1岁左右的孩子在东张西望，左顾右盼。

过了一会，她走过来坐在我身边。不知道是不是因为我从小生活在牧区的缘故，我对少数民族有一种本能的信任和亲切。或者她看出了我对她的善意吧。下面是我们的对话：

到哪里？

格尔木！

唐古拉山镇的？

是。

我认识唐古拉山镇党支部书记，他叫××。以前的党支部书记叫××××。

（欢喜地）啊，那是我的姨夫，你一定认识我的爸爸妈妈，就是打扫卫生的那个。

小媳妇看我认识她们村里的人，立刻就信任了我。然后一五一十地对我说，她没上过学，一个字不认识，丈夫在一个小山村，是土族，因为爱喝酒，一喝醉酒就打她，她是因为受不了丈夫天天打她从家里逃出来的，要回格尔木唐古拉山移民新村她的父母家。

小媳妇骨瘦如柴，坐在候车室的椅子上左扭右晃的，我问怎么了？她说想上厕所，问我能不能帮她抱孩子？我说好，我抱过孩子，她去了厕所。

坐在我旁边的一个打扮时尚的中年妇女说，小心她不回来了！我心里一惊，但是，很快就平静了。我说，不会，即使她不回来，我也认识唐镇的党委书记，而且我看了小媳妇的车票，地址、名字都知道，我很快就能找到她。

正想着，小媳妇回来了。因为孩子一直在睡觉，我就让她把衣服铺在地板上，让孩子在地板上睡。然后拿出自己的晚饭：两个饼子，一根黄瓜，两个梨。我吃了一个梨，剩下的都给了她，她刚开始还不要，我说，吃了吧，你不吃东西，孩子就没饭吃，她才勉强接过去吃了。

旁边打扮时尚的中年妇女听了我们的对话。也拿出一包蛋黄派塞给小媳妇，小媳妇却坚决不要，那人有点尴尬。

小媳妇一直跟着我，上车时我把她先领到她所在的车厢，嘱咐她看好孩子，千万别把孩子交给陌生人。说完就回到了我所在的车厢。想起刚才那句“千万别把孩子交给陌生人”，我就笑了，我难道不是陌生人吗？她为什么可以相信我，就不能相信别人呢？

我想，骗子之所以成为骗子，是利用了人们对他的信任，获得个人想得到的钱财或者名声。其实，骗子在骗人的同时也是践踏了他自己的人格，同时也践踏了相信他的人的智商，他以为可以获得很多，实际上他失去得更多。

尤其鄙视那些利用别人的信任谋取私利的人！

鲜嫩玉米棒

下班回来，进了小区，发现有卖玉米棒的，上前掰开玉米衣用手掐掐，挺嫩的，就买了几个，拿回家立刻放锅里煮熟，用凉水一过，捧起来就吃，那香甜熟悉的嫩玉米香味在我齿颊萦绕，悠悠带我回到20年前1991年的秋天。

那年秋天，我回到孩子爸爸的故乡临产。正是玉米长成的时候，我迷上了鲜嫩的玉米棒。每天早上，我散步走到村东头，到自家一块很小的田里（只有0.07亩）掰玉米，然后用一个袋子兜回来，放到锅里煮熟了就开始不停地吃。

那段时间，我每天三顿都是玉米。孩子的爷爷看不下去，说玉米棒没营养，你要吃点有营养的，孩子才会长大。我问老人："什么有营养？"他说："鸡蛋！"孩子的爷爷认为鸡蛋是最有营养的食物，他每天早上将两只鸡蛋打碎在一个大碗里，然后用滚烫的开水一冲喝下去，认为这是最有营养的早餐。让我也喝，可是我喝不下去。怀孕期间，坐月子期间，甚至闻不得鸡蛋味，一闻见就想吐。

孩子的爷爷，是一个抗日战争中获得无数嘉奖的老英雄。一条胳膊在战争年代摔断，大臂骨头穿透皮肤，像一根木棒一样戳在外面。但是，老爷子身体却很健康。不知道是不是爱吃鸡蛋的原因。那时候，人们生活都不富裕，家家户户攒了鸡蛋就卖了换一些生活用品，但是，老爷子不管在谁家看见鸡蛋拿起来磕开一个小口就生着喝了。

记得有一次，我在孩子三姑家玩，老爷子拄着拐杖进了大门（他每天都会到各村转一圈，走遍他五个姑娘所在的村子），三姐看见他父亲进了大门，迅速将埋在大瓮粮食里面的十几个鸡蛋拿出来转移到另外一个地方。我问她这是干嘛？她说，我攒了好几天的鸡蛋，打算卖了鸡蛋买个家什。她爹看见了喝掉几个就又凑不够钱了。果然，老爷子进门没说几句话就掀开大瓮寻找鸡蛋。搜了半天没搜出来，快快而去。

现在想起来，老爷子那时候身体真好。七十多岁的人从不见他无精打采的样子，啥时候都是很有精神。我想一方面他每天各村转悠，到每个姑娘家转一圈，走路锻炼了身体；另一方面每天看见自己的宝贝姑娘和外孙，心情好的缘故。另一个原因，会不会是老爷子爱吃鸡蛋呢？

我一直以为怀孕期间我爱吃玉米是因为孩子喜欢吃玉米，可是直到今天，我也没发现孩子喜欢吃玉米棒，常常从大街上买回的几个玉米棒，都是我一个人吃了。孩子一个也不吃，既然他不爱吃，为什么怀他时我那么爱吃玉米棒？

不过，街上买来的玉米总感觉味道不如20年前自家地里的玉米，不知是因为看转基因的文章多了，内心膈应，还是现在好吃的东西多了，冲淡了对玉米的喜爱。

都是“袖子”惹的祸

近日，有个朋友说他给女儿选择好了一个对象，问我他怎么对上大学的女儿说比较好。我纳闷，为什么你要给女儿选择对象，而不是让女儿自己选择？他说，有三个理由：第一，女儿不懂“袖子长”的问题，如果选择错了，将是一辈子的事情；第二，女儿将来要继承他的事业，女婿必须经过他的考察；第三，自己家经济条件很好，不想女儿找一个有钱的人家，因为有钱人家多纨绔子弟……

听到朋友说第一个问题是“袖子长”，突然，他和她的故事就浮上我的心头。

二十多年前的一个星期六下午，她一个人在公路上往家走着。每个星期六，她都要一步步走到离单位5公里外的家中。星期天下午再一步步走到单位，这是雷打不动的习惯。

又是一个星期六，冬天的下午，太阳明灿灿地照着，她走着走着，瞌睡得不行了，突然，身后传来一阵手扶拖拉机的声音。回头一看，是他，她初中的同学，也是从小一起长大的发小。她想起若干年前的那个夏天，她抢走他的自行车，他无可奈何地走到学校的那个炎热的下午，想着想着，她的嘴边出现了两个酒窝。

手扶拖拉机经过她身边，停下来，她二话没说，抬腿就要跨上拖拉机，这时他说话了：“你别上去，我们一起走回家。”她纳闷地看着他，不知道他什么意思。

他弟弟向她挤挤眼睛开着手扶拖拉机走了。他和她一起慢慢往回走。说了一些最近都在忙什么之类的闲话，他突然说："你是不是给我写了一封信？"她惊讶地看着他："信？我给你写信？没有啊！"他从身上拿出一封信递给她。她看了开头和结尾，果然是写给他的，而且落款是她的名字。

她惊讶地睁大眼睛半天缓不过神来，迅速浏览一遍信的内容，天哪，信中肉麻地写了一大堆喜欢他爱他的话（这是打死她也写不出来的甜言蜜语）。她又羞又急，涨红着脸急切地问："谁给你的这封信，你看笔迹，根本不是我写的。"他看着她急得快哭的样子，一把抢过那封信装在口袋里，慢条斯理地一字一句地说："你先别管这信是谁写的，我阿大非要给我说媳妇，我一直没答应。现在我就问你，跟我，你愿意还是不愿意？你愿意，我让阿大到你家去提亲。你不愿意，我就答应父亲，娶他给我找的女人。"

她张口结舌，不知道该怎么办。已经到他家门口了，他停下来盯着她，她内心在进行激烈的思想斗争，怎么办？？？答应！自己不是一直就喜欢他吗？可是家里人会答应吗？他姐姐……

她舍不得拒绝，又没办法答应，犹豫半天，只好嗫嚅着说："给我一天时间，我想想。""好，我等你一天，明天中午我在家里等你回话！"说完，他头也不回地走了。

一天，内心挣扎激烈的二十四小时，她不知道怎么办。她是喜欢他的，他脾气温和，不爱说话，同学三年，他时时处处让着她，护着她，从来不惹她生气。他爱下象棋，当他和别的男同学下象棋的时候，她在一边用他们互相吃掉的子儿摆出各种造型，这个游戏，她玩得开心，他看着也开心；但是，如果换了别的女同学在他旁边拿着象棋子玩，他就会不耐烦地收回来，所以大家都知道他一直喜欢她。

可是，据说，他姐姐嫁到了一个疑似"袖子长"的人家，家里人怎么能同意和一个"袖子长"的人家做亲戚呢？

青海人因为有"袖子"长短一说，害怕嫁姑娘或者娶媳妇不小心结错亲，坏了自家的名声。

言归正传，第二天中午，她偷偷找个借口迅速跑到他家大门口，院子里他两个弟弟在逗狗，看见她，笑着说：“我哥在房子里，家里没别人，进去吧。”

她冲他俩笑一笑，走进他家客厅，客厅里烟雾腾腾，他在屋子中央困兽般的走来走去，手里拿着烟还在猛抽。看见她进来，他转过身，一句话不说，静静地将他高高的背影留给她，一动不动，仿佛在等待宣判。

仿佛过了 100 年，她终于开口：“对不起，我没办法答应你！”说完，转身走出来。她期盼着他追出来，不肯放手，她就有勇气和父母家人反抗。

可是，他没出来。很快，他就结婚了。她只能哀叹他们没缘分。

如今，因为“袖子”长短有情人未能成眷属的人越来越少，因为当一个城市移民超过当地人口时，人们已无从考察谁家的“袖子长”了，也只能看看家庭经济等外在条件了。

关于“袖子长短”大概也只有在青海有此一说了。因为从来没听说内地人讲究这个。

快

每天做好饭叫妈妈吃饭，妈妈总是一句："靠家好了吗？"这是青海话，意思是：这么快就好了？

中午做面片，我先在高压锅里放水点火，然后在炒勺里放油，放肉片，爆炒一下，连同提前煮熟的洋芋切片、撕好的蘑菇，一同倒进高压锅，水开了，三下两下揪好面片，高压锅压上。然后开始扫地、拖地、抹桌子。这时，高压锅开始喷气，我拿下来放在水里冷着，迅速将地面拖了一遍。然后开锅，放上青菜叶，开火稍稍一滚，饭好了。我盛上两小碗端到茶几上。此时，看看墙上钟表，从做饭到吃饭不到 20 分钟。妈妈总是不相信地问："靠家好了吗？""好了！""我看你又扫地又拖地就没做饭，怎么饭就好了？"我开玩笑："厨房有一个仙女专门为我做饭但不吃饭。"

晚上，妈妈说想喝点拌汤。更简单，几片菜叶，一个煮熟的洋芋剥皮切小块，一个西红柿切小块，几片肉在锅里爆炒加水烧开，一撮面在碗里滴几滴水，用筷子搅成一粒粒面粒，然后一边放锅里一边搅拌，烧开，焖一会儿，OK，好了。不到 10 分钟。妈妈不相信地看着我："靠家好了吗？""不信啊，你吃吧，保证是熟的，保证好吃。"妈妈总是半信半疑地吃饭。吃完了，我问："熟着没？"熟着。""好吃着没？""好吃着。"

其实，父母都是急性子，从小操练得我们姐妹做任何事情都很快，做饭快，吃饭快，说话快，干活快，最最要命的是心直口还快，遇事沉不住气，有话藏不住。

记得小时候，我们家里的暖瓶里永远都是开水满满的，因为父亲和哥哥出去干活，回到家必定先喝水，如果暖瓶里没水，你现烧，即使再快他们也还是会生气。所以，我们每天都会在父亲和哥哥回来前将几个暖瓶灌满开水。

做饭也要快。如果到了饭点不做饭，父亲和哥哥就开始转来转去，满脸不悦。

……

往事如烟，一个人的成长经历会造就一个人的性格，而性格即命运，我常常为自己做事情的干脆利落暗自得意的时候，不知道有多少人在暗自嗤笑我做事不细致，我也知道慢工出细活，可是，奈何今生就是一个急性子，我怎么能慢下来？

过 年

过年，对于中国人来说是最隆重的节日。所以，按青海的习俗，过年期间要做的事情很多，比如彻底清洁、送灶家娘娘上天、准备一个正月要吃的年食、年三十上坟烧纸迎接祖先回家一起过年、初三上坟烧纸送走祖先魂灵等。

这段时间，我常常想起未出嫁时在娘家过年期间的忙碌。那是 20 世纪 80 年代的事情，一进入腊月，我和三姐（三姐出嫁就是我和妹妹，我出嫁了，就是妹妹和侄女）就忙了。几乎每年，我和三姐都要将所有房子内部用白灰粉刷一遍，然后，用新报纸将顶棚糊一遍，俗称打仰承。这就需要整整两天时间。这样一收拾，黑乎乎的房间就亮堂许多。然后贴上年画，房间就收拾好了。

收拾好房间，就开始洗洗涮涮了。3 个炕上所有的被褥要拆洗，加上床单沙发单子，每个人里里外外地换洗衣服，这个过程一般需要一个星期左右，因为是用手在搓衣板上搓呀搓，劳动量比较大，好在都是用热水洗。那时，真不知哪里来的力气，一大盆水端起来就到院子外面倒掉，年前洗洗涮涮泼掉的水可以结成一个大冰滩，但是，一点也不觉得累，也从来不担心会闪着腰，浑身有用不完的力气，不管当天有多累，睡一觉就恢复了。

到了腊月二十三，母亲会将厨房灶火打扫得干干净净，然后烫了灶饼祭灶，送灶家娘娘上天后，从腊月二十四开始，我们就准备年食。蒸花卷、开花大馒头需要一两天，油炸馓子、麻花、油饼、花花需要一天。油炸食品时，母亲会将厨房里的闲散人员全赶出去，然后在锅里放一枚硬币，认为这样就不会惊动灶神，也不会太费油。

馓子之类的油食做完了，就又开始准备待客的吃食，比如油炸豆腐、油炸肉丸子、煮肉之类。

那时，我们家年三十的团圆饭其实很简单，面片或者拉面。很少包饺子。年三十的面片叫拦嘴面片，意思是拦住家人的嘴，希望新的一年，一家人和和睦睦，不逞口舌之快，不吵架骂人。如果是拉面，自然是长长久久、健康长寿的意思（吃饺子是后来的事，跟内地人学的。现在年三十几乎家家户户在包饺子吃饺子）。

吃完面片或拉面就煮上一锅猪头麦仁。晚上，开始过年，孩子们都换上等待了一年的新衣服，在噼噼啪啪响个不停的鞭炮声中，一个王姓家族的儿男子孙开始挨家挨户串门磕头拜年，这个时候，从大锅里捞出来一块猪头肉就是男人们的下酒菜。

从大年初二开始，亲戚朋友、乡里乡亲就开始一家一家地串门拜年。这个过程一般要持续到正月十五，甚至到二月二。那时，我最怕的就是这个过程，让我提着两盒饼干去别人家拜年很痛苦，因为不擅长说客套话，感觉很尴尬；让我在家招待客人，也很痛苦，因为客人来了至少要炒几样菜招待客人，最初几天，肉多菜也多，客人好招待，越往后可以招待客人的东西越少，一般也就只能是酸菜炒粉条了，所以感觉很不好意思。

如今，社会大变样了，和以前的过年方式完全不同。

首先，房子不用自己粉刷，不用打仰承，被褥床单都是洗衣机洗，不再祭灶，很少蒸馒头炸油食，最重要的是过年后亲戚朋友互相拜年的习俗现在完全改革了。

如今，每年定个时间订个饭馆酒店，一大家人聚在一起，见个面吃顿饭，互相问好拜年，一天时间将所有亲戚见了，省去了一家一家拜年的辛苦。费用AA制，十七八家，每年每家也就几百元，又省钱又省时间而且还相当热闹，很多一年没见面的亲戚全见面问好，简直太省事了。

今年，我们一大家人在正月初一聚餐，热热闹闹一整天，大家互相敬酒、问好、拜年。气氛融洽，其乐融融。

真好！简单的春节！让我有时间轻松地转悠，做我喜欢的事情！

年 味

往年过年，和儿子早早地列一个单子，将要购买的东西一一写好，然后等我有空了，两个人就去超市或者市场一阵狂购，由我讲价还价或者挑选物品，儿子专门负责提东西，需要好几天才能将过年的用品买齐全。然后就是洗洗涮涮，打扫房间，擦玻璃……

今年，我一个人，心想啥也不用买，啥也不用干，和平常一样简简单单，从从容容过日子。可是不行，眼看就要过年了，情不自禁要购买一些茶具、沙发垫子、抱枕、碗筷等，蚂蚁搬家一般一点点往家里添置着东西。情不自禁要洗床单、被罩、沙发单子、窗帘以及目光触及的所有可以洗的物件。心想，这是自己的家，要弄得舒舒服服，干干净净，不管外面刮风下雨，还是艳阳高照，家应该永远是最舒服的窝。

忙忙碌碌一天后，看到焕然一新的家，心里顿时感觉满足和幸福。

春节，祖先留下的传统节日，应该就是给我们平常乏味的日子增加点色彩和生机吧，给我们一个吃好穿好、集中享受生活、享受亲情友情的理由吧！那我们何不充分利用节日享受生活？在忙碌中体会劳动的快乐，在购物中体会消费的快乐，在吃吃喝喝中享受美食的快乐，在聚会聚餐中享受亲情友情的快乐！

年味随着家家户户洗衣机的嗡嗡声越来越浓了！

年味随着此起彼伏的鞭炮声越来越近了！

年味随着街头花灯的次第绽放越来越美了！

年味随着商场人头攒动的购物者越来越丰盛了！

年味随着远方学子的回归越来越幸福了！

年味，过年的味道，应该是中国人独有的味道吧！

老来难

老来难，老来难，人生最怕老来难。以前听到人们说老来难，虽然也知道人到了老年体力衰弱，身体器官会出现各种毛病，从而导致老年人生活质量下降。但是却从没有深层次地考虑过老人究竟有多难。近日，因为进入3月份，又到了学雷锋的时间，跟着社区工作人员探望了几位独居老人，才深切地感受到老人无奈无助的彻骨凄凉。

80岁的李叔，一个人住在70平方米的两室一厅，知道社区工作人员要来，显然收拾了一下房间。然而整个房间依旧凌乱不堪，灰尘满屋，冰锅冷灶，冰凉一片。一台小型彩色电视机和一辆老式自行车是老人排遣寂寞的两样工具。无论卧室厨房还是卫生间，丝毫感受不到一个家庭应有的温暖。

其实，老人是有孩子的，而且不止一个，但是，居然没有一个孩子念及父亲的养育之恩，给父亲一个温暖的家。

当我问：孩子们回来看望你吗？老人还为孩子们找理由，他们都太远了，一个在××小区，一个在××小区，还有一个……同在一个城市，即使走路顶多十几分钟就到了，却成了不回家看望老人的借口。社区工作人员小声对我说，老人几年前老伴去世后，很想再找个老伴，可是儿女不同意，害怕老人去世后，新找的老伴抢了这套房子。

既然害怕老人再婚会抢走了房子（这也是可以理解的），那就安排好老人的生活，好好赡养老人，不要让老人一个人独自生活。80岁的老人，身体再好也不可能好好地给自己做顿饭，将自己的生活打理得舒舒服服了。老人真的是不到万不得已是不会想要儿女伺候的。当然，伺候老人会很辛苦而且无趣，但是，至少让你无愧良心。

不知谁说过，一个人爱自己的孩子是出于本能，爱父母则需要一定的道德修养。的确如此。在赡养父母这件事上，很容易看出一个人是否有良好的道德修养。

当老人衰老到一定程度后，他就和孩子一样脆弱无助，需要人关心和爱护，他真的已经没有力气自己洗衣做饭，他渴望有人关爱、照顾。七八十岁的老人，基本上到了耳聋眼花的时候，这时候的他们是最需要儿女的关怀了，不仅是在物质上，还有精神上，更需要抚慰，儿女们不需要花很多钱，只要你让他待在你身边，给他洗衣做饭，和他聊聊天，他就会很满足的。

居委会主任给我说了这么一件事，一位独居老人的女婿是某派出所所长，因为去年社区工作人员看老人一个人生活实在是太可怜，就将他定为帮扶对象，过年时送去了 1 000 元慰问金和其他礼物。后来了解到老人的子女条件都不错，就取消了帮扶。过完年第一天，这位独居老人的女儿、派出所所长夫人居然带着八十多岁的老母来社区质问，为什么今年没有老人的慰问金？社区能管别人家的老人为什么不管她的母亲？

……

很多老人被置之不管，为什么人们自然而然地疼爱自己的孩子，却不肯对生他养他的父母多一点体恤，多一点耐心，多一点心疼？我想每个人只将疼爱自己孩子的十分之一用在父母身上，父母也会很满足的。

其实，你对自己的父母如何，孩子看得清清楚楚，将来他怎么对待你，有你做榜样，孩子不会有什么偏差吧？

我也经常会问独居老人，孩子们为什么不管你？老人基本会为孩子们找借口，他们工作忙啊，离得远啊，打工的没什么钱啊，等等。真的是这样吗？我看未必！是这些为人子女者以为自己不会老，以为自己永远光鲜亮丽，以为这是社会的责任，与他无关。他不管，是因为有很多理由、很多困难，所以社会要管，社区要管，将自己的责任推卸得干干净净。

呜呼，哀哀父母，生我劬劳。父母养育四五个孩子竭尽全力，无怨无悔；四五个孩子赡养一双父母却推三阻四，借口多多。试问，既然如此，我们生孩子到底做什么？难道仅仅是传宗接代或者是出于繁衍的本能？

关于免疫力

曾经有一个同事这样说，她以前得过急性肝炎，她的肝脏已经具备很强的免疫力，这辈子她不会再得其他肝病了。我不知道这位同事的话是否有道理，但是，我发现，人，在经历各种各样的磨难后真的就会获得某种免疫力，再遇到同样的伤害时，心灵受伤害的程度就会降低。

比如，常常生病的人又一次生病了，他（她）不会觉得难以忍受，而不常生病的人一旦生病了，就会感觉到难以忍受的痛苦。我记得父亲在世时，身体稍有不适就会“哎呦，哎呦”呻吟，而常生病的母亲有病了很少呻吟。现在想想，父亲身体好，很少生病，当然缺少对痛苦的免疫力。

一个朋友说，她和丈夫刚开始吵架，丈夫提出离婚时，她觉得心都碎了，心里惶恐得无以复加，害怕真的会离婚，真的会失去这个她熟悉的各方面还不错的男人。但是，争吵的次数多了，闹离婚的时间久了，心里就疲了，有了免疫力，心想爱离不离，心里做好了最坏的打算，现在即使真的离了，也不会觉得有什么。

“5·12”汶川大地震时，我每天一有空就坐在电视机前，看着电视画面中惨绝人寰的生离死别，哭得稀里哗啦，内心的伤痛和折磨是真真切切的。但是，在经历玉树地震时，内心的伤痛就减少了一些。我想，这是不是也是一种免疫力呢？

所以，无论什么事，第一次，刻在心底的痕迹最清晰，然后，渐渐减弱，最后波澜不惊。人间万物莫不如此！

雪儿

雪儿是二姐的小孙女，才 1 岁多一点，是一个很乖、很可爱、很爱笑的小女娃。长得和她爸爸一模一样。因为从小就很乖，不管谁抱她，她不哭不闹，满脸喜气，所以家人都喜欢她。连我这个不怎么喜欢孩子的人也喜欢得不得了。

今天，我们姊妹在三姐家聚会，又一次看见雪儿，1 岁零 4 个月的她居然已经会跑了，而且会说简单的话：爸爸，爷爷、大大、阿姨什么的，往往是你越逗她她越不说，你不注意的时候她嘴里就很清晰地叫出来了。

雪儿爱打电话。因为她的爸爸妈妈在察尔汗盐湖干活，很长时间才回来一趟，平时都是打电话，所以雪儿看见电话就拿起来叫爸爸。你看她一会儿跑到电话机前，拿起电话一本正经地打电话；一会儿又跑到厨房拿起簸箕和扫把要扫地；一会儿又跑到茶几前拿起西瓜啃起来……

不小心摔倒了，雪儿也不哭，自己站起来用小脚丫跺着地面，嘴里说着“磅”。意思是地面将她“磅”地摔倒了，所以她要用脚跺地惩罚地面。

看我照相，雪儿很好奇，跑过来要看，我翻出她的照片给她看，她指着自己的照片说：妹妹。

小姑娘还十分爱美，奶奶给她穿了一件花裙子，她一会儿跑到穿衣镜前照照，过一会儿又跑过去照照，小小女孩，居然也这么爱臭美！

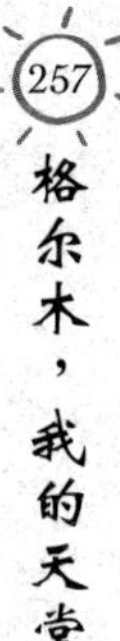

都兰行

周末，社会新闻部八个同事相约开着两辆私家车到都兰花海草原去看花，进行一次微旅行。

20日清晨，5点起床，至5点30分，晨曦微露，阿松开车到小区来接我，我早已收拾好行李，提起来就走，尤其是我的新相机佳能单反早早就装在包里了，心想一路可以多拍一些照片。刚走出单元楼，发现一个男人快步向我走来，我本能地放慢脚步，警惕地看着晨光朦胧中的人。

“王姐！”阿松一开口，我的心一下子就放松了。

两辆车分别载着4男4女3个孩子，一行11人向着东出口疾驰。突然，我想起昨晚为相机电池充电，我拿的相机里没装电池！这一发现让我高涨的兴致一落千丈。我沮丧地要求回家拿电池，可是大家安慰我，说每个人都有带相机，不必回去拿了。阿松说，我可以用他的相机，如此一来，我只好作罢。就像一个枪手，忘记装子弹了！

出了大格勒乡，汽车直奔诺木洪、香日德、都兰。沿途看到很多跑长途的大车和修路的人。

在香日德吃了早饭，继续往东走，走到一个叫柯夏图（或者哈夏图）的地方，右拐弯进入草原深处，一路上看到绿油油的青山草原，在蓝天白云的映衬下格外美丽。地毯一般绿茸茸平铺的草原上偶尔有几顶白色的蒙古包，犹如大海中飘荡的小舟，安稳宁静而富有诗意。

一群又一群来此游玩的人们穿红着绿，在草原上围成一个又一个圈，有的唱歌，有的跳舞，有的猜拳行令喝酒助兴，在这辽阔的草原上，人们敞开心胸，释放心情，玩得尽兴。

一路慢坡，汽车开到了半山坡后走不动了，上面下来的人说，里边有瀑布，我们听了顿时兴奋起来，吃了几个西瓜解解渴，大家就开始爬山。一路上看到两边的山上生长着很多柏树，有的柏树直接从石头缝里长出来，让我们惊讶柏树的生命力如此顽强。突然就想起种子的力量，一粒种子，可以完整地掀开人的力量无法做到的结构致密的头盖骨，一粒柏树的种子也可以穿过一块顽石的心脏，长成参天大树。

远远看到两条瀑布挂在前方，听到有水声哗哗响着。走到近前，看到的却是两条冰瀑。原来，冬天流过的水冻成了冰瀑，年复一年，冰瀑冻得实在太厚实，到了夏天，中间一部分冰瀑消融了，两边的冰瀑并未消融，就形成了两条白布挂前川、中间一线水流飞溅的独特景观。

大家在冰瀑前嬉戏玩耍拍照。小汪因为穿着大红曳地长裙，站在冰瀑前有着别样的景致，我就拿她当模特，拍了不少照片。

下得山来，大家提议到都兰海寺去看花海，处理好吃东西留下的垃圾，便开车出了柏树山。之后我们来到海寺风景区。两辆车交了 120 元门票后，车沿着盘山公路转进了海寺风景区。只见这儿绿草茵茵，柏树茂盛，绿茸茸地毯一样的草地上搭着五颜六色的经幡和帐篷，许多人已经先我们而来，占满了所有的蒙古包（据当地人说，今年一年此地没怎么下雨，所以很多花并未开放，否则海寺风景区的花海是一大景观）。

幸亏阿松碰到他的中学校长，指点我们到风景区东边，说那儿风景也很美，而且可以野炊扎帐篷。

我们开车继续沿着盘山公路往东走，找到了校长指点的地方，可惜路口堆满了土堆，显然不允许人们开车进去。我们继续寻找有水的平地，希望可以扎帐篷。终于看见了一个羊圈，一户人家洗的衣服，阿松等几个男同胞下车询问主人哪儿有水，主人不仅告诉他们哪儿有水，并说再往前走，翻过一座山有一片洼地，搭帐篷露营会更好。

我们继续往前走，翻过眼前一座小山，果然看到了两山中间的一块洼地，我们选了山谷一块平整的草地，扎下帐篷，开始支锅做饭。此时，已是周六下午6点左右，跑了一天，每个人都感觉有点疲乏。

小马主动担当起大厨的角色，做了大盘鸡，吃完大盘鸡，大家开始烧烤……

9点整，天完全黑下来了，比格尔木早了整整半个小时，东山顶上一轮明月升起，整个山谷静悄悄的，除了几声鸟叫，毫无声息，最奇怪的是，这儿没有蚊子，一只蚊子也没有，真是太舒服了。

几个孩子玩累了，早早休息了。几个大人打牌喝酒玩到11点多也休息了。半夜，下了一阵雨，刮了一阵风，但是并未影响我们酣睡的美梦！

清晨，一声声清脆的鸟啼将我吵醒，我爬起来钻出帐篷，晨光微曦中，爬到北边山顶，看到一座座山连绵起伏，深深浅浅的绿色覆盖着山的肌肤，山谷里我们的宿营地静谧安详，仿佛婴儿躺在妈妈的怀里，此情此景让我忍不住唱起了《青藏高原》。

天光大亮，小马开车到蒙古包买了一大瓶鲜牛奶，我们烧了奶茶，奶茶就饼子，吃了早饭，将所有垃圾焚烧干净后，收拾行装上路了。这一路昏昏沉沉，到了下午5点才到家。匆匆洗漱完毕就睡了，坐了一天的车，好累呀，不难想象开了一天车的阿松有多累了。

整理照片时，依旧为忘拿我的相机电池而遗憾！

酒是怎么让人醉的？

对于不善应酬的我来说，在饭桌上劝人喝酒或者被人劝酒，都是一件很难堪的事情。因为，第一，我不会说客套话，说不出一大堆让人喝酒的理由；第二，别人说一大堆客套话让我喝酒，我穷于应付，最后只好喝酒。所以参加饭局，无论是劝人喝酒还是被人劝酒，对我来说都不是一件容易的事情。

酒桌上，我向来主张能喝酒的多喝点，不能喝酒的意思一下即可。可是青海这个地方，劝酒是常事儿。

你看，凉菜上完，准备上热菜的时候，敬酒就开始了。酒桌上每个人轮流转一圈，一个人和一桌人碰杯，有时，酒量不好的人，一圈下来就醉了。因为对方要你先干为敬！你和一个人碰杯喝干了，下面的人就必须喝干，否则人家会说："看不起我啊，给他敬酒你喝干了，给我敬酒你为啥不喝？"一句话噎死你，喝！一杯又一杯，一圈七八个人，空着肚子七八杯酒下肚了，你不醉谁醉？

有一次，我们单位到草原去玩。羊肉端上桌，大家在蒙古包里就开始敬酒了。轮到我时，有位同事将了我一军，说我喝干，他也喝干杯中酒，本来我就不善于说客套话，此时更是无所适从，只是红着脸木讷无语，思忖片刻，我想，喝干就喝干，一杯酒不会灌醉我，于是，一仰脖子喝干了。结果，桌子一圈每个人都要我喝干，否则就是瞧不起他们。那天，一圈七八个人酒敬下来，我脚下打飘，踉踉跄跄勉强走出帐篷就倒在外面一个凉棚下的垫子上呼呼大睡，一个小时后才醒来。那应该是我一生中第一次醉酒。

因为不会喝酒，不会说客套话，所以很怕饭局。只要饭点时间接到电话，就在想理由怎么推掉。

不过，有时候能谈得来的朋友们聚在一起，很多人也不勉强女人喝酒，女人可以喝果汁，可以喝“露露”什么的，或者随量喝，能喝多少喝多少，这种情况下心情就比较好。这个时候，静静地看着喝了酒的男人们放开胆子，开始唱歌，开始讲笑话，开始模仿某一位伟人或者明星，感觉很有趣，很开心，很放松。我比较喜欢这样的聚会。

今夏，最爱是葡萄

不知道因为什么，今年夏天，我尤其喜爱吃葡萄。

以前也爱吃葡萄，但是，每次买水果，除了葡萄，还会买一些其他水果，今夏，我却只喜欢吃葡萄，几乎每天晚上下班回家会在小区门口买上几斤葡萄，提回家洗洗，一边看电视一边吃葡萄。如果有一天不买，回到家就感觉无抓无挠，干什么都没劲。

我是从什么时候爱吃葡萄的呢？那还是怀着儿子的时候，在山东老家，孩子的姨奶奶家有一个很大的葡萄园，每次一场大雨过后，很多葡萄就掉到地上，姨奶奶就跑来叫我到她家吃葡萄。这种时候，我就欢天喜地地来到葡萄园，挺着大肚子，用一个红色塑料桶捡拾被雨水打落在地的葡萄，捡上满满一桶葡萄，然后接上水洗干净，看着红艳艳的塑料桶里紫莹莹的葡萄，心里那个爽啊，别提了！我就坐在一个太师椅上开始吃葡萄。姨奶奶坐在另一边的太师椅上抽着旱烟看我吃葡萄。每次我都可以吃掉满满一桶葡萄。姨奶奶看我吃葡萄，脸上既满足又吃惊。

那时，我就在想，我的胃怎么那么大啊，那么多葡萄在哪儿装着呢？何况肚子里还有那么大一个孩子。可是每次真能吃下中等大小的塑料桶里一塑料桶葡萄。现在一次吃 2 斤左右就撑得不行了。

怀着孩子那会儿，除了爱吃葡萄之外，就是草莓。山东的草莓不在温棚而在室外，很甜，繁殖很快。但是，草莓是凉性的，吃多了会拉肚子，所以吃得相对少。葡萄无论怎么吃都没有不适反应，所以到现在我还是最喜欢吃葡萄。

有时候想，怀孕喜欢吃葡萄很正常，因为孕妇喜欢酸的食物，可是怎么现在还是喜欢葡萄呢？而且葡萄也不便宜，格尔木本地不产葡萄，格尔木出售的葡萄都是从新疆、敦煌贩运来的，所以每斤七八元甚至更高，看着几十元钱买不了多少葡萄，我常常想应该少买点。可是转念一想，不知道哪天人就没了，想吃啥还是早点吃吧。这样一想，就天天提着一兜葡萄回家，洗干净，一边看书一边一颗颗往嘴里放，酸酸甜甜的，好不惬意。

今夏，葡萄叫我吃美了！

夜未央

凌晨 4 点，上了趟卫生间，就再也睡不着了。

躺在被窝里默默地背诵白居易的《长恨歌》，一般情况下，《长恨歌》背到“上穷碧落下黄泉，两处茫茫皆不见”处就会睡着，但是，今晨，《长恨歌》默背了 2 遍依旧睡不着。我又开始背诵《春江花月夜》，当背到“此时相望不相闻，愿逐月华流照君……”时，怎么也想不起来下面的句子。我又开始背李白的《蜀道难》，当背到“又闻子规啼夜月，愁空山……”时，又背不下去了，使劲想，还是想不出来，此时大脑依旧毫无睡意，干脆爬起来，拿起枕边的古典文学读起来。

李白、杜甫、白居易的生平简介读过无数次，今天又仔细地读一遍，似乎才领悟诗仙李白、诗圣杜甫一生坎坷并不是因为他们无才，而恰恰是太有才，太希望获得朝廷认可，太渴望报效国家，反而一生被人排挤，郁郁不得志，两位伟大作家都在年富力强的时候黯然逝去。

唯有白居易，无论顺境逆境，随遇而安，不强迫自己，不苛待自己，只希望问心无愧，心魂坦然就好，因此，白居易活到 70 多岁，到了古稀之年。

我们常常希望自己有才华，希望孩子有才华，以为有才华才不会被社会淘汰，才会建功立业。其实，未必！一个人一生顺境多还是逆境多不在乎你有没有才华，而是看你有没有足够的情商，情商才是决定你一生挫折多少的关键。

好好修炼吧，到我们圆滑得像河水中沾满苔藓的石头一样的时候，就不会受到任何伤害了吧？

顺其自然，随遇而安吧！

关于零食

大部分男人因为有抽烟的爱好，所以不怎么吃零食；女人为了不让嘴巴闲着，就常常吃零食。我是一个断了零食就不知道日子该怎么打发的人。

小时候零食匮乏，对我这样嘴巴特别馋的人来说，偷着吃点家里的白糖、红糖就是一件很幸福的事情；再不然，就将妈妈的中药丸子一点点当零食吃了；实在不行，偷着拿上一条晒干的羊肉一点点嚼着吃也不错；还有邻居家挂在房梁上的一大袋子洋葱，我和小伙伴先用竹竿将麻袋捣烂，然后，用竹竿捣下来一两个洋葱，用手一片片撕着吃，眼睛被洋葱辣得眼泪直流，嘴里却吃得津津有味。当然，大自然中找到的零食也很多，比如翻地时候露出来的白嫩的芦苇根，洗干净嚼着吃，有一股甜丝丝的味道；刚发出来的沙枣嫩枝剥了皮嚼着吃也有甜丝丝的味道；小河里的鱼草拔出来吃也别有一股清香味。到了秋天，沙枣、酸刺果、黑刺果（现在叫黑枸杞）更是上好的零食。为了摘到树梢的沙枣，我甚至学会了爬树。

待到自己上班挣钱了，就开始花钱买零食了，牛奶糖、饼干、面包、蛋糕，喜欢什么买什么。往往喜欢吃的食物一次性买很多，吃伤了，很久就不沾了。

记得小时候，每年春节，亲戚朋友来拜年都拿着两盒饼干或者蛋卷。那些年，家家都还很穷，饼干蛋卷舍不得吃，往往是几盒饼干压在箱底年复一年走亲戚，偶尔看到某个饼干盒包装旧了，不适合拿着走亲戚了，父母拆开来让我们吃饼干，那过期的饼干别说好吃了，简直比长了毛的馒头还难吃。也许是过期的饼干把我吃伤了，曾经有将近 20 年时间看见饼干就要吐（现在也不喜欢吃）；廉价的糖果也吃伤了，很多年不吃糖果；买来的月饼也吃伤了，到现在，看见月饼就想扔。

曾经一段时间超级喜欢吃葵花籽（当然是用手剥着吃的，否则早吃出了瓜子牙），十几年前，葵花籽 3 元钱一斤，对我来说，每天吃完饭嗑几把葵花籽，那简直就是无与伦比的享受。嗑葵花籽最厉害的那段时间，也就是 2003 年，我曾经一上午吃过 2 斤葵花籽。

现在看见葵花籽，顶多吃几粒就感觉嗓子发干。从来想不起买瓜子，偶尔买一斤，也是放一段时间就扔了。

水果除了葡萄、苹果，似乎也没有特别爱吃的。香蕉不爱吃、梨也吃够了，橘子也是我曾经的最爱，一箱又一箱地买着吃，现在也是基本不看了。

记得有一年，旺旺雪饼刚上市的时候，感觉很好吃，就经常买来吃。有一次，感觉小包装的雪饼，我和儿子一会儿就吃完了，吃着不过瘾。就批发了 2 大包旺旺雪饼，不停嘴地吃，最终，2 大包雪饼还没吃完就已经厌倦了雪饼。

如今，没有零食，感觉每天的闲暇时间很没意思。可是到了超市，左看看，右看看，不知道买什么好，实在是想不出啥好吃。饼干，不想吃；膨化食品，不想吃；薯条薯片，感觉都是骗人的；糖果（阿尔卑斯硬糖）吃了容易发胖，对牙齿也不好……

吃什么呢？转了一圈又一圈，干脆买点馍馍片吧，既可当零食，饿了也可当饭；糖姜片，生姜被糖腌过，有一股生姜的辣味，还有一点糖的甜味。

转了一圈又一圈，拎了一包馍馍片和一包糖姜片回家了。但愿，这两样零食可以喜欢的时间久一点！

上高中时，一位男老师提醒我们班男生："将来你们找对象，千万要记住，绝对不能找一个同时具备贪、懒、馋三种缺点的女人，否则，你们将永无宁日。"我一直想，我嘴巴这么馋，那就绝对不能贪，也不能懒，否则，我三样缺点都具备了，多讨人厌啊。所以，一直勉励自己，不要贪心，要知足常乐；不要懒惰，要勤劳勤奋勤快。但是，偶尔依旧会贪心不满足，偶尔也会偷懒不想干活。

唉，管他呢！反正已经老了！喜欢的照样会喜欢，不喜欢的随他去！

关于吃素

今天是腊月初一，也是2014年的第一天，我跟着明德爱心志愿者梁子他们到郭镇敬老院看望敬老院的老人。梁子他们要到小河里放生，我跟着他们来到小河边。看到几十个人将集市上买来的鱼倒入水中，然后将大米一把把撒到水里，接着开始念经，刚开始是默默诵经，后来有一个人大声念起了六字真言“唵嘛呢叭咪吽”。大家也跟着大声地一遍遍地诵读着六字真言“唵嘛呢叭咪吽”。

我看到人群中有男有女，有老有少。一个女的对我说：“我家里都吃素，我老公完全吃素了，我在外面吃饭的时候偶尔会吃点肉。”

回来的路上，梁子说，他完全是素食者，家里人也都是素食者。

而我在想，大自然本身就是一个食物链，人在食物链的顶端。如果说杀生是有罪的，那么海鸥以鱼为食生存繁衍难道有罪吗？豺狼虎豹以山林草原的食草动物为食有罪吗？按照佛教的解释，任何杀生行为都是有罪的，那么，是不是就是说，任何食肉动物都有罪？我们的祖先驯养动物马、牛、羊，鸡、鸭、鹅作为食物也是有罪的？

我认为，大自然造就的食物链，就是要通过食物链的运行保持地球总能量的平衡。虽然，现在我们大力提倡保护野生动物，甚至规定某种动物是国家一级保护动物或二级保护动物，不允许人们猎杀。那是因为人为因素或者大自然气候的逐渐变化，这些动物的生存环境变了，动物成活率很低，在大自然中存量极少，如果不保护，这些稀有动物势必会完全消失。按照能量守恒定律，一种生物的消失必然会引起大自然总能量的失衡，而大自然总能量的失衡就会引发各种各样的自然灾害，自然灾害多了，我们能安居乐业吗？所以，各个国家才会出台保护环境、保护稀有动物的政策。

但是，国家出台政策保护环境、保护稀有动物，并不是说任何动物都要保护，马牛羊、鸡鸭鹅本身就是食物链上比较低的一环，而且可以人工饲养，大量繁殖，为什么不能食用？至于食用多少那是真的要讲究一个度，因为身体运行也需要平衡，如果摄入的食物超过了身体本身的需要，身体当然就会抗议了，你若不遵守营养平衡原则，就会导致疾病让你难受，甚至要你的命。

所以，我思来想去，鸡鸭鱼肉，还是要吃，只是要有一个度，比如，食物搭配要合理均衡，不能过多地摄入肉食，因为身体并不需要那么多的脂肪和高能量。摄入的脂肪和高能量多了，反而给身体器官造成严重负担，身体自然会生病。

这是我思考的结果，也不知道对否？

新春上班第一天

过完年，初八是新春后上班的第一天。因为领导要求，过完年要按时上班，上级领导可能会查岗。初八这天早上，因为怕迟到，我几次从睡梦中惊醒，最后到 6.30 醒来就干脆起来，不敢再睡了。

本来，按照平时习惯，每天早晨我起床第一件事，就是开电脑写稿子传到单位，才算完成每天的一项工作任务。可是因为过年七天长假不曾动笔，头天晚上又实在不想写东西，想着反正早上要早早到单位，到单位再写吧。所以，初八早上醒来因为无事可做就没开电脑，倚在床头看书。

看了一个小时的书，时间到了 7:30，我迅速起床洗漱收拾。20 分钟后，一切收拾停当，看看时间还不到 8:00，想着政府通勤车还没走，顺手带了点吃的就提起包包出门了。

早上 8:00 时的格尔木还是一片漆黑，好在路灯很亮，而且上早班的人也很多，走在路上并不害怕。来到通勤车必经的马路上等车，看到很多人纷纷打的走了，通勤车又不见影子，而且感觉奇寒难挡，心想，花点钱打的算了。出租车司机知道初八各单位的人都要上班，所以此时来往的出租车特别多，顺手一拦，就停下了一辆出租车。

来到东城区大楼门前，下了出租车，看到整个大楼除了一楼有灯光，其他五个楼层一片黑暗，不见一个人影。我心里顿时七上八下，有点发憷。从来没有这么早来上班，我一个人上楼会不会遇到打劫的呢？转念一想，主任说她经常早晨天不亮就和一个朋友走路上班，来到单位所在的大楼，天依然没亮，每次进了楼层都是她第一个打开六楼的灯，这么一想，心里的恐惧没那么厉害了。

坐着电梯上了六楼，进门就找电灯开关，找了半天终于在拐角处找到了，开了楼道的灯，我紧缩的心就舒展了。打开办公室的门，开了办公室所有的灯，想着后来的人看到我们办公室窗口透出的灯光就知道有人来上班了，就不会和我一样有恐惧心理了。看到我们除夕那天打扫得干干净净的办公室依旧散发着洁净的光泽，而且办公室十分温暖，心里顿时一片欢喜。

放下包包，脱下大衣，拿起抹布擦擦桌子椅子，给花浇浇水，然后在电水壶里接了水开始烧水，再插上电源插座打开电脑，准备写稿子，这时，听到了同事们陆续上楼的声音。

哈哈，马年新春第一天上班，我居然是第一个走进办公室的人，这可是前所未有的！所以写下来当作纪念吧。

童年的味道

过年期间，同事从家里拿来一些糖果放在办公室桌子上，闲了，大家就挑一块自己喜欢吃的糖果含在嘴里。有一天，当我再次挑拣着想吃的糖果时，发现好多奶糖一直无人问津，我拿起来仔细看看，透明的塑料包装上写着“牧场奶条，含乳制品”。不知道这种糖是啥味道，就拿起一块撕开包装含在嘴里。

慢慢品尝中，一丝童年的味道一下子窜入脑海：“啊，这是酸奶疙瘩！我小时候吃的酸奶疙瘩！”我不禁欣喜若狂。酸奶疙瘩，多么久远的味道啊，掐指算算，那已经是三十多年前的味道了。三十年前，常常从哈萨克小姑娘那儿要来一块小小的酸奶疙瘩，小心翼翼地轻舔着，慢慢地品尝石头般坚硬的酸奶疙瘩独特的奶香。三十多年过去了，从未想到还能吃到小时候吃过的酸奶疙瘩。

20 世纪 70 年代，格尔木现在的郭镇有另外一个名字“哈区”。那是我成长的地方，也是许多哈萨克族同胞生活过的地方，哈区学校是汉族和哈萨克族两个民族共同的学校，大家同校不同班。我们和哈萨克族同学只能在课间交流，尤其到了冬天，下课后大家抢占房头晒太阳，汉族学生和哈萨克族学生为了抢占房头会有一些简单的交流和打闹嬉戏。偶尔，男同学不在的时候，哈萨克族女同学就会拿出一块像石头一样硬硬的酸奶疙瘩慢慢地啃起来。人少的时候，哈萨克族女孩会用石头砸下来一块酸奶疙瘩给我们吃。

那时，经常有哈萨克族妇女央求妈妈做针线活，然后作为回报她们会给妈妈一些酸奶疙瘩，所以妈妈也时常会拿回家一块酸奶疙瘩给我们吃。

酸奶疙瘩不仅是一种酸甜可口的零食，而且很止饿，吃一块酸奶疙瘩，一上午也不会饿。酸奶疙瘩的制作工艺也很复杂，我从网上搜了一下，感觉这段文字比较靠谱：把牛、羊奶煮沸，凉温倒进“沙班”中，加酸奶发酵，每天都用木棒槌敲打一阵，使其发酵，成酸味很浓的酸奶，哈语叫“艾勒开提”。这种酸奶太酸，有解渴清火的功能。继续用木棒槌反复敲打沙班，酸奶中油水分离，酥油浮到沙班上端。酥油是做酸奶疙瘩的第一产品。酥油取尽后，把沙班中的“艾勒开提”倒入大锅熬，蒸发水分，到糊状时将酸奶装入毛线短袋里，水分从袋缝中流出，袋中酸奶就成软状块，掰成碎块晒干，即成酸奶疙瘩。

多少年过去了，往事如风般消逝得无踪影，可是，当一块牛奶糖放进嘴里时，一瞬间，居然尝到了童年的味道，令人有一种恍若隔世的感觉。任时光流转，酸奶疙瘩的味道居然牢牢盘踞在我的脑海里从未消失，一经刺激，味蕾便在一瞬间唤醒了沉睡的记忆。

酸奶疙瘩、哈萨克族姑娘、哈萨克族语言，哈萨克族留给我的记忆永远也抹不去。

记得那年那月，学校分来好几个年轻的哈萨克族老师，其中一个女老师留着两条长长的辫子，宽宽的额头中间的刘海梳了上去，两边的刘海长长地放下来，衬托得脸蛋格外漂亮。有一天上课时间，老师让我到教室后边的办公室去拿本子。我跑步到办公室去，刚拐了一个墙角，发现安静的教室后边，长辫子的哈萨克族女老师依偎在一个高大英俊的哈萨克族男老师怀里，醉眼迷离地看着男老师，男老师在女老师脸颊上轻轻一吻。

后来的事我完全不记得了。但是，两个哈萨克族青年在一起的温馨画面却永远定格在我的脑海，什么时候想起来，都感觉那是我见过的最美的一幅画。后来，20 世纪 80 年代初，哈萨克族迁走了。哈区改成了现在的郭勒木德镇。

往事如烟，世事如梦。不知道那一对俊男靓女可否白头到老，不知道他们可曾知道在他们相恋的那一刻，一个汉族女孩看到了他们人生中最美的一个瞬间。

格尔木的夏天来了

今天是“五一”国际劳动节，大清早起来，洗把脸我就出门了。快走到儿童公园，我看到这儿已经聚集很多健身的人。门口的健身操已经开始，我跟着大伙一起跳了起来。

一曲终了。我进入公园，里面的世界更是丰富多彩，羽毛球像一只只凌空飞舞的小鸟，欢快地飞上飞下。乒乓球桌旁的厮杀声此起彼伏。最吸引我的当属太极拳，一直以为太极拳很神秘，一般常人不敢问津，可是转而一想，那么多老太太都练得有板有眼的，我凭什么就学不会啊，这么想着就加入了太极拳的行列。最重要的是，太极拳是在非常优美的古筝曲中轻柔地进行，所以就更为动心，我跟着大伙照猫画虎地比划了一会儿，太极拳的练习就结束了。

我又来到公园深处，这儿人更多，有踢毽子的，有唱歌的，有演奏音乐的，还有在健身器材上健身的，等等。我来到踢毽子的行列，拿起毽子踢了不到十个，就感觉喘不上气来，我那不服输的劲头又上来了，我一次次拾起毽子踢，最多踢了二十多个。心想算了，心急吃不了热豆腐，想和童年一样一口气踢 200 多个是不可能的了，这样想着就停下来，明天再踢吧。一定要踢够 200 个才罢休。

我又到唱歌的一圈人中，这儿都是中老年人，有拉二胡的，有一个小提琴手拉得很不错，还有一个拉手风琴的，其中一位老者自己配备了小音箱和麦克风，爱唱的人自动围成一个小圈跟着节奏唱起来。

这可让我小小地开心了一下，因为我就喜欢唱歌，可是自己从小胆子就小，在大庭广众之下唱歌害怕，每次唱着唱着就走调了，现在可好了，这儿既不是舞台也不是大庭广众之下，没人专门听我唱歌，也没人笑话我唱得不好，于是我放开喉咙唱起来，《红梅赞》《珊瑚颂》《蓝色高原》……

唱完了歌，看看时间已经快 10 点多了，赶紧回家。

回来的路上，看到中山路绿化带的树木绽开嫩绿的树叶，无叶的碧桃树上开满咄咄逼人的粉红小花，其美丽光华吸引人眼目，令人久久不能挪移视线。

傍晚，来到中心广场，那红艳艳黄灿灿的郁金香仿佛得到谁的指令一样，在今天一起绽放，一大片一大片盛开的郁金香啊，那美丽气势，那娇媚可爱，无花可比。广场上虽然算不上人山人海，但是，总算有人了，人来人往的广场充满了无限生机。

格尔木美丽的夏天终于来了……

你有爱好吗？

人到中年，必须培养几样有益身心的爱好，否则，日子会越过越枯燥，越过越没意思。

昨晚，弟弟打电话说，明天，也就是“五一”假期第一天，他一家三口要开私家车到敦煌，问我要不要一起去。

我说：“你不是去年‘五一’去过敦煌了吗？你不是说人多，房价高，很多景点也没看上？干嘛又要这个时候去敦煌呢？”

弟弟说：“不去，三天时间闲在家里不急死啊！”闻听此言，我无语，只说：“我不去，等休假了专门到敦煌玩一星期，你们去吧，路上小心！”

休息三天，就感觉闲在家里会急死，如果退休了那不得跳楼吗？今天一天我都在思考这个问题，人到中年，到底应该做什么？想来想去，只有一个答案，一定要培养几样有益身心的爱好，否则，你的日子将一天不如一天，一年不如一年。因为中年人面临退休，早则50岁退休，晚一点的55岁，或者60岁。退休了，没工作了，你要做什么？上班的时候有同事，退休了，同事们不怎么来往了，你要和谁来往？除了几个家人，你就没有可以进入的团体，没有可以陪伴的好友。所以，我认为人到中年当务之急就是要培养爱好，要挖掘自己的潜力，看看自己到底喜欢什么，对什么比较有兴趣，然后加入其中，确定自己的活动范围和将来的交往范围。

我从年轻时就喜欢独处，主要是喜欢看书。那时放寒假2个月，我可以在家里60天不出大门一步。只要有书读，走到哪儿都是天堂。因为喜欢看书，总喜欢自己待着，不喜欢被打扰。

直到现在，一个人的时候总是感觉很轻松很愉快，人一多时间长了心里就烦。当然，不是一点也不喜欢人多，和喜欢的人在一起还是感觉很开心的，尤其是和几个能随心所欲聊天的朋友在一起就更觉开心。但是，独处对我来说，绝对是必要的。像今天这样，不用工作，可以自由支配时间，对我来说是难得的享受，绝对不会着急！

自从去年春天加入太极拳行列，每个休息日早上打太极是我的必修课。打几遍拳，和拳友们互相交流一下打拳心得或者大家一起开开玩笑，一上午就过去了。下午则是书法课，三点到六点，颜真卿的楷书、王羲之的行书，读帖，临摹，再读帖，再临摹，老师精彩的讲解常常让我如痴如醉，临摹的过程中，看到某个字写得比较满意，我会欣喜若狂。而且，更重要的是，打太极有太极拳友的活动范围，写书法有书法界的朋友，即使现在退休了，我依然不会失落，因为我有活动圈子，有那么多具有共同爱好的朋友。

所以我总是感觉时间不够，总是感觉有很多事情要做，没时间无聊，永远不会因为闲得没事做而着急。

中年人，培养几样有益身心的爱好真的很有必要！

暗夜的槐树

某个清凉的夜晚，突然就想起那年那月，无数个清冷的夜晚，一灯如豆，你手捧一卷书静静地读着。偶尔，抬起头看见小院中那棵参天的槐树，突然间，好像被什么击中一样，感觉那棵槐树就是你，或者是你的前生？

槐树尽力将身躯向上挺拔，伸展！槐树的叶子已凋落干净，那些枝桠向湛蓝的天空伸展着，努力地伸展着，默默地、竭尽全力地向天空伸展着，无声无息地伸展着，在暗夜里、在冬日里、在清冷的寒风中仰望苍穹，用渴望的枝桠向幽蓝的天空呐喊，向无垠的宇宙呼唤！

她在呼唤什么？她在乞求什么？她无声的呐喊是为了什么？无叶的树，你渴望得太久太久了，你累了吗？无声而又无息的、我的槐树、我的灵魂……

多少个月朗风清的冬夜，多少个寒风萧瑟的冬夜，多少个繁星满天的冬夜，我与你静静对视，你了解我如风的思绪，我明白你执著的追求。

小院中的槐树啊，你还在吗？你可依旧执著？是否依然竭尽全力向天空伸展、伸展……

而我历尽沧桑，不复昨日的挺拔，亦不再是那个意气风发潇洒干练的女子，我的心伤痕累累，我的梦飘向远方，遥不可及。

暗夜的槐树啊，你是我的前生还是今世？

听读机带来的幸福

二十多年前的一个周末，比我小7岁的外甥女到学校来找我玩。吃过午饭，我开始洗衣服，那时没有洗衣机，都是手洗，基本上每个星期要洗一周换下来的衣服。我这人有一个习惯，洗衣服或者打毛衣的时候，耳朵必须听点什么，当时收音机没我喜欢的内容，我就央求外甥女给我读小说，我洗衣服。

外甥女用清脆的字正腔圆的普通话抑扬顿挫地读起了亦舒的小说《我的前半生》。我耳朵听着小说，手洗着衣服，不知不觉，一大盆衣服就洗完了。因为小说没读完，我甚至遗憾怎么这么快就洗完衣服了。

那种一边听别人朗读，一边干活的感觉很享受很舒服，虽然在干活，但是我一点也不累，因为我的思想在另一个世界游走。

从那时起，我就在心里暗自思忖，假如有一天，有个人愿意天天给我读小说，我愿意将所有家务活包了。并且常常幻想，有个爱人，每天晚上可以头对头脚对脚地躺在床上，每个人拿着自己喜爱的一本书，看到精彩处，让对方暂停，然后朗读给她（他）听，然后讨论作者的奇思妙想或者神来之笔。然而上天怎么会轻易让一个人实现梦想呢？二十多年过去了，我知道这个梦永远只是一个梦。

也许是上天垂怜我吧，时至今日，虽然没有爱人给我读书，但是却有了听读机给我播放曼妙的音乐和阅读。干家务时，听读机为我播放唐诗宋词，四书五经；写大字时，听读机为我播放舒缓、悠扬、轻松愉快的古琴曲。听读机让我的梦想实现了，我有了我渴望的生活，虽然是打了折扣的。但是，我依旧喜欢。为此，我更喜欢我的小窝，常常忙完外面的工作就要匆匆回家，因为家给我无限的自由、喜悦、宁静和随心所欲，让我的精神始终愉快。

每每在外面朋友聚会或者锻炼的时候，很多人都不喜欢回家，找各种理由逗留在外，而我总是喜欢回家，不喜欢在外边留连。朋友们开玩笑说，是不是家里金屋藏娇了？我说是。这“娇”不是人，而是我的听读机。

这个神尔牌听读机是我的朋友梁子送给我的。刚开始，梁子介绍听读机的好处时，我持怀疑态度，梁子就干脆给我拿来一台让我听，我一听之下十分喜欢，一下子就爱上了听读机。后来给梁子钱，他不要。所以，每每享受听读机给我带来的喜悦，就会想起梁子，想着有一个正直、好学、知识渊博的朋友是多么幸福的一件事啊！

感谢我的好友——痴迷国学的梁子，愿你的事业一帆风顺，愿你的理想早日实现，愿你早日大展鸿图！

关于家教

今天到好友小郭家做客。进门寒暄完毕，小郭就到厨房准备晚饭，我和小郭的母亲在客厅闲聊起来。

过了一会，小郭的丈夫小唐也下班回家，打过招呼，小唐也进了厨房。不一会，六菜一汤就端上了桌子。小郭叫来孩子，大家开心地吃起饭来。

吃完饭，小郭收拾桌子，进厨房洗碗；小唐打开电视，陪我和他岳母一起看电视。

天渐渐黑了，看到小郭洗完碗筷出来，我就告辞出来慢慢走回家。边走边想，这是一个家教很好的家庭，长幼有序，男女有别，我喜欢这样的家庭。

在我所受的传统家教中，尊重老人父母是毫无疑问的，只要奶奶在家，最好吃的饭菜就是奶奶的，最舒服的房间也是奶奶的。只要父母在家，沙发绝对是父母的专座，只要家里有女儿，妈妈是不允许进厨房干活的。家里来亲戚了，无论是谁的朋友或者亲戚，都首先要问候父母。

可是，许多日子以来，我到很多人家里，发现这一切都颠倒了，进厨房做饭的大多是年迈的父母，而不是年富力强的儿女，到别人家做客，看到老人不问好，视而不见的情况也时有发生。甚至，当有一天，我和一个女孩子聊天，问她怎么这么瘦时，她居然大言不惭地说："我妈做饭太难吃了，所以我被饿瘦了。"我吃惊地看着这个美丽的女孩子，心想，一个 28 岁的女孩子埋怨她的母亲做饭难吃是何等的讽刺？母亲拉扯你长大已经尽到责任了，没有义务还要无止境地给你做饭洗衣。

这种事情，在当今社会可谓司空见惯，甚至很多电视剧中，做饭的永远是父母，而不是儿女。所以也不怪那个女孩子完全没有孝敬老人的思想意识，而是她的父母或者这个社会根本就没有教给她对父母应有的尊重和爱护。也就是说，女孩子的父母并没有在自己的孩子心灵中撒下孝敬爱护父母的种子，更别说培养孩子独立生活的能力了，女孩子男孩子自然不知道父母是需要被尊重和爱护的，不知道自己是应该学会做饭洗衣生活自理的，不知道父母是没有义务无止境伺候你的。

一直记得这样一件事，那是2003年的一个冬天，因为工作的关系我到一个同事家中送一份材料，外面鹅毛大雪飞舞不停，我到了同事家门口，心想可以进到屋子里暖和一会儿了。可是敲开门后，这个同事正在拖地，等我将一份她要的材料递给她时，她看着我浑身的雪花，居然说："我刚拖完地就不请你进来了。"我一听，顿时石化。

还有一次，也是到这个同事家中，这次打开门，我进了她家门，却发现她儿子躺在长沙发上，斜着眼看我一眼，继续躺着看他的电视。他的母亲，我的同事没有邀请我坐下喝口水，而是面无表情地接过我给她的东西，然后面无表情地看我出门。

从此，我就知道了这个家庭是一个从上到下毫无秩序家教的家庭，父母如此，他们的孩子亦如此。并且，我由此推导出，他们不会对自己的父母有感恩之心、孝敬之心，对兄弟姐妹没有关怀关爱之意，对他人自然也不会有起码的尊重和友好。他们的孩子也不会有太大的出息，并且在今后的人生路上会受尽挫折。因为，人活在这个世界上起码的礼貌是必须有的，否则，没有人愿意接近你喜欢你，你的路自然不会太顺畅。礼貌就像一个气球，虽然没有什么重量，掉到地上也是毫发无损，但是礼貌是拉近人与人之间距离的绝好武器。

从此，十几年来，我再也没有主动和这位同事说过一句话，这种人，我活几辈子也不想再认识。

所以，我喜欢小郭这样的家庭，长辈就是长辈，小辈就是小辈，没有长辈伺候小辈一说（除非特殊情况），也没有阴盛阳衰的错位理念，一家人，和和睦睦，长幼有序，夫妻有别，我喜欢这样温暖有礼貌的家庭。

徒步遐想

如今，大都市里成年人玩的花样可真不少，跳舞、走路、打太极、骑自行车、自驾游、摄影采风，等等。这两年又有新的玩法，那就是徒步。

徒步，百度解释是远足、行山或健行，并不是通常意义上的散步，也不是体育竞赛中的竞走项目，而是指有目的地在郊区、农村或者山野间进行中长距离的走路锻炼。

徒步是户外运动中最为典型和最为普遍的一种。由于短距离徒步活动比较简单，不需要太讲究技巧和装备，所以徒步一经产生，响应者众多，被大家看做一种休闲户外活动。

一直不知道格尔木有徒步群，偶然听一位一起练习书法的学友说起有徒步群，而且不止一个，我立刻加上。

11 月 2 日，我第一次参加金鱼湖徒步，走了 15 公里。因为 2014 年以来，我每天早上要走 45 分钟路上班，所以第一次徒步没什么不良反应。于是，今天我就又参加了“茶余饭后”徒步群的胡杨林徒步。

没想到胡杨林徒步所有路程是沙子地，在沙子地里长途跋涉，两条腿像灌了铅一样沉重。而且今天大家都带着午饭和水，在沙地里行走，身上再多拿一瓶水都感觉好累。所以管理就找了一个洼地，让我们将带的午饭一起放在篷布上，上面又盖了一块篷布，四角用矿泉水瓶子压着，然后，我们就轻装上路了。

走啊，走啊，走啊，不知道走了多少路程，看见前面有一个沙子慢坡，我说，过了那个慢坡，就是胡杨林了，同行的晓梅说：“王姐，不会是让我们望梅止渴吧？”

其实，我也不知道翻过慢坡是什么，心里一相情愿地想着就是胡杨林。终于到了慢坡，一片细致美丽的沙地，被风吹出了无数曼妙的曲线。我让身材绝好的同事当模特拍了一些照片。然后，听到管理说，慢坡后边依旧是沙地，看不见胡杨林，我们原路返回。

原路返回时，大家走偏了方向，找不见放食物的地方，此时，每个人又渴又饿，找不见食物有点心焦。

还是管理聪明，说我们找进去的路线，顺着脚印找，准能找到。然后我们仔细地观察沙地上的脚印，不一会儿就找到了我们进入沙地的脚印，顺着脚印，很快就找到了食物。

大家一人带一个菜，有的带肉，有的带菜，群主买的水和饼子，热热闹闹一顿饭结束了。大家还在原地唱歌跳舞，打闹玩了一会儿才开始返回，走出沙地坐上等在路边的大巴车，很快就到家了。

回来的路上我一直在思考，现在人们的生活和我们小时候的生活是完全颠倒了，小时候，我们的父母忙忙碌碌劳动挣工分做针线，很难闲下来好好地休息休息，更别说出去玩了。在我的记忆中，我的父亲母亲就没有闲暇的时间，总是在忙，母亲除了劳动就是做针线活，即使和人闲聊，手里也没闲着。父亲偶尔还能消停一会儿抽口烟。他们根本没有大把的时间可以“玩”。

小时候，就知道“玩”是孩子们的事情，跳皮筋、踢毽子、唱歌跳舞，等等都是孩子们的事情。可是，现在，孩子们都在忙着学习，学完学校规定的课程还要到兴趣班、特长班学习绘画、学习音乐、学习跆拳道，等等。孩子们没有时间玩耍，大人们反而玩得不亦乐乎。

我在想，如今的社会真的是进步了，人们的生活水平真的是提高了。这样一想，感觉我国的计划生育政策是正确的，改革开放也是正确的。虽然计划生育让很多家庭成为“失独”家庭，但是，却把中国人从养育孩子的繁重劳动中解放了；改革开放虽然带来很多不良风气，让社会公德沦丧，道德滑坡，但是，却实实在在提高了人们的收入，人们不再为了糊口不分白天黑夜地劳动；

不再为了吃饱肚子而受苦。

人们的生活水平都提高了，吃得好，穿得暖，劳动量减少了，问题又来了，肥胖、三高人群越来越多。所以，人们为了健康长寿又开始自讨苦吃，花钱买罪受，只为了身体健康，所以，徒步也就应运而生了。如此而已！

时间都去哪儿了？

时光飞逝，匆匆的2014年只剩下一个月了，听着《时间都去哪儿了》，内心涌上万千感慨，时间都去哪儿了？还没好好感受年轻就老了。时间都去哪儿了？还没开始我想要的生活就老了。

每天清晨，匆匆起床，匆匆上班，周一盼周五，到了周五，轻松快乐2天，就又是周一，如此反复，周而复始，一天又一天，一月又一月，一年又一年。不知不觉居然就老了！

眼前还闪烁着父亲那在昏暗的油灯下一闪一闪的烟斗。望着父亲的烟斗，我想象着自己的将来……

我的父亲是一个一辈子不怎么说话、不会享受的老实人，最大的享受就是早晨晚上闲暇之余抽口旱烟，默默地看着母亲坐在油灯下飞针走线；能干的母亲一辈子忙忙碌碌，上炕做针线，下炕劈柴做饭，不仅给全家人做吃做穿，而且给村里的女孩子做嫁妆，每一天都忙得不可开交。我不想和母亲一样天天忙碌，我喜欢悠闲自在的生活，从小就喜欢读书写文章听音乐。如今，每一天我都在读书写文章听音乐中度过时光，可是，我怎么还在想念以前的生活？

我想起了妈妈在铁勺里炒鸡蛋的幸福，想起了哥哥骑着马飞过草原的英姿，想起了姐姐割一镰刀就是一个麦捆的麻利，想起了父亲在冬天的清晨天不亮就出发，骑着一匹骆驼，拉着十几只骆驼和村里人一起去打柴的艰辛。时间都去哪儿了？父亲的烟斗呢？母亲啥时候开始不用劈柴了？哥哥啥时候不再骑马了？时间都去哪儿了？

“燕子去了，有再来的时候；杨柳枯了，有再青的时候；桃花谢了，有再开的时候。但是，聪明的，你告诉我，我们的日子为什么一去不复返呢？——是有人偷了他们罢：那是谁？又藏在何处呢？是他们自己逃走了罢：现在又到了哪里呢？”朱自清早就有此疑惑，所以才写出著名篇章《匆匆》。

“过去的日子如轻烟，被微风吹散了，如薄雾，被初阳蒸融了；我留着些什么痕迹呢？我何曾留着像游丝样的痕迹呢？我赤裸裸来到这世界，转眼间也将赤裸裸的回去罢？但不能平的，为什么偏要白白走这一遭啊？”

谁能告诉我，我的日子为什么一去不复返呢？时间都去哪儿了？

格尔木的冬天

连着下了两场雪，气温骤降，冷得彻骨。今年，格尔木又是一个寒冬。妈妈说，冬天冷，夏天才会热。我却在心里想：会不会世界末日真要到了？

路边树上的叶子已被风刮得干干净净，只剩下光秃秃的枝干在寒风中瑟瑟颤抖，积雪依旧覆盖在绿化带修剪齐整的榆树上。大清早，天蒙蒙亮，人们纷纷从楼道里出来，路上行人比平常少很多。每个人都穿着厚厚的面包服、戴着口罩、围着围巾，匆匆绕过路上残雪留下的冰渣，到路边打车或等车。各公司通勤车、政府通勤车、职业学校通勤车、盐湖通勤车一辆接一辆驶过，所到之处，路边的人一个个被它吞了进去。

无论天气好坏，只要不是法定休息日，上班族总要出门上班。

天气冷了，到儿童公园的人也明显比以往少了，零星的几个人在公园里快走，或者在健身器材上锻炼身体，公园门口跳舞健身的队伍也大大缩减。

进了公园，在右手一个亭子间，只见一个 73 岁的老者在舞枪弄棒，我停下脚步和老者闲聊几句。老者说，自己每天到公园锻炼身体已经整整 11 年了，原先的许多老毛病都不治而愈，他认为锻炼身体与否取决于一个人对生活质量的衡量标准。他说他每天都要锻炼一个小时，感觉身体轻松，走路有劲，甚至，老先生笑着说，我走路比一般小年轻还有劲！

公园门口早市上，摆摊卖菜的人冻得跺脚哈着气，手忙脚乱地给顾客称菜。很多新鲜的蔬菜水果被寒冷的天气冻得硬硬的。在这样寒冷的早晨，买卖人都不再计较价钱的高低，只想买了或卖了东西赶紧走人。寒冷的冬天，卖菜谋生的人也是十分辛苦的。

漫长的冬天，什么时候才结束啊！

格尔木的冬天干冷干冷的，最冷的时候，感觉呼出的气也要瞬间结冰了。一说起格尔木的冬天，我眼前常会浮现小时候挨冻的情景，晚上身子躺在烧得很烫的热炕上，露在外面的脸却冻得难受，将脸放进被窝，厚厚的羊毛被子又捂得喘不上气来。所以，每到三九严寒的夜晚，一晚上都不知道该将脸放在哪里才舒服。

白天在学校就更冷了，偌大的一间教室，点着一个不大的铁皮炉子，炉子里是慢慢燃烧的煤砖，只有坐在炉子边的同学才感觉有点暖，其他同学甚至感觉不出教室里有火炉。我的手脚常常被冻得像小馒头一样又红又肿，虽然脚上穿着鸡窝（棉鞋），手上戴着羊毛手套，可还是无法抵挡严寒的侵袭。到了晚上，钻进热被窝，冻僵的手脚被热炕暖和过来，就又开始奇痒难受。

小时候因为每年手脚都会冻出冻疮，母亲常常熬了花椒水辣椒水给我烫脚，但是，用这些办法都去不了根，只能暂时缓解一下。后来到了山东，拔了一些过冬的麦苗用开水泡上烫脚，从此后，很多年都没再犯冻疮的毛病了。今年，感觉又是一个十分寒冷的冬天，因为我的手脚又感觉不舒服了。

我对格尔木的冬天实在没有太多好的印象，想起小时候，唯有在两种情况下，我才喜欢冬天。第一，就是跑出去看一场露天电影，然后急急忙忙跑回家，脱光衣服，迅速钻进热得发烫的被窝里的那一刻，那是真的感觉很幸福——冻僵的手脚渐渐捂热，四肢百骸渐渐舒展，直到舒服得进入甜美的梦乡。

第二，就是家家户户的男人们牵着骆驼去打柴的日子。20 世纪 70 年代，红柳根还是格尔木人取暖做饭的主要燃料。每年一到冬闲时期，父亲和年长的男人们就会几家组成一个打柴小组，牵上十几匹骆驼，连续打半个月的柴火，等到家家户户院子里的柴火垒成一个小山，足够一年烧火做饭的才算完事。

所以一到冬天，各家的女主人就开始早早谋划着给打柴的男人们做什么好吃的。因为男人们打柴是出大力受大苦的劳动，所以，女人们将家里最好的食物拿出来，做出各种花样的饭食让男人们吃饱吃好。轮到给谁家打柴了，谁家的女主人就在这天早晨天不亮就起来准备饭食，炸油饼、煮羊肉、做熬饭、擀长面，总之，想办法做出可口的饭菜，让男人们吃得饱饱的出去干活。

晚上回来的时候，天已经黑透了，男人们从骆驼身上卸下一捆捆柴火，用热水洗洗手，洗洗脸，坐在热炕上，稀里哗啦吃上两碗拉面或者羊肉面片垫垫肚子。然后，抹抹嘴，倒上白酒，捞上热腾腾的手抓羊肉，一边聊着家常，一边划拳喝酒吃肉，直到半夜才各回各家。第二天又起个大早，又开始给另一家去打柴。

到了20世纪80年代，国家已经意识到红柳根涵养水源的作用，不允许人们挖红柳根当柴了，而是拉来煤炭，让大家买煤烧火取暖，这才有了烧煤的铁炉子。也结束了男人们冬天打柴的辛苦。

现在想想，实际上冬天到野外去打柴，父亲和兄长们是很苦很累的，他们起早贪黑忍着刺骨的寒风，用钢钎、斧头打柴，一不小心手就被张牙舞爪的红柳根擦破，他们抓一把沙子撒在伤口上，继续干活。但是，对小孩子来说，打柴时，人多热闹，又能吃上好东西，所以我的记忆中，冬天打柴的日子都是好日子。

洪水无情人有情

连日来，格尔木连降大雨，导致多处路面被洪水冲断。格茫公路多处中断，昆仑山口突发泥石流，去往小灶火的路面冲断，东出口高速路受损等。今天早上起来，打开微信，朋友圈里铺天盖地全是各地路面或小桥被洪水冲毁的消息。

下午2点，到单位备战抗洪的儿子打来电话，问我想不想去新区看看。通过朋友圈，我知道格尔木在建的新区有条路冲断了，有些小桥也被洪水冲垮了。所以儿子一问去不去，我立刻说，去！

我们开车到了新区东海路和滨河路交界处，就看见不远处的马路有100多米被洪水掩盖着，洪水卷着一棵棵连根拔起的植物汹涌而下。马路周围有一些建筑工程挖出的深坑更是可怕，洪水在底下暗流，上面却漂浮着一些塑料泡沫和网子之类，如果人一不小心踩上去，后果不堪设想。

此时，我看见被洪水包围的马路中间有一个人推着自行车站在那儿。我随口问一个戴着安全帽的建筑工人："那人是谁，他在那儿干什么？"他说，那是他的工友，中午骑自行车准备到西边的建筑工地干活时，被洪水截住，挡在了洪水中间，进退不得。我一听，十分惊讶。既然被困在此，怎么不知道打电话报警求助？

那位工人茫然地看着我，不知给谁打电话。这时，身边的儿子已经给消防队打电话说了这边的情况，消防队说很快就到。

就在等待消防队救援的空隙，我看见一辆被拖车刚从洪水里拉出来的小轿车，上前一问，原来这辆车凌晨2点多经过此地时就被洪水困住。车主人说，洪水冲进车里，淹过汽车坐垫，车熄火了，他只好打电话给朋友让他帮忙拖车，一直到下午 2 点多钟才拖出来，好在小轿车没有被冲走。只见这辆小车轱辘底盘上全是泥沙和洪水冲下来的植物。

过了一会儿，格尔木消防支队的人来了，大家商量怎么救援被困的人。因为水流湍急，又担心马路周围的暗坑，消防队的人不敢贸然下水。看见不远处的两台挖掘机正在疏通河道，消防队负责人跑下路面，大声喊着和对面的人联系，希望他们用挖掘机将那个被困人员送到安全处。

因为洪水巨大的隆隆声，加上两台挖掘机的轰隆声，消防队负责人喊了半天，对面的人也没反应。经过长时间的努力，终于对面有个人走到离消防队负责人稍近一些的地方，才听明白了他的意思。

那人辗转走到挖掘机前，说了消防队的意思。我猜想，可能是挖掘机司机也担心马路周围有很多暗坑，不敢贸然前行，只见司机一点点试探，一点点靠近，经过一个多小时努力，挖掘机长长的手臂慢慢靠近被困工人，被困工人拖着他的自行车上了挖掘机的兜里。挖掘机一个转身，被困工人得救了。

看见被困工人安然无恙地站在对面陆地上，大家悬着的心落地了。

回到车里，我对儿子说：“今天我俩到这儿干嘛来了？原来是上天让我们到这儿给消防队报信救人的！”

最好的春节

很久没有写东西抒发感慨了，一方面是没有创作的冲动，一方面感觉自己写出的东西很肤浅，没有深度，所以每每坐在电脑前，敲下一行题目便是沉思良久，最终留下的是一个个题目，却没有下文。

今日看到朋友圈的一些感慨言论，不由得又引发了我的感慨，大家都在怀念小时候过年的喜悦，都在感慨现如今过年的寡淡；然而，我认为小时候过年固然喜悦，如今过年也没什么不好，一个时代有一个时代的特点，我们既然不能让历史倒退，就只能顺应形势，在每个历史前进的节点上寻找新的乐趣，感受生活的美好。

人们都觉得小时候物质贫乏时代，吃一块糖是那么甜，吃一顿红烧肉是那么香，穿一件新衣服是那么兴奋。然而现如今，人们要啥有啥，不仅过年吃得好，即使在平常日子里也是想吃啥吃啥，想穿啥穿啥，不再和小时候一样期待春节，期待过年，期待吃得好穿得好的日子。于是，人们以为现在不如以前，就特别怀念起以前的日子了。

然而，我认为，恰恰是现在的日子才是我们理想的日子。我们祖祖辈辈奋斗的目标难道不是吃得好穿得好、什么都不缺的日子吗？小学课本里，革命前辈抛头颅洒热血也不过是希望国泰民安，百姓过上幸福的日子。如今，当我们真的过上这样日子的时候，却有许多人感慨现在年味淡了，不如以往的日子幸福了。试问，难道我们要倒回去过苦日子吗？我们在过惯了丰衣足食的日子之后，还能过那种饥寒交迫的日子吗？

回想我的童年，似乎也没留下多少值得骄傲和自豪的地方。年三十，盼望的也就是穿一件洗干净的没补丁的花衣服，吃一碗猪头炖的麦仁，然后分几块黑焦糖，就算是过年了。最幸福的莫过于来了客人，母亲炒一盘猪肉酸菜粉条招待客人。等客人走了，吃点盘子里的剩菜就算是开心的事情了。再长大一点，过年是没完没了的盥洗，洗被褥，洗衣服，洗一切要洗的东西，长期在水里泡着的手肿胀不堪；是没完没了地准备食物：蒸花卷、炸馓子、炸花花、炸油饼，腊月准备的食物要吃一个正月；是没完没了地招待客人，你来我往，天天是招待拜年的亲友，不过完二月二，年就拜不完，没完没了的走亲串友让人疲累不堪。

所以，我认为现在的春节真的是非常之好，我不必天天洗，不必天天准备食物，不必天天招待客人，不必没完没了地拜年，我觉得现在的春节才是我想要的春节，是幸福的春节，休息的春节，悠闲的春节，喜悦的春节，最好的春节！

同学聚会

也许是人们的生活水平确实提高了，现在的人们喜欢聚会。同学聚会、同事聚会、发小聚会、各种协会聚会等等，各种聚会层出不穷。然而，最令人难以忘怀的还是同学聚会。

3 月 12 日，又一次同学聚会。严格来说是发小加同学聚会。我们这些同学从小在一起长大，一起在阿尔顿曲克学校上学。长大后，有的人包工程成了大老板，有的成了按部就班的上班族，有的是农民。尽管职业不同，同学相见却格外亲切。

人到中年的我们回想起曾经的往事，恍如昨日一般。曾经一块酸奶疙瘩、一块糖、一个橡皮筋都会让我们欣喜不已。我们聊着小时候的趣事，感慨着时光的飞逝。

几十年的时光转眼逝去，我们从青涩少年到成熟中年。其间，我们每个人都经历了无数辛酸和磨难，有多少不愿提起的令人心碎的往事。

春，从以前为生活所迫，初中就辍学，赶着毛驴车拉过大粪，用手扶拖拉机拉过砖，倒卖过啤酒，出租过大车，到现在承包大工程。说起饱受磨难的曾经时他脸上带着毫不在意的笑容。然而，当说起心爱的妻子患重病不治去世时却泪湿双眸。

栋，曾经高大帅气的小伙子，却因为意外事故双腿残疾。然而他的 3 个女儿却格外争气。努力克服家庭经济拮据的困难，坚持读书，用知识改变命运。如今，3 个女儿都有了不错的工作，在市区买了房子，让父母享受安逸生活。

钟，是个能歌善舞、多才多艺、讲笑话能把人笑死的人，没有他的宴会该多么无趣。他的谈笑风生，他美妙的歌喉和劲爆的舞姿，让大家总是在轻松愉悦中开怀大笑。

园，总是表现得深沉安稳。说话不紧不慢，喝酒不多不少，待人接物礼貌而疏离。让人不敢和他多说话，不敢开玩笑，就像年少时，看见习武练拳的他就有些发憷一样。

胜，虽然对他的记忆很模糊，但是，仿佛心有灵犀般，一旦相识就能无话不谈。虽然和他相处时间不长，但他的善解人意和厚道善良却给我留下深刻印象。我知道有这样心性的人，一定是个忠诚可靠有厚福的人。

华，安静恬淡，总是像小女孩一样羞涩腼腆，少年时，我俩形影不离，无话不谈。常常让别人分不清哪个是她哪个是我。如今，随着岁月匆匆流逝，她成了现在的她，我成了现在的我。她像山涧一朵静静盛开的兰花，优雅宁静。而我更像一朵热烈盛开的牡丹，雍容舒展。

萍，真诚坦率，总是喜欢生活在自己的世界，不喜欢网络，不愿意接受新鲜事物；工作是她的习惯，老公孩子是她的全部。其实，这样一种生活方式也自有她的宁静舒适。只要心情愉快，什么样的生活方式有什么重要呢。

想想我们第一次同学聚会，一个蒙古包里坐满了人。然而，才短短的几年时间，却有好几个同学已经永远地离开了我们。昨夜，当我们唱完歌回家后，在微信同学群，我说，等过 20 年，我们这些人还要这样聚会，还要唱歌跳舞讲笑话。胜说，不能 20 年一聚，以后，老同学要年年相聚！

是的，同学相聚，多么开心！愿我们年年相聚，岁岁相守。愿我们这 8 个人再过 20 年还能相聚！

南瓜园遐思

2016 年 7 月 28 日傍晚，几个好友相约来到格尔木某部队欣赏这儿非常有名的空中南瓜园。

其实此前，我已经从朋友圈看过空中南瓜园的视频，以为这些南瓜是生长在营养液中的，也很好奇，部队官兵是怎么将南瓜架空生长的。当朋友们相约来看南瓜园时，我很兴奋。因为格尔木地处青藏高原腹地，气候特点是干旱少雨，植被稀少，自己能种植的蔬菜很有限。虽然，随着城市规模的不断扩大，以及全球气温的升高，格尔木的气候特点也在不断发生变化。比如，气温越来越高，降水量也在不断增加，各种植物渐渐在格尔木生根发芽。尤其是格尔木市政府加大投资力度，发展大棚温室，近年来，格尔木的蔬菜和水果自给率不断上升。

然而，能够把蔬菜种植得既能吃又能观赏的，恐怕也只有部队官兵有这个实力和技术。

夕阳西下，当太阳的最后一缕光线轻吻着大地的时候，我们来到部队大院。走过静谧空旷的大院，看到几个在大田菜地拔草的战士，内心涌上一种久违的似曾相识的感觉。曾几何时，居住在兵城的我，曾无数次怀着不同的心情走过类似的部队大院。那时候，一颗少女之心总是紧张、慌乱，低着头匆匆而过。从不敢抬起头，正视那些同样青春年少的战士。

时光如此匆匆，当我今天再次走过部队大院的时候，已经不再是花季少年，不再有慌乱紧张的心情，从容的目光里闪烁的全是母亲的慈爱。

言归正传，走过长长的、偌大的操场，我们来到部队空中南瓜园。进了园子，大家惊叫起来："啊！太壮观了！"只见一个长一百多米、宽几十米的长方形长廊里，头顶上挂满了一个个饱满的、圆溜溜的南瓜。有橘红色的，有深绿色的，有乳白色的。看着圆圆的橘红色南瓜在幽暗的光线下，像太空中一颗颗不停旋转的星球，璀璨而神秘，而荧光灯发出的白光犹如银河流泻。站在长廊里，静静凝望，头顶是星辰般灿烂的南瓜，地上是彩色的方砖，周围是绿色的植物。在充足的氧气中，嗅着植物的清香，心情格外舒畅。

我开始寻找南瓜的根，发现南瓜的根在南瓜园长廊的两边土地里。看来，这些南瓜不是靠营养液生长，而是汲取土地的营养长得这么大。悬空的南瓜是顺着瓜藤挂在焊接在头顶的钢管上，很多南瓜因为太大，部队官兵用尼龙绳子兜住挂在铁架子上。

南瓜园里不只有南瓜，还有黄瓜和如葡萄一般繁密的小西红柿。在我们观赏拍照期间，战士们已经摘了不少黄瓜、西红柿，洗干净让我们品尝。我看着每一处都打扫得干干净净的南瓜园里茂密的植物，心想，如果有人在城市周边投资修建一个这样的南瓜园，然后在瓜架下摆上小巧精致的桌椅，开一个书吧或者喝咖啡的雅室，再配上悦耳的轻音乐，每天只允许进入四五十个人，保持瓜园的安静优雅，那生意一定会火吧！

仔细观察，发现南瓜园长廊两边茂密的枝叶间挂着一个个镜框。镜框里是战士们训练、开会、劳动的场景，还有一些制作精美的牌子，牌子上写着某个战士的姓名、籍贯、理想和座右铭等。

南瓜园两边还有几个大棚温室，都种着各种蔬菜。同样，这些大棚温室也被战士们打扫得干干净净，每一处都让人感觉舒服又舒畅。我问一个战士，种这么多蔬菜，都是你们自己吃吗？战士说，都是自己吃的，他们很少从外面买菜。这些南瓜一年只能生长一季，到了十月，南瓜长老了摘下储存起来，一个冬天慢慢吃。

真好！在食品安全堪忧的当今社会，自给自足，自力更生，自己动手种植天然有机蔬菜真是一件让人羡慕的事情。

当我们恋恋不舍地走出南瓜园时，已经是月上中天了。走在夏夜高原徐徐的微风中，心中犹自沉浸在南瓜园的美好之中。

回到家里才想起来，没仔细看看南瓜园的顶棚是什么材质。我想应该是玻璃吧，如果是塑料，里面应该有水蒸气。可是，我们在里面玩了一个多小时也没感觉有水气呀。到底是什么材质呢？不得而知！

童稚趣语

经常在办公室，听到同事说起自己孩子的笑话，哈哈一笑后，不由得想起儿子小时候一些可爱的笑话，在此辑录一些，如果你是一个父亲或者母亲，也许会会心一笑的。

1. 4岁的小石头看见5岁的小姐姐欣欣，不知为什么就叫了一声哥哥，欣欣歪着头想了想，然后恍然大悟地对妈妈说："哦，我刚生下来的时候是小男孩，长大了就变成小女孩了！"

2. 也是儿子4岁时，早上穿衣服，我拿出几件衣服来看，都觉得小了，就对儿子说："长得太快了，衣服都小了！"

儿子想了一会说："妈妈，你生下我来时我多大啊？"

我比画着说："就这么大一点。"

儿子像个大人一样说；"幸亏你把我早点生下来，要不，我长这么大，就把你肚子撑破了。"

3. 早上骑自行车带孩子上班，看见一栋新完工的大楼，儿子说："妈妈，那个楼房是昨天晚上盖的。"我说："楼房一晚上盖不出来，需要很长时间才能盖好。"儿子想了想说："妈妈，我长大了要造一辆很大很大很大……的汽车，把这个楼房拉到我们家去。"

4. 骑自行车带孩子走亲戚，走了很远，我说："唉，累死妈妈了。"儿子问："妈妈，这条路是谁修的啊？"我说："工人叔叔啊。"儿子说："工人叔叔真坏，路修得这么长，把妈妈累坏了。"

5. 1997年7月1日，香港回归，电视里铺天盖地全是香港回归的新闻，儿子听着听着突然问："妈妈，香港今天回来啊？"我漫不经心地答："嗯。"儿子说："香港怎么回来啊，坐汽车还是骑自行车啊？"

6. 母子俩看电视。电视里女主角说："……知道了，我马上来。"儿子问："妈妈，她说马上来。"我说："嗯。"儿子想了想问："那她的马呢？

有趣对话

常常在路上听到一些有趣的对话，尤其是孩子和大人之间的对话，可爱、有趣、令人不禁莞尔。

你俩私奔吧

一天晚上散步回来，已是暮色四合。刚进小区门口，身后跟进来一家三口，不知道爸爸妈妈说了什么，突然一个小女孩气愤地说："你俩私奔吧！"

爸爸妈妈一愣："你说什么，我俩私奔？"

小女孩："你俩不是说不带我吗，不带我那你俩还不是私奔吗？"

爸爸妈妈：……

李子不掉地上，人的头掉地上吗？

哥哥家有一棵很大的李子树，每年都会结很多李子，每到秋天李子成熟季节，我们去看妈妈就会摘很多李子来吃，那李子香软甜蜜，很好吃的。不过李子成熟后就会自然脱落，所以大部分时间不是摘李子，而是从地上捡李子吃。

一个周末，我们又去捡李子，妹妹正好休假在妈妈家，看到那么多掉到地上的李子，妹妹说："怎么好吃的李子全掉在地上了？"

哥哥的小孙子亮亮说："那李子不掉地上，人的头掉地上吗？"

母子对话

中午。

儿子：妈妈，你买牙膏了吗？

妈妈：哎呀，忘了！

儿子：你们单位的人真倒霉，怎么能忍受一个没刷牙的人和他们说话呢？

晚上。

妈妈：儿子，你洗脚再睡！

儿子：不洗，明晚再洗。

妈妈：你们班的同学真倒霉，怎么能忍受一个没洗脚的人在班里走动呢？

寻找老家

身在移民城市格尔木，我常常会被人问：你老家是哪儿的？

关于这个问题，我总是简单地说老家在青海湟中。如果对方继续追问，湟中哪儿？我就语塞了。因为我的父母所说的湟中县升平公社野年（其实是野牛）沟大队似乎没人知道。因为后来很多地方重新做了划分改了名称，所以我不确定父母嘴里常说的这个地方究竟划归哪儿管理。而且老家已无亲人，我自从幼时离开就从未回去过。

其实，我们兄弟姐妹六人（除了妹妹在格尔木出生外）都出生在老家。1970 年冬至，当我们一家八口人坐了四天四夜的大汽车到达格尔木后，我就再也没回过老家。不过，离开老家时我已经 4 岁，对老家依稀有点记忆。

记忆中的老屋依山而建，南北都有房子，院子里有花园，大门外好像有一堵墙，围着碾麦子的场院。记忆深处一直有这样一个画面，每天父母出工后，奶奶总是坐在院子的台地上给我梳头，编完两个小辫后，奶奶让我跳进花园摘几朵盛开的鲜花，她会仔细地将鲜花插在我的辫子上，然后嘱咐：“不要把花弄丢了。”而我不等奶奶说完话，一溜烟就跑出去玩了。

往事如烟，转眼离开养育我的老家已经四十多年了。

2019 年春节期间，我们姊妹几个开着两辆私家车结伴寻找老家、寻找老屋。从西宁市开车上了通往湟中县的高速后，在导航的一路指引下，我们的车左拐右拐驶入一座大山，在一条只能容纳一辆车的山路上小心翼翼地盘旋上山，拐过了九曲十八弯，终于进入了我们要寻找的目的地——一条深长的两边都是连绵群山的野牛沟。

因为汽油不多了，我们将车停在沟口，走路进入野牛沟。在这儿，我不辨东西南北，但是根据太阳的方位，我感觉野牛沟是一条东西向的山沟。进入山沟不久，老远就看见山梁上土路边有一个金字塔式高塔，足有七八米高，顶上插着一个红色五角星。我心下纳闷，这红土夯起来的高塔是怎么建起来的？它的意义何在？

山沟两边依山而建的零星的农家院全是空宅。有的房子是新建的，房子内外的瓷砖明亮簇新，显然是贴上去不久。很多废弃的院子里还有许多有年头的生活用品：门箱、风箱、盛面匣、衣柜、衣物等。我们边走边看，顺着沟底人畜踩出来的土路一直向东，十几里路不见一个人影，只见山坡高高的杨树上一个个黑色的喜鹊窝和唧唧喳喳欢叫的喜鹊。

此前，弟弟曾几次来此寻找祖屋，其中一次很幸运地遇见了一位本地人，知道了祖屋的大概方向。这次在弟弟的引领下，我们顺利地找到了祖屋——依山而建的、用厚重的红土夯建起来的三处宅院，已经成为一片废墟，只剩几棵饱经沧桑的花椒树。我知道我家居中，左右两院我们习惯叫上院和下院的，是两个本家叔叔的宅院。在我幼小的心里感觉很大的一座院子实际上并不大。望着残存的厚实的土墙，心中漫过无数烟云。

据母亲讲述，我的爷爷王玉林有三个儿子三个女儿共六个子女，我的父亲是长子。当父亲和二叔娶妻生子后，一个院子无法承受众多人口，爷爷就开始着手分家。但因为家贫，建不起一座庄廓院，爷爷就和一位没有子嗣却有两处大宅院的本家爷爷商量，用我三叔换一处宅院。

于是，未成年的三叔被过继给了本家爷爷，我的爷爷多了一处庄廓院。妈妈说，三叔虽然被过继给日子比我家富裕的本家爷爷，但是幼小的三叔不愿意离开自己的母亲，经常跑回家。那家人自然不高兴就经常打骂三叔。我奶奶听到上院三叔的哭声就爬上房顶偷看偷听，三叔在房里哭，奶奶在房顶哭。万般无奈的奶奶只能常常做点好吃的爬到房顶偷偷丢给三叔，或者，在夜深人静的时候，整夜整夜在院子里转圈哭泣……

看着成为残垣断壁的三处宅院，我仿佛又看见了可怜的小脚奶奶和伤心哭泣的三叔。

记忆中，我家大门外是一堵大墙。如今大墙也不见了，祖屋大门外是一个阔大的场院。站在长满了草的场院，久久地看着祖屋和祖屋前后连绵起伏的群山和山坡上开垦出来的梯田，心下赫然：在这穷乡僻壤，祖祖辈辈是如何生存下来的？他们藏在如此幽深的山沟沟里，是为了逃避饥饿还是战乱？

想起母亲曾经的讲述，那时她出工干活时都是连滚带爬的，因为母亲是一双裹了一半的解放脚，走路干活还不是太难受。可怜了那些缠裹成三寸金莲的小脚媳妇，别说出门干活要跋山涉水，就是平地里走十几里路也够她们痛苦的。

放眼四望，山梁上还有一些农家宅院，都是空宅。东边山梁上有一处宅院看起来完好无损，我们急忙走过去爬上山梁一看，铁将军把门，依旧无一人在此。

慢慢下山，看到修建在沟底的养牛场和养羊场，心下释然。野牛沟不适合人居住，然而山坡上的草木足够养活很多牛羊。国家政策真是好，让老家的人全部搬迁到宜居之地，而把野牛沟真正还给了牛羊。

由动物的哀号想到的

自从搬到离动物园很近的小区居住，我时常听到动物园中困兽的嚎叫。那种叫声凄厉、悲哀、绝望、愤怒。有时候，我甚至担心，某一天，狮子或老虎挣脱笼子跑出来，见人就咬，因为它们的苦难都是人类造成的。每次听到困兽的嚎叫声，我心里会特别难受，为困在笼子中失去自由的动物难受。

我一直不喜欢养宠物。有个朋友说："不喜欢养宠物的人心地不够善良。"对此，我不以为然。我的确不喜欢养宠物，原因只有一个，我不想剥夺任何生命自由行动的权利。我也不喜欢我的生活中，有一个另类生命的干扰。我认为，每个生命都应该获得它应有的自由，只要大家相安无事。唯有自由才是每个生命最宝贵的权利。

我对动物受苦满怀恻隐之心，最早的感受是我三岁时，有一年春节前，家里杀猪过年，我听到猪的嚎叫声心里又惊又怕，伤心得泪流满面，在热炕上做针线的奶奶看我被吓坏了，急忙用她的被子捂住了我的头，不让我听也不让我看见那残忍的一幕。此后，我一看见杀生就会不自觉地躲起来，以求眼不见心不烦。

第二次为动物深深难过是在婚后，带着孩子到汽车站坐车。看见一匹马拉着一车粮食上一个陡坡，只见驾车人拿着鞭子使劲抽打着拉车的马。马微低着头，四蹄紧蹬地面，鼻孔喷着热气，眼睛睁得溜圆，使出浑身力气拼命拉车上坡。我放下孩子下意识地就要去帮忙推车，被身边的一个人拉住，那人说："不能去，一旦马坚持不住退下来，推车的人就有危险。"无奈，我背过身去，实在不忍看那马拉车上坡的痛苦劳累的样子。

也见过被关在笼子里的鸟，有的鸟习惯了精致的笼子，精致的鸟食，在笼子里生活得有滋有味。有的鸟失去自由几天不吃不喝，以死抗争。养鸟的人爱鸟的方式也不同，有的人爱鸟是将鸟儿关在笼子里，唯恐鸟儿弃他而去；有的人爱鸟，是给鸟儿足够的自由。曾在一个酷爱养鸟的朋友家里见过一只养在笼子中的百灵鸟，叫声极好听。一天，朋友难过地说，鸟儿不小心飞出去找不见了。我心里顿时欢喜异常，脱口而出："鸟儿终于获得自由了，真好！"听我这样说，朋友很生气。他担心鸟儿飞出去找不到吃的一定会饿死。

前几年见过一个真正爱鸟的人。那是在炼油厂公园偶然碰到一个小伙子带着他的宠物——两只鹩哥在散步。我好奇他居然没有将他的爱鸟关在鸟笼里，而是让鸟儿自由飞翔。

"贝贝，过来！"随着主人马杰的一声呼唤，一只全身羽毛乌黑闪亮的大鸟轻盈地展翅飞到他的肩膀上左顾右盼，十分灵敏可爱。惹得周围的大人孩子个个露出惊讶的表情，羡慕地看着马杰，尤其是孩子们，追着大鸟，怎么也看不够。

马杰是一位年轻的玉石商人，有一次，因生意到了越南，看到了两只两个月大的鹩哥，立刻就喜欢上了这两只乌黑的小鸟，他花了四千元买回一雌一雄两只鹩哥（其中一只叫元元，马杰送给了同样爱鸟的舅舅），从此精心饲养训练着他的宝贝。

马杰是一位自由奔放的年轻人，养鸟也别具一格。他知道鹩哥是笼养的观赏性鸟类，但是他从一开始就没用笼子关住两只鸟，而是选择放养。他说："鸟儿本身是大自然中最喜欢自由自在飞翔的灵性生物，如果将它们关在笼子里，失去了飞翔的快乐，就像人失去了自由一样，会很痛苦的。"

因为放养，马杰比别人更精心地照顾他的鹩哥，怕鸟儿受了委屈，一去不回。他研究鹩哥的习性，掌握鹩哥的特点，每天给鹩哥洗澡，喂食，教它说话，慢慢的，马杰和鹩哥贝贝建立起互相信任依靠的亲密关系。

鹩哥是大型、鸣叫型观赏鸟，和八哥是"同门兄弟"。但鹩哥鸣声更美且能不学自鸣。其歌声嘹亮婉转、富有旋律，并善于模仿其他鸟鸣声，经过训练还能模仿人语，并学唱简单歌曲。在形态和羽色上雌雄鸟极相似。通体黑色，眼暗褐色，嘴是橙红色，脚、趾鲜黄色，头和颈具紫黑色金属光泽。马杰说，他的贝贝每天早上起来会叫他的名字，会说早安，还会说一些简单的话。

和贝贝相处久了，马杰感觉和贝贝难分难舍，他每次开车出门时，贝贝会跟着他，在车顶盘旋环绕，有时候在宽敞车少的路面上，他将胳膊伸出窗外，贝贝立刻会意，飞过来落在主人的胳膊上；有时候，他出远门很长时间，回家时，车一开进小区，贝贝老远就能听出他的车声，飞过来迎接他；贝贝饿了，就围绕在他身边，用嘴啄着他的衣服要吃的，非常惹人怜爱。

马杰说，因为贝贝的聪明伶俐和通人性，很多人都喜欢它。贝贝曾经消失了整整四天四夜。那段时间，他非常痛苦，到处寻找贝贝，呼唤贝贝，当他以为再也见不到贝贝的时候，贝贝却自己飞回了家。飞回来的贝贝羽毛凌乱，瘦弱不堪，仿佛大病了一场，马杰心疼不已，给贝贝买来它最爱吃的火腿肠之类的肉食品喂它。过了几天，贝贝慢慢恢复精神，恢复了它乌黑光滑的羽毛。马杰猜想，可能是喜欢贝贝的人将贝贝抓住关起来，一方面不会饲养，一方面贝贝不习惯笼养，所以日渐消瘦衰弱，眼看贝贝一天不如一天，这人就放了它，这只聪明的鹩哥在满是钢筋水泥的楼房中找到了家飞回来了。

如今喜欢养宠物养鸟的人很多，但是很少有人像马杰一样尊重宠物的个性，让宠物自由自在地成长。突然想起北京动物园，动物们在山林中自由自在优哉游哉地生活着，而人要想观赏动物必须被关在车里才行。我觉得这个办法极好，人既然想和动物亲近，那就必须尊重动物世界的规则。

独处的妙处

很多人用悲悯的眼光看着我："你总是一个人待在家里，不觉得寂寞吗？"我只是笑笑，不想做任何解释。对于一个总是喜欢热闹的人来说，我的确是一个难以理解的人，但是，我相信，喜欢独处，甚至享受独处的人绝不是我一个。

独处的妙处在于，你可以什么都不做，什么都不说，你也可以随心所欲想干什么就干什么。

独处的妙处在于，你的思想可以天上地下，古今中外任意驰骋，没有人会打搅你。

独处的妙处在于，你可以用心灵静观宇宙万物的发展变化，感受人在宇宙中的位置，你会发现宇宙万物的神奇和人类自身的不可思议。

独处的妙处在于，阅读、写作、回忆、遐想，无论做什么可以随心所欲，没有人会左右你的思想。

独处的妙处在于，可以静静思考回味经历过的美好和不美好的事情，并幻想未知的将来……

独处的妙处在于，喜欢独处，并乐在其中；

独处，让我内心宁静、喜悦、安详、灵动；

独处，让我积蓄力量，获得能量；

独处，让我自由自在，无论身体还是灵魂；

独处，是我生活中很重要的一部分。

没有独处或者害怕独处的人怎么知道独处的妙处呢？

感悟生命

新的一年已经过完三分之一，眼看已到四月底，天气还是冰冷的，夜晚坐在电脑前，感觉脊背一阵阵发凉。外面今天风，明天雨，清冷的空气让人倍感凄凉。

这些天一直想写点什么，看到那么多玉树的影像资料，最震动我的是千人火葬的场面。

死难同胞的魂灵是否随着僧众的超度声飞升到了幸福的所在？这几天心里莫名地一直响起一首歌："天堂里有没有伤心和痛苦，天堂里有没有绝望和悲哀，天堂里有没有……"

生命很短暂，我们以为自己可以活很久很久，现在却发现生命会安静地无声地在一瞬间消失，我们每个生命的终点都是一样的，那就是死亡，只是中间的停靠站有所不同罢了。我们应该理解生命，善待生命，让彼此的生命变得有意义，让人与人变得关爱理解，去除那些控制和占有、自私和残忍，生命才显得从容优雅，活着才有意义。

人类总是处在健忘的状态中，我自己也同样在健忘中虚度光阴，一次次跌倒，一次次重蹈覆辙。这次灾难让我再次感受到生命的脆弱和关爱的力量。灾难再巨大，灾难再频繁，生命也会继续，生命的力量在于内在，而不在外部。慢慢学着去认识自己内部的真实和脆弱，让自己变得有力量些。

灾难使自己变得格外敏感了，每天晚上躺在温暖的被窝里，心里想着我还能看见明天的太阳吗？每个清晨醒来，感觉自己依然完好无损，心里就很庆幸，我还活着！

活着，有时候是多么好啊，享受着阳光，享受着绿叶，享受着食物，享受着爱情，享受着亲情，享受每一天的 24 个小时。不再有那么多抱怨，因为这个世界所有的人和事物不是理所当然的，每个生命之间都存在着差异，我们谁也无法改变任何人，更无法改变大自然的自然规律。只有彼此多些关怀理解，多些分享感受，并保留差异，彼此的生命才能更好地在有限的光阴下体验愉快幸福。

今年的春天虽然冰冷，但花草树木该绿的都绿了，该开的都开了，生命在不知不觉中萌发着，成长着。同胞们的生命逝去了，我更愿意相信他们去了幸福的天堂。我们还活着，就让这个世界因为我们活着而多一些美好，多一些温暖。

高跟鞋之于女人

人们说高跟鞋之于女人，犹如水晶鞋之于灰姑娘，我对此深有同感，我认为高跟鞋之于女人无疑是性感和美丽的代名词。

张爱玲说她小时候盼望长大的原因就是，长大了可以穿高跟鞋。

外甥女的女儿到我家来，最喜欢的就是穿着我的高跟鞋在镜子前臭美，这说明女人天生爱漂亮。我想起我自己第一次穿高跟鞋的情景。

我穿的第一双高跟鞋是妈妈自己做的高跟布鞋。那是 1981 年，街上流行高跟布鞋，一双高跟布鞋 5 元钱，我非常渴望能拥有一双高跟布鞋，可是，没钱。我只能穿着妈妈做的平底布鞋，羡慕别的女同学穿着高跟布鞋。

高跟布鞋只有两层布，最多穿一个月脚尖就破了。我的妈妈何等了得啊，妈妈知道我渴望高跟布鞋，知道一双买来的高跟布鞋只能穿一个月。于是，能干聪慧的妈妈就到城里垃圾堆找人家穿破扔掉的高跟布鞋，拿回家撕掉鞋面，用猪毛刷子刷洗干净鞋底，在太阳下暴晒两天。然后就用锋利的刀子在鞋底子割出一圈深槽，垫上一个结实的鞋垫。然后用自己打得很结实的隔褙（用浆糊粘贴的碎布，晒干后做鞋子、鞋垫之类的），糊上漂亮的丝绒鞋面做成鞋帮子，然后用结实的麻线将鞋帮子和高跟布鞋底子连在一起，这叫上鞋。然后一双结实的高跟布鞋做好了，妈妈做的高跟布鞋穿一年都没问题。

妈妈给我做的第一双高跟布鞋是墨绿色丝绒的，我十分喜欢，穿上高跟布鞋，立刻感觉自己挺拔又美丽，每天走在校园里，昂首挺胸，感觉美极了。

妈妈的高跟布鞋吸引了整个生产队的女人们，她们都开始找鞋底子给女儿们做结实耐穿的高跟布鞋。妈妈做的高跟布鞋我穿了整三年，就上班挣钱了，有钱了自然先给自己买高跟皮鞋。我买的鞋子基本是高跟的，而且多是一脚蹬，设计简洁又方便。因为鞋子几乎一个样子，所以有一天中午，睡午觉起来，匆匆换衣服上班就穿了一双鸳鸯鞋，幸好，没出大门就碰见一个好朋友，她看见了，哈哈大笑，让我赶紧跑回家换鞋子。害得我现在出门，看了又看，唯恐又穿一双鸳鸯鞋出门。

好朋友小郭不能穿高跟鞋，她羡慕我能穿高跟鞋逛街，她穿高跟鞋上街，脚丫子疼得不行，虽然她也觉得穿高跟鞋好看又性感，但是她穿不成，所以很痛苦。她只能买低跟的鞋子。而我的脚很争气，穿高跟鞋逛几个小时的街也不会脚疼，而且可以走得飞快。每次和她一起上街，她就啧啧称赞一番我穿高跟鞋走路的功夫。

哈哈哈，高跟鞋啊，女人曼妙姿态全靠你啊，一个女人，假如没几双高跟鞋，不知道会逊色多少呢？对于我而言，高跟鞋是我自信的法宝哦。

心向光明

万物都有向光性。虽然教科书里已经明确，向阳花木早逢春！阳面的树木总是比阴面的茂密。然而，绝知此事要躬行，只有自己观察并反复论证的结果才最有说服力。

办公室里养了很多吊兰，我发现朝向窗户的一面，吊兰的叶子总是很茂密，于是，我将花盆转个方向，将叶子稀疏的一面朝向窗户。可是没过几天，朝向窗户的叶子又变得茂密，我就纳闷：叶子是如何从这一面跑到另一面的呢？

我家养了很多绿萝，因为绿萝有净化空气的作用，加上绿萝是藤蔓植物，我希望她快快生长，然后我可利用绿萝藤蔓的攀爬特点，营造一个绿色的客厅。

于是，我将花盆放在客厅南面窗户下的花架上，等绿萝长出一截就用透明胶带往墙上一粘。可是没过多久我就发现，向着窗户的方向生长的绿萝用胶带粘贴后，老老实实继续往前长。但是，逆光的绿萝就不听话了，她总是挣脱胶带的束缚，选择一个薄弱环节反转过头，执著地朝向窗户生长。

后来，我将一根绿萝藤蔓放进电视墙的凹槽，然后用透明胶粘住。我想，这下子看你怎么转头。绿萝老老实实沿着电视墙的凹槽往前爬。突然有一天，我发现她居然挣脱了电视凹槽的束缚，开始逆转，这使我彻底明白了植物向光的本性，放弃了想要绿萝缠绕客厅的想法。我明白了，绿萝天生向光，而我人为强制改变她的特性是不人道也是不可能的，于是，我不再用胶带强制绿萝的生长方向，还她自由自在的生长。

由此我也明白了，世界上万事万物都有向光性，植物如此，动物如此，人亦如此。心向光明的人无论身在何处，都会用积极的态度思考问题，乐观向上，充满阳光。反之亦然，内心阴暗之人无论身在何处，都会使消极思想占据内心，悲观失望，患得患失。

顺其自然这个词真好，让我们听从内心的召唤，心向光明快乐生活！

七　美食系列

红嘴绿帽满锅转

和妈妈在一起做针线、聊家常感觉十分惬意，妈妈会讲很多有趣的故事、古老的传说，这些故事、传说印在我的脑海里，会在某个突然的瞬间清晰地浮现于脑海。

做饭时间到了，我问儿子："想吃什么？"儿子说："随便！"一般情况下我会根据午饭的丰盛与否决定晚饭吃什么。今晚烙了一个松软的锅盔，熬了点稀饭，炒菜。

做饭的时候突然一个故事窜进脑海，这是妈妈讲过的故事：很久以前，有个皇帝在战败后一路逃窜，到了青海一带。一天，又饿又累的皇帝在一个偏远的山村碰见了一个老伯，就开口问老伯要水喝，老伯急忙带他回家，看到此人又累又饿，善良的老伯心想给他做点什么吃的呢？

到处翻看了一遍，家中除了一点点青稞杂面外，一无所有。于是，老伯就给这个饥饿的人用这些杂面做了一锅搅团。然后用新绿的韭菜调了一点韭辣，放上鲜红的辣子，端给皇上。

这时，饿极了的皇上看着碗里红红的辣子，绿绿的韭菜，喜欢极了。香喷喷的一碗饭让饥肠辘辘的皇上吃得那个香啊，皇上感觉自己一辈子都没吃过这么好吃的饭。

皇上问老伯，你给我做的饭叫什么名字啊？老伯眼珠一转说："叫红嘴绿帽满锅转。"

皇上记下了这个名字。

很快，时局平稳，皇上依旧是皇上。天天吃着山珍海味，却感觉不到好吃，他想起了山村老伯做的“红嘴绿帽满锅转”。可是他找了很多厨师，谁做的都不如老伯做的香。最后皇上派人找到了老伯。

老伯来到皇宫，对皇上说，要杀要剐随你了，我做的“红嘴绿帽满锅转”你也不会吃得香。当年你之所以觉得我做的饭香，是因为你饿了很久，那时你就是喝点面糊糊也会感觉很香的，现在你天天山珍海味，再好的食物你也吃不出香来。

皇上听了这话感觉老伯说得很有道理，就放他走了。

“红嘴绿帽满锅转”，俗称搅团，是西北人爱吃的一种比较独特的面食。一般用青稞杂粮做的。先将青稞面或者小麦面炒熟，然后锅里烧开水，放上盐，将炒熟的面粉倒进开水，然后拿擀面杖使劲搅动。如果你的胳膊没有劲是很难搅动的，如果是固定的大锅，一个人就可以了，但是，现在一般是煤气灶，做搅团至少需要两个人，一个人固定锅，一个人搅动。我搅不动，最多搅三五下就不行了。我们家人吃搅团都是三姐做，因为三姐夫胳膊有劲。每次做搅团，都是三姐抓紧高压锅的两头，三姐夫使劲搅动。三姐做搅团会在里面掺上一些洋芋粉，以增加搅团的筋道。

等水和面充分融合，擀面杖插进去站着不动，说明搅团软硬合适，盖上锅盖焖一会儿就好了。

吃搅团调料很关键，要用热油泼花椒粒再倒进开水，这是花椒水，油泼新鲜韭菜做成韭辣，当然鲜红的辣子少不了，然后就是醋了。Ok，一碗筋道的面，调上各种调料，色香味俱佳，那个香啊，没吃过的人是想象不出来的。

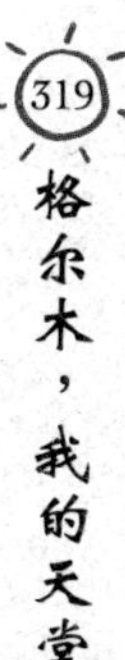

骨头的妙味

你喜欢啃骨头吗？你体会过啃骨头的幸福吗？

最近从牧民那里买了一条牦牛腿，时不时拿出一块骨头来，用高压锅压上 20 分钟，将大块肉撕下炒菜吃，然后就着蒜瓣啃骨头，那滋味真的是妙啊，有着超级的幸福感。

我是特别爱啃骨头的人。因为小时候是吃着牛羊肉长大的，啃骨头曾经成了我们兄弟姐妹必学的一门技术。每次煮一锅肉准备吃饭时，父母亲都会嘱咐，杀生害命，骨头啃尽。意思是说我们为了要生存下去，不得已杀生害命了，所以一定不要浪费骨头上的肉，要将骨头上的肉啃得干干净净才对得起为我们而死的牛羊（这是我的理解，不一定准确）。

小时候啃骨头，因为牙齿没力量，总是啃个大概，每每自己啃过的骨头，父母亲还要拿起来重新啃一遍，或者用刀子刮下来让我们吃掉，总之，父母亲绝对不允许我们将带着肉的骨头扔掉。为此，我们兄弟姐妹个个都啃骨头啃出了技术、啃出了滋味、啃出了爱好，如果煮肉，谁都不会抢肉吃，而是抢骨头啃。

尤其是开锅羊肉，就是刚宰杀的羊肉放进锅里，即将开锅时打掉沫子，放进盐和花椒稍微一煮，捞上来，那骨头啃起来，那味道之鲜美，啧啧，世上什么美味能和它相比啊？

因为小时候经常啃硬骨头，我的牙齿特别坚固，虽然人到中年，牙齿依旧比一般人有力量。我喜欢啃硬骨头、吃干锅鸡、炕羊排等，儿子受我影响，也喜欢干锅，可是每次他啃过的骨头啃不干净还有很多肉，我也学着我的父母亲，将儿子吃过的骨头拿过来啃，儿子嫌丢人总是不肯让我啃第二遍（现在儿子啃过的骨头直接扔进垃圾桶）。

每天都在期盼周末，可是到了周末，又不知道要干什么，觉得没意思，于是，就想方设法做点好吃的，而这好吃的总也离不开肉。心想信佛的人必须吃素，我如此爱吃肉，会惹下多少刀兵劫啊？

猛跳崖

旧时，青海的媳妇做饭是不可以自己做主的，每次做饭前都要询问婆婆："今天吃什么？"婆婆说吃什么，媳妇就做什么，做好了，端给一家人吃。如果婆婆说出来，儿媳妇不会做，婆婆可就要小看媳妇了。

话说这天傍晚，一个过门不久的新媳妇看太阳要落山了，就到婆婆房间问婆婆："姆妈，今晚做啥饭呢？"婆婆是一个很幽默的人，看小媳妇恭恭敬敬的样子，就想开个玩笑，说："今晚吃猛跳崖吧！"

小媳妇不敢多问，怕婆婆笑话她见识短，于是退出房间，来到厨房可犯愁了，这"猛跳崖"是个什么饭呢？怎么在娘家从来没听说过呢？看着媳妇愁眉苦脸的样子，一边的丈夫"吃吃"地笑起来。媳妇问："你笑什么，我都愁死了，你还有心情笑。"心疼媳妇的丈夫悄悄说："傻瓜，猛跳崖就是揪面片，你想想，面片一片一片从你手里揪下来扔进锅里，不就是'猛跳崖'吗？"

媳妇一听恍然大悟，和面，揉面，炒肉做汤水，三下五除二，一顿香喷喷的尕面片就做好了。当她双手端着面片给婆婆公公吃时，婆婆心里很高兴，自己家娶的这个媳妇还真挺聪明。

如今青海尕面片名扬四海，全国各地都有青海人开的拉面馆、面片馆。而且很受内地人欢迎，听说都挣了大钱呢。

有一次在中央电视台新闻中看到了青海尕面片颇为壮观的一幕：有个青海人在北京开了一家面片馆，而且是手工面。每到吃饭时间，饭馆里很多人要面片，一口大锅，周围六个人围锅揪面片，可是，还是供不应求。老板就在大锅周围增加了一圈台子，另外六个人穿着白大褂站在台子上揪面片，这样大锅周围就有上下两层 12 个人同时揪面片。这种壮观场面京城人哪里见过啊，就像看尼加拉瓜大瀑布一样，一到饭点，北京人就来这饭馆看这儿揪面片的壮观景象。

只见，大锅里开水在翻滚，如烟似雾的水蒸气营造出朦朦胧胧的神秘仙境，台上台下 12 个人揪出的面片像雪花一样飘落锅里，揪面片的手迅速倒腾着，四周的尕面片像白色瀑布一般纷纷下落，那个壮观啊，啧啧，无法形容！

这个饭店因为这一独特的揪面片的景观声名大噪，生意兴隆。青海人看到这个新闻也异常高兴，我们家常的尕面片居然全国有名了。

青海人习惯晚上吃面片。吃一碗有汤有面热乎乎的面片，胃的每一个褶皱里都舒服妥帖。有面片吃真的很幸福。很多人一天不吃一顿面片感觉就像今天没吃饭一样。

当然，面片的吃法也很多，炒面片，汤面片，素面片，荤面片等，喜欢怎么吃就怎么做。一个西红柿，一把青菜，几片肉片，一顿好吃的面片就成了。

破布衫

每年冬天一进入腊月，青海农村家家户户就开始杀猪准备过年。而杀猪当天，淳朴的乡亲会叫来村里老人以及有名望的人，大家共享一顿丰盛的晚餐，这晚餐一般就是用猪下水做成的血肠、面肠、猪排骨等，主食是破布衫。

杀猪当天，主人会用槽头肉（就是猪脖子的肉，也叫血脖）做汤水，做一顿青稞面的“破布衫”。

所谓“破布衫”，就是用青稞面和面，揉光，擀面。因为青稞面粗糙，黏性差，擀出来的面这儿破一块，那儿破一块，没有一个完整的圆形，就像一件布衫，这儿破一个洞，那儿破一个洞，所以就叫破布衫。

破洞百出的青稞面怎么下到锅里呢？用菜刀将面切成巴掌大的菱形，然后用左手托在手上，右手像揪面片一样揪到锅里。

青稞面很难擀得很薄，一般比较厚，加上青稞面本身的粗糙，吃到嘴里有沙沙的感觉。但是，汤锅里多放点肉片和青菜，炝点葱花，就有一种别样的风味。吃了通体舒服，加上青稞本身是粗粮，对身体大有益处，所以农家杀猪几乎家家要做顿破布衫。

当然，你如果爱吃，平时也可以做的，但是，好像用刚杀的猪肉，尤其是槽头肉做的破布衫格外好吃，不知道什么原因。

小时候不太爱吃这种粗糙的青稞面，可是随着年龄渐长，越来越喜欢这种传统食物。

焦疤洋芋

最喜欢的莫过于闲暇时间慵懒地炕一锅洋芋吃。而炕洋芋最美不过焦疤洋芋。当然，炕锅用的洋芋也有讲究，一定是沙土地里长出来的麻皮洋芋。这种洋芋淀粉多，做炕锅洋芋味道独特。我是这样做炕锅洋芋的：首先在一指厚的炕饼锅里浇一圈清油，洋芋洗干净切成 2 厘米左右的片放锅里，撒点盐，先大火炕出黄黄的焦疤，再反过来将火拧小慢慢烧熟就 OK 了。

酸辣土豆丝，几乎每个饭馆里都有，被人们称为国菜。我想，无论达官贵人，还是小老百姓，应该都吃过土豆，土豆学名马铃薯，是很亲民的一种食物。在青海，叫土豆为洋芋，让人想起好些跟洋字有关的东西，比如洋火（火柴）、洋布（平纹布）、洋蜡（蜡烛），等等。还有些地方称它为山药蛋，很有趣味。据说第一个吃土豆的人在瑞典，人们为了纪念他，还在市中心广场为他塑了一座青铜像。和第一个吃螃蟹的人一样，他是用勇气换来了众人的口福。

青海种土豆非常普遍，在农村，土豆是每家每户必不可少的。格尔木的土豆里，属小灶火的土豆最好。淀粉含量高，熔出的洋芋就像棉花一样张开嘴，吃到嘴里沙沙的、散散的，蘸着辣椒蒜泥吃了一个还想吃一个。

土豆的做法很多，酸辣土豆丝、炝炒土豆丝、青椒土豆丝、红烧土豆，熬饭、大盘鸡更是离不开土豆。土豆怎么做都好吃。它既能胸有成竹地当主角，也可以兢兢业业地当配角，在各种场合下都游刃有余。有时候觉得，做人应该向土豆学习。

熬 饭

在我的记忆中，最好吃的熬饭是小时候秋收时节，生产队在田间地头做的大锅熬饭。

小时候，每年到了麦黄时节，阿尔顿曲克各生产队就集中劳动力割麦子。大人割麦子，小孩捡麦穗。这个阶段，格尔木的农牧业是合在一起的。也就是每个生产队都种地也放牧，到了年底家家户户既可以分到一定量的面粉清油，也会分到一定数量的羊肉。话说每年的麦收时节，是生产队人员最集中的时候，辛苦了一年的农民都会杀一两只羊，让大家在田间地头热热闹闹吃几顿午饭。当然，这午饭就是油饼加羊肉熬饭（青海话 nao nao）。

做午饭时，男人们先杀羊（当然要挑选最好的羊），卸成小块放在几口大锅里。几个妇女在田间挖坑垒灶。炸油饼的炸油饼，煮肉的煮肉。因为人多，煮肉的大锅有三四个。

羊肉熬饭的材料，新鲜羊肋条是必不可少的，然后是从地里刚挖出来的新洋芋，从地里刚拔出来的青头萝卜，洋芋粉条，一把蒜苗。羊肋条剁成小块，新洋芋切成大块，青头萝卜切成丝。做法是，羊肉剁成大块小块放进大锅，加冷水没过羊肉。烧火，快要开锅时，用漏勺撇去羊肉沫子，然后加佐料（盐、花椒、姜皮等）。然后烧开，慢火煮一二十分钟。将大骨头捞出（小骨头用来做熬饭），装在大盆子里作为手抓羊肉大家先吃一阵。然后，在煮肉的汤锅里放进洋芋煮一会儿（洋芋块大，不容易熟透），然后在沸腾的锅里下萝卜丝（此时不盖锅盖，否则会有难闻的萝卜味），开锅后，下粉条煮一会儿，再放进切碎的蒜苗，稍一焖，羊肉熬饭就成了。

妈妈们先给下大苦的男人们每人舀上高高的一碗熬饭，然后，就分别给自己的孩子舀上满满一碗，最后是自己舀点清汤就着热乎乎的油饼津津有味地吃起来。

又是一年秋收季节，大人们照例在割麦子，孩子们捡麦穗。突然，有人喊："快看，这么多燕儿。"大家抬头一看，哇，天上很多燕子飞来飞去。格尔木很少见到燕子，想必这些燕子是飞往南方过冬路过这里。大人们手搭凉棚抬头看燕子飞来飞去，孩子们开心地奔跑着追逐燕子。突然，一个叔叔抬起胳膊，用镰刀在空中一挥，顿时，一个血淋淋的燕子就落到他脚下。那天，我藏在麦地里伤心地哭了很久。那年的熬饭是我吃得最不开心的一次。

田间地头的熬饭什么时候都会被吃得一干二净，那是我记忆中吃得最香的熬饭和油饼。现在想来，田间地头的熬饭之所以好吃有两方面的原因：一来气氛好，大人孩子格外和睦开心；二来食材新鲜，除了粉条，羊肉、洋芋、萝卜、蒜苗都是就地取材，羊是从生产队的羊群里抓来的，洋芋、萝卜、蒜苗是刚从地里挖出来的，十分新鲜。

熬饭，其实就是有汤的烩菜。主要成分是新鲜羊肉（现在很多人也用猪肉和牛肉做熬饭），洋芋、萝卜、粉条、青菜（也有的人喜欢放凉粉）。青海人在婚丧嫁娶或者任何稍大一些的集体活动上都会做熬饭。因为，熬饭简单易做，营养丰富，吃了浑身舒服，是老少皆宜的食物。最重要的一个原因，熬饭的主要原料是羊肉和萝卜，而羊肉是温补食物，不仅好吃营养也很丰富。青萝卜有健胃消食、止咳化痰、顺气利尿、清热解毒的功能。俗话说："冬吃萝卜夏吃姜，不劳医生开药方"。所以，每到冬天，青海人做熬饭的频率就比较高。入冬前，家家户户都会储存一些青头萝卜和粉条，洋芋自不必说，不仅是青海人家一年四季的菜肴，有的人家甚至当主食。善于养生的人家三天两头做熬饭，一个冬天就安然无恙过来了。

图书在版编目（CIP）数据

格尔木，我的天堂 / 王启瑛著 . -- 秦皇岛：燕山大学出版社；北京：社会科学文献出版社，2019.12（2026.1重印）

ISBN 978-7-81142-945-9

Ⅰ . ①格… Ⅱ . ①王… Ⅲ . ①散文集 – 中国 – 当代 Ⅳ . ① I267

中国版本图书馆 CIP 数据核字（2019）第 255957 号

格尔木，我的天堂

著　　者 / 王启瑛

出 版 人 / 陈　玉
责任编辑 / 柯亚莉　王玉霞
文稿编辑 / 刘如东

出　　版 / 燕山大学出版社
地址：河北省秦皇岛市河北大街西段 438 号
社会科学文献出版社
地址：北京市北三环中路甲 29 号院华龙大厦
经　　销 / 全国新华书店
印　　装 / 廊坊市印艺阁数字科技有限公司

规　　格 / 开本：787mm × 1092mm　1/16
印张：21.5　　字数：326 千字
版　　次 / 2019 年 12 月第 1 版　2026年 1月第 3 次印刷
书　　号 / ISBN 978-7-81142-945-9
定　　价 / 78.00 元

如发生印刷、装订质量问题，读者可与出版社联系调换
联系电话：0335-8387718